James Yaffe

EINE SCHÖNE BESCHERUNG FÜR MOM

Kriminalroman

Aus dem Amerikanischen
von Hannah Harders

Verlag Neue Kritik

Die amerikanische Originalausgabe erschien 1990 unter dem Titel
»Mom Meets Her Maker« im Verlag St. Martin's Press, New York.

Immer wieder für Elaine. Und warum nicht?
Du bist immer noch diejenige, ohne die nichts läuft.

Die Deutsche Bibliothek – CIP-Einheitsaufnahme

Yaffe, James:
Eine schöne Bescherung für Mom: Kriminalroman / James
Yaffe. Aus dem Amerikan. von Hannah Harders. – Frankfurt
am Main: Verl. Neue Kritik, 1993
ISBN 3-8015-0269-4

Satz Delanor Frankfurt
Druck Druckerei Dan Ljubljana

PROLOG

Moms Gebet

Lieber Gott,

Du bist wahrscheinlich überrascht, mich hier zu sehen. Ich weiß, ich bin nicht gerade der Typ, der viel Zeit an diesem Ort zubringt. An den hohen Festtagen und gelegentlich mal Freitag abends, und das wär's auch schon, öfter laß ich mich hier nicht blicken. Mir ist klar, es gibt Frauen, die bei der kleinsten Feierlichkeit hier aufkreuzen und Dir was vorjammern und verträllern, und ich bin sicher, Du weißt das zu schätzen, aber ich werde niemals eine von ihnen sein. Nach fünfundsiebzig Jahren bringt man einem Zirkuspferd keine neuen Kunststücke mehr bei. Schon gar nicht solch verrückte.

Ich bin mir ziemlich sicher, Du nimmst es mir nicht übel, daß ich kein so regelmäßiger Kunde bin. Kommt es Gott auf Besucherzahlen an? Blinzelt Gott durch den Vorhang und zählt die leeren Sitzplätze? Wenn es Dir darauf ankäme, wie viele Karten verkauft werden, würdest Du doch zu den Katholiken übertreten, oder?

Also, wenn Du mir jetzt zuhörst – und warum solltest Du nicht? Was sonst bist Du, als ganz Ohr? –, ist Dir schon klar, daß ich nicht hier wäre, mich nicht mitten an einem Arbeitstag, an dem außer mir keine Menschenseele hier ist, herschleichen würde, wenn ich nicht etwas Wichtiges auf dem Herzen hätte.

Es handelt sich natürlich um diesen Mord. Zugegeben, der Mord ist Schnee von gestern, vor Monaten, an Weihnachten, aufgeklärt und weggepackt und zu den Akten gelegt. Und seitdem sagt jede meinem Sohn David, wie gut er seine Arbeit getan hat und w er ist, was ich natürlich nicht ungern höre. Aber Du w

Wahrheit und nichts als die Wahrheit noch nicht ans Licht gekommen ist. Und Du weißt, daß ich es auch weiß.

Deshalb bin ich hier und spreche jetzt zu Dir. Lieber Gott, ist es falsch von mir, daß ich meinen Mund in dieser Sache halte? Begehe ich damit eine schreckliche Sünde, die Du mir bis in alle Ewigkeit nicht vergeben wirst? Ich habe es nur getan, weil ich dachte, es sei so am besten, ich wollte nichts Falsches tun. Wie könnte ich Dich belügen? Die ganzen Jahre über kennst Du mich jetzt schon, wie könnte ich da annehmen, Dir über meine Gefühle und meine Motive etwas vormachen zu können? Aber trotzdem, vielleicht war es falsch von mir, und ich sollte jetzt den Mund aufmachen und mit der Wahrheit rausrücken.

Mit anderen Worten, lieber Gott, ich stecke voller Zweifel. Ich will Dir die ganze Geschichte erzählen – die Du natürlich bereits kennst, aber ich muß sie einfach erzählen –, und dann, hoffe ich, werde ich Deine ehrliche Meinung hören …

DAVES ERZÄHLUNG

Mittwoch, 21. Dezember

In einer Stadt wie der, in der ich lebe, gibt es etwas, auf das man jedes Jahr mit tödlicher Sicherheit zählen kann – und das ist Weihnachten.

Bereits Wochen, ja Monate vorher erscheinen die ersten Vorboten, und sie wachsen und gedeihen und vervielfältigen sich schnell. Weihnachtsmusik erfüllt die Luft, kaum daß die Halloween-Kürbisse anfangen, in Fäulnis überzugehen. Weihnachtsangebote tauchen in den Geschäften auf, noch bevor die letzten zerknüllten Werbebeilagen für den Sommerschlußverkauf zusammengekehrt sind. Am Tag nach *Thanksgiving Day* ist jeder Stofftruthahn, Schokoladentruthahn, Kodachrometruthahn und jede andere Form einer Truthahnnachbildung aus den Schaufenstern verschwunden und durch einen Weihnachtsmann ersetzt.

Als ich an jenem Mittwoch nach dem Mittagessen wieder in mein Büro zurückkam, waren es offiziell noch fünf Tage bis Weihnachten, aber es war kaum anzunehmen, daß es bei uns noch eine einheimische Kehle gab, die nicht gehörig gestopft worden war. Ich habe hoffentlich mittlerweile klargestellt, daß mich das in eine lausige Stimmung versetzte.

Mein Büro ist Teil einer Suite, die der Pflichtverteidigung gehört. Entschuldigung, »Suite« ist ein Euphemismus. Im Grunde genommen, ist es direkt eine Lüge. Ann Swenson, meinen Boss, und ihre Mannschaft – ihre Empfangsdame-Sekretärin und ihr erster und einziger Ermittlungsbeamter, meine Wenigkeit – haben sie im obersten Stock in drei winzige Zimmerchen gequetscht, nach hinten raus. Der Bezirksstaatsanwalt und seine Mannschaft besetzen den größten Teil des zweiten Stocks, mit Klimaanlage, Schreibtischen, auf denen man sich lang machen und ein Schläfchen halten könnte, und einer großartigen Sicht auf unsere Berge, den weltberühmten Gipfel miteingeschlossen, der wie ein Eiferer auf einer Massenversammlung über alle anderen hinweg seine Faust hochstreckt.

Unsere Budgets verhalten sich mehr oder weniger proportional zur Größe unserer Büros. Die Pflichtverteidigung hat einen alternden Ermittlungsbeamten, der sich auf seinen müden Füßen zu jeder Tages- und Nachtzeit abrackert; die Bezirksstaatsanwaltschaft hat so viele Ermittlungsbeamte, daß sie sich ständig gegenseitig auf den Füßen herumtrampeln. Die jährlichen Ausgaben des Bezirksstaatsanwalts für Kaffee und *doughnuts* belaufen sich mehr oder weniger auf die Höhe meines gesamten Gehalts.

An jenem Morgen kam ich nicht dazu, die Post in meiner kleinen Nische durchzusehen. Anns Sekretärin, Mabel Gibson – eine entzückende kleine weißhaarige Dame, die gerade Großmutter geworden ist, eine Rolle, die sie ihr ganzes Leben lang geprobt hat –, beugte sich über ihren Schreibtisch und verkündete mir in ihrem lauten Flüsterton: »Sie ist da mit ein paar Leuten drin. Sie wartet auf Sie.«

Mabels Augen strahlten. Nach all den Jahren findet sie unsere Arbeit noch immer aufregend und romantisch. Irgendwie ist das wirklich rührend.

Ich klopfte an Anns Tür und fand ihr Büro voller Menschen. Das heißt, drei Menschen und sie selber, aber das reicht, damit Anns Büro wie ein U-Bahnabteil zur Hauptverkehrszeit aussieht. Es gab keinen leeren Stuhl, also drückte ich mich leicht gegen eine Wand, während Ann uns einander vorstellte.

Ganz dicht an ihrem Schreibtisch stand ein Paar, das aussah wie Mitte sechzig – ein großer breitschultriger Mann mit groben Zügen, dickem grauem Haar und riesigen Säcken unter den Augen; eine kleine Frau, ebenfalls grauhaarig, die halb so groß wie er zu sein schien. Sie hatte keine Säcke unter den Augen, aber jemand hatte mit einem Kohlestift dunkle Ringe darunter geschmiert. Keiner von ihnen, jedenfalls kam es mir so vor, hatte in der letzten Zeit viel Schlaf bekommen.

»Mr. und Mrs. Meyer«, sagte Ann. »Abe und Sarah.«

Abe nickte mir mit einem Brummen zu.

Sarah stieß einen kleinen Seufzer aus. »Ich kenne Ihre Mutter«, sagte sie. »Wir haben uns ein oder zweimal bei den Freitagabendgottesdiensten in der Synagoge getroffen. Sie ist gesellschaftlich sehr aktiv, nicht?«

Ich konnte dem nicht widersprechen. Als Mom im letzten Frühling endlich nach Mesa Grande gezogen war – nachdem ich über ein Jahr lang versucht hatte, sie davon zu überzeugen, daß allein zu sein in einer New Yorker Wohnung kein Leben für sie wäre –, machte ich mir etwas Sorgen, die Zeit könne ihr lang werden. Aber wie sich herausstellte, traf das genaue Gegenteil zu. Innerhalb eines Monats schien sie ein halbes Dutzend verschiedener Freundeskreise zu haben, und keiner kam dem anderen in die Quere. Mich, der ich zwanzig Jahre jünger bin, würde ihr gesellschaftliches Leben an den Rand der Erschöpfung treiben.

»Und das ist Roger«, sagte Ann, »Mr. und Mrs. Meyers Sohn.«

Er war groß und dunkelhaarig, hatte ein schmales ernstes Gesicht, trug eine schwarze Hornbrille, und sein Haar sah etwas strubbelig aus, anscheinend ein Muß seiner Generation. Er konnte nicht älter als einundzwanzig oder zweiundzwanzig sein. Abe und Sarah hätten seine Großeltern sein können; er mußte das Kind ihres hohen Alters sein. Wie hatten sie, bei den Namen, die sie trugen, der Versuchung widerstehen können, ihn Isaak zu nennen?

Er stand auf und schüttelte mir die Hand, und dann fragte er mich, ob ich auf seinem Stuhl sitzen wollte. »Mir ist sowieso nicht unbedingt nach Sitzen zumute«, sagte er. »Ich bin etwas nervös.«

Mein Gott, ein junger Mensch mit Manieren! Ich dachte, die hätte man vor Jahren alle zusammengetrieben und in Lager hinter Stacheldraht gesteckt, um sie auf die moderne rücksichtslose Gesellschaft vorzubereiten.

Ich dankte ihm und setzte mich.

»Die Familie Meyer ist hier«, sagte Ann, »weil dieses Büro Rogers Fall übernehmen wird.«

»Wir wollten uns einen Anwalt nehmen«, sagte Abe Meyer mit seiner tiefen gutturalen Stimme. »Wir konnten uns das nicht leisten, unsere gesamten Ersparnisse hätten dabei draufgehen können, aber wir hatten vor, uns einen zu nehmen. Wir sind dann zum Rabbi in die Synagoge gegangen – Rabbi Loewenstein, kennen Sie ihn? –, und der hat uns geraten, wir sollten uns an den Pflichtverteidiger wenden. Der sei umsonst. Ich hab ihm gesagt, wenn das so billig ist, kann da was nicht stimmen – «

»Abe, Abe!« sagte seine Frau und rollte ein wenig mit den Augen.

»Lassen Sie nur, Herr Meyer«, sagte Ann. »Ihre Reaktion ist ganz normal. Alle reagieren so.«

»Eben«, sagte Meyer und warf seiner Frau einen Blick zu. »Daraufhin hat mir der Rabbi geantwortet, in diesem Fall bedeute umsonst höchste Qualität, bei der man etwas bekommt und nichts geben muß. Er hat gesagt, Sie hätten einen guten Ruf, er könne mir die Namen vieler zufriedener Kunden nennen.

Er hat uns auch gesagt, Sie hätten einen waschechten New Yorker Polizeibeamten an Ihrer Seite.« Meyer richtete seinen Blick auf mich. »Und das, bekenne ich, gab mir ein besseres Gefühl bei der ganzen Sache. Ich komme selber aus New York. Geboren in Brooklyn – Bensonhurst –, und dort bin ich geblieben, bis ich zwanzig war, als mein Onkel mir eine Stelle in Detroit verschaffte, wo ich dann Sarah traf und wo Roger geboren wurde und auch unser älteres Kind, Jennifer, und es sind noch keine vier Jahre her, daß wir von da hierher gezogen sind.«

Offensichtlich hätte er endlos mit Details seiner Lebensgeschichte fortfahren können, aber Ann unterbrach ihn. »Roger befindet sich in einer ernsten Lage«, sagte sie zu mir. »Du hast wahrscheinlich heute morgen davon in der Zeitung gelesen.«

»Ich bin heute morgen nicht dazu gekommen, einen Blick in die Zeitung zu werfen«, sagte ich und verschwieg, daß es daran lag, daß ich, nachdem mein Wecker klingelt, immer noch eine halbe Stunde liegenbleibe und deshalb immer mein Frühstück herunterschlinge und in größter Eile in die Stadt fahre, um rechtzeitig bei der Arbeit zu sein. Das gehört mit zu den Strafen, wenn man zwanzig Jahre lang verheiratet war und dann gezwungen ist, allein zu leben: man hat sich an einen aktiven menschlichen Wecker gewöhnt, der ein Nein als Antwort nicht durchgehen läßt, und jetzt muß man sich an die passive mechanische Variante gewöhnen.

Während mir dieser Gedanke durch den Kopf ging, konnte ich fast Moms Stimme hören. »Du wirst ja wohl wissen, wie das Problem zu lösen ist, nicht? Glaubst du, in dieser Stadt leben ausschließlich Menschen männlichen Geschlechts?«

Aber vielleicht ist es besser, daß ich, bevor ich weiter erzähle, von Mom und mir spreche und dem, was wir in dieser sagenhaften Stadt im Schatten dieser unglaublichen Berge tun.

* * *

Ich bin in New York geboren und aufgewachsen – dem Land Gottes, oder jedenfalls dem Ort, bei dessen Erschaffung Er den größten Spaß hatte –, und dreißig Jahre lang, bis ich hierher zog, habe ich für das New York Police Department in der Mordkommission gearbeitet. Ich brachte es sogar zum Inspektor, bevor ich vierzig wurde, und das ist noch immer, soweit ich weiß, ein Rekord.

Dann starb meine Frau, und New York verlor für mich seinen Charme; wenn ich morgens in seiner Trostlosigkeit aufwachte, konnte ich kaum noch begreifen, daß es für mich überhaupt einmal Charme gehabt haben konnte. Also zog ich hier raus nach Mesa Grande, in dieses mittelgroße Paradies am Fuße der Rockies, um erster Ermittlungsbeamter für die Pflichtverteidigung zu werden.

Das einzige, was ich bei diesem Umzug bedauerte, war meine Mutter. Mir gefiel der Gedanke nicht, sie in New York zurückzulassen. Ich beschwor sie, mit mir zu kommen, sie blieb jedoch entschlossen bei ihrem Nein und wies mein Angebot von sich. Sie liebte ihre kleine Wohnung, sie hatte ihre Freunde, die Supermärkte, in denen ich einkaufte, würden entsetzlich sein, und sowieso konnte sie nicht wirklich glauben, daß Menschen tatsächlich westlich des Hudsons leben und gedeihen konnten.

Es dauerte ungefähr ein Jahr, bis Mom ihre Meinung änderte. Ich hätte es natürlich schon die ganze Zeit über wissen müssen, daß sie sich eines Besseren besinnen würde. Früher, zu Hause in New York, als Shirley und ich Freitag abends zum Essen in die Bronx kamen, hatte ich Mom jedesmal von meinem letzten ungelösten Mordfall erzählt, und zwischen der gehackten Leber und dem Strudel gelang es ihr immer, ihn für mich zu lösen. Diese Übungen gehörten für sie mit zu den größten Vergnügungen ihres Lebens, und sie freute sich die ganze Woche darauf.

Mit meinem Weggang aus der Stadt war sie von ihren Verbindungen zu Kriminalfällen abgeschnitten. Sie wurde ruhelos, unzufrieden, wußte nicht, was sie tun sollte. »Zeigt sich, daß ich genau wie dein Papa bin«, sagte sie zu mir. »Ich hab ihn einmal mit in die Catskills genommen, und wir wollten dort Ferien machen. Das Essen war köstlich, die frische Luft konnte nicht gesünder sein, aber bereits nach dem ersten Tag saß Papa die ganze Zeit über auf der Veranda und machte mit seinen Fingern Aufwärts- und Abwärtsbewegungen, als ob er Stoff schneiden würde.«

Dann kam Mom mich im letzten März besuchen, und ihr wurde eine verblüffende Erfahrung zuteil. Hier draußen in Mesa Grande gab es eine Menge Mordfälle, die ich zu untersuchen hatte. »Ist es nicht herrlich!« sagte Mom. »Die Menschen bringen einander im Südwesten ebenso leicht um wie im Nordosten! Das gibt einem das beruhigende Gefühl, daß sich die menschliche Natur niemals ändern wird!«

Und so entschied sie, sich für immer hier niederzulassen. Keine so leichte Entscheidung für eine Frau in den Siebzigern. Denn schließlich, um mit Moms eigenen Worten zu reden, »bin ich eine New Yorkerin seit dem Tag, als ich mit sieben Jahren vom Schiff ging.«

Aus diesem Grunde sind mir interessante neue Fälle mit ungewöhnlichen Umständen immer willkommen. Wie sonst kann ich es verhindern, daß Mom sich nicht langweilt?

Und damit wäre ich wieder bei Roger Meyers Problem, das Ann mir nun beschrieb.

* * *

Abe und Sarah waren vor vier Jahren nach Mesa Grande gekommen, nachdem Abe aufgehört hatte, als Juwelier bei einer großen Firma in Detroit zu arbeiten und in Rente ging. Abe entschloß sich für Mesa Grande, weil er hier einmal während des Krieges kurz stationiert gewesen war. (Wir haben in unserer Stadt viel Militär, in unmittelbarer Umgebung befinden sich ein Truppenübungsplatz, ein Luftwaffenstützpunkt und irgendwas Geheimes, das mit Raketenabwehr zu tun hat.) Abe war damals jung, in den Zwanzigern, aber er war begeistert von den Bergen und der frischen Luft und dem weiten Land, und beschloß, wie viele vor und nach ihm, seinen Lebensabend hier zu verbringen.

Fünfunddreißig Jahre später setzte er den Entschluß in die Tat um. Seine Tochter war erwachsen und verheiratet, hatte eigene Kinder, und sein Sohn, der sie als Nachkömmling überrascht hatte, bereitete sich aufs College vor: es war der perfekte Zeitpunkt für einen Umzug.

Also nahmen die Meyers einen großen Batzen ihrer Ersparnisse und kauften sich ein einstöckiges Haus im Osten der Stadt, in Fairhaven, das noch nicht so zugebaut war wie andere Stadtteile. Ihr Haus lag in einer Straße, in der es nur ein Haus neben dem ihren gab und keins gegenüber. Seit beinahe vier Jahren lebten sie glücklich in ihrem neuen Haus – hatten im Vorgarten ein paar Blumen und zogen hinten ein bißchen Gemüse und lebten einfach, aber nicht schlecht von Sozialversicherung und Abes Rente aus der Juweliersfirma. Sie genossen die schönen Abende auf ihrer Veranda vor dem Haus, schlossen neue Freundschaften und beteiligten sich aktiv an den Veranstaltungen der Synagoge und freuten sich jedes Jahr auf den Ferienbesuch ihres Sohnes Roger, der ein Stipendium für Yale hatte, und auf unregelmäßige Stippvisiten ihrer Tochter mit den Enkelkindern, die in Südkalifornien zu Hause waren.

Keine schlechte Art und Weise, den Lebensabend zu verbringen, dachte ich, wenn man den größten Teil seines Lebens hart gearbeitet hat und nicht darauf versessen ist, sich auf immer und ewig abzurackern.

Und dann, ungefähr vor einem Monat, verwandelte sich das Meyersche Paradies in eine Hölle. Ein Mann namens Chuck Candy – Reverend Chuck Candy, der Pfarrer einer Kirche am Ort, deren Gemeinde sich die »Strahlenden Apostel Christi« nennt – war vor zwei Jahren in das Haus nebenan gezogen. Zuerst gab es keine Probleme. Die Meyers sahen Candy und seine Frau nicht häufig, aber wenn sie sich zufällig begegneten, wünschten sie einander recht freundlich einen guten Tag. Die Candys hatten einen erwachsenen Sohn und Enkelkinder, die sie jeden Sonntag besuchen kamen, und die Kinder waren gelegentlich ein wenig laut, aber nicht wirklich störend.

Im Grunde genommen war es sogar so, daß die Meyers ihre Freude an den Kinderstimmen hatten. »Wir fühlten uns in unsere alten Tage zurückversetzt«, sagte Sarah.

»Solange es nicht unsere Kinder sind«, sagte Abe, »und wir uns nicht um sie kümmern müssen, wenn sie schreien!«

Im späten November kam bei den Candys hektisches Treiben auf – Hämmern, Sägen, *Pickups*, auf denen die Namen von Installateuren und Elektrikern standen, fuhren vor und wieder ab. Das ging drei oder vier Tage lang so, und eines Abends, während die Meyers nach dem Essen gerade ihr Geschirr abwuschen, überfiel sie mit einem Mal ohrenbetäubende Musik, so laut, daß ihre Fenster klirrten. Es war ein Weihnachtslied, gespielt von einer Blaskapelle. *»Little Town from Bethlehem«*, sagte Abe. »Wenn das ihre Lautstärke für eine *kleine* Stadt ist, möchte ich keine Lieder über eine *große* Stadt hören.«

Weitere Weihnachtslieder folgten, und ziemlich bald fanden die Meyers heraus, daß die Musik aus dem Haus der Candys kam. Sie gingen vor die Tür um nachzusehen und fanden ein Haus vor, das in eine Art Weihnachtsschaufenster eines Großstadtkaufhauses verwandelt worden war: Lichter, die in fünf verschiedenen Farben immer wieder kurz aufflackerten, waren über das ganze Dach, die vorderen Fenster und die Veranda angebracht worden; Rentiere, Elfen und Weihnachtsmänner, die ihre entsprechenden Geräusche machten, tummelten sich auf dem Rasen um eine Statue, die die Heilige Jungfrau mit dem Kinde darstellte, und ihre Umrisse flackerten in einem grellen schreienden orangenen Neon ebenfalls immer wieder kurz auf, und ein kleiner Springbrunnen schoß hinter dem Kopf der Heiligen Jungfrau in die Höhe. All dies wurde von Musik eingerahmt, die aus Lautsprechern auf dem Dach kam, und zwar mit einem Donnerton, daß die Meyers bereits auf halbem Weg lauter miteinander sprechen mußten.

»Sollten wir sie nicht bitten, sie ein wenig leiser zu stellen?« schrie Sarah.

»Sie haben sie ja gerade erst angebracht«, schrie Abe zurück.

»Sie haben sie noch nicht richtig eingestellt. Sobald sie merken, daß es so laut ist – «

»Aber wenn wir sie darauf aufmerksam machen, *werden* sie es merken.«

»Sachte, sachte«, sagte Abe. »Sie feiern Weihnachten. Wir wollen doch nicht den Leuten ihr Weihnachten verderben. Morgen wird's schon besser sein, glaub' mir.«

Am nächsten Morgen jedoch, und in den folgenden Tagen wurde es immer schlimmer. Nicht nur, daß die Musik ihre ohrenbetäubende Lautstärke beibehielt, sondern unsere Zeitung, der *Republican-American*, brachte in der Rubrik *Lifestyle* einen Artikel über »die grandiose künstlerische Darbietung des weihnachtlichen Geistes« der Candys, was zur Folge hatte, daß auch aus anderen Teilen der Stadt Leute auftauchten, um sich die Show anzusehen. Und sie brachten ihre Kinder und ihre Schwiegermütter und ihre Autos mit. Das Hupen der Autos vermischte sich mit den Klängen der Bläser, die *»Come All Ye Faithful«* spielten, von Sonnenuntergang bis um ein Uhr am frühen Morgen.

Da nur einige wenige Autos vor dem Haus der Candys parken konnten, parkten die übrigen die ganze Straße entlang oder fuhren einfach nur auf und ab und blockierten die Meyersche Einfahrt und machten es ihnen so unmöglich, dem Ganzen für ein oder zwei Stunden zu entfliehen. Schwere Schritte benutzten ihren Rasen vor dem Haus als Abkürzung und trampelten Sarahs schönen Rittersporn nieder. Papiere von Süßigkeiten und leere Getränkedosen lagen überall herum, und hin und wieder auch Lachen von Erbrochenem. Ja, die Gläubigen kamen, und einige von ihnen brachten ihren eigenen weihnachtlichen Geist mit.

Abe Meyer beschwerte sich bei Candy, und der Pfarrer lachte nur vergnügt und sagte, er würde eine bessere Einstellung zu der ganzen Sache bekommen, wenn er sich einfach entspannen und auf den Geist dieser Jahreszeit einstellen würde.

»Weihnachten ist die Zeit der Freude und des Feierns«, sagte Candy. »Feiern, feiern. Was würden Sie dazu sagen, alle Sorgen abzuwerfen und sich mit diesen guten Menschen in Liebe und Anbetung zu verbinden? Oh, das war ein Fehler von mir, Sie praktizieren eine andere Form der Anbetung, so ist es mir jedenfalls zu Ohren gekommen. Na ja, das ist ja das Großartige an diesem Land. Religiöse Freiheit. Wir würden nicht im Traum daran denken, uns in Ihre Religion einzumischen, deshalb nehme ich an, werden Sie verstehen, daß uns die unsere ebenso heilig ist.«

Eine Woche später verständigte Abe Meyer die Polizei. Man gab ihm zu verstehen, daß nichts zu machen sei. Die Candys verstießen gegen keine Gesetze – noch nicht einmal gegen die Vorschriften der Lärmbelästigung, die sich tatsächlich nur auf die Zeit zwischen ein Uhr nachts und sieben Uhr morgens bezogen, und die Candys schalteten immer peinlich genau um ein Uhr die Musik ab. Was die Lichter und die Figuren mit ihren Geräuschen und das ganze andere betraf, so war es jedermann erlaubt, sein Haus nach Belieben zu schmücken. Seine Nachbarn mochten denken, er habe einen scheußlichen Geschmack, aber in einem freien Land durfte jedermann selbst über seinen Geschmack entscheiden. Und wenn es Leute gab, die meilenweit herkamen, um diesen schlechten Geschmack anzuglotzen, dann war das ihre Entscheidung; kein Polizist konnte sich da einmischen. Die Verfassung garantierte ihnen das Recht zu glotzen.

Und dann, vor vier Tagen, kam Roger Meyer aus Yale für die Weihnachtsferien nach Hause. Er sah, was seinen Eltern widerfuhr, sah ihre schlaflosen Nächte, ihre ruhelosen Tage. Er wandte sich an Candy und beschwor ihn, mit dem Krach aufzuhören. Er rief die Polizei an, ging in seinem Ärger sogar bis zu einem Mitarbeiter des Staatsanwalts, und man schickte ihn von einer Stelle zur anderen.

Also stampfte Roger gestern gegen Mittag die Straße hinunter zu Candys Haus und klingelte an der Tür. Candy öffnete ihm, und die beiden fielen im Flur mit Tiraden übereinander her. Nach ein paar Minuten holte Candy eine Pistole aus einer Schublade des Flurschränkchens und befahl Roger, sein Haus zu verlassen. Im nächsten Augenblick hatte Roger Candys Arm gepackt und versucht, ihm die Pistole zu entwenden. Sie ging los. Zum Glück traf die Kugel keinen. Mittlerweile hatte Candys Frau die Polizei angerufen, und kaum hatte Roger das Haus verlassen, fuhr ein Streifenwagen vor. Auf Candys Beschwerde hin wurde Roger wegen Hausfriedensbruchs und tätlichem Angriff mit einer Schußwaffe festgenommen.

»Warum haben Sie sich in einen Kampf mit ihm eingelassen?« fragte ich. »Warum haben Sie sich nicht aus dem Staub gemacht, als er die Waffe gegen Sie richtete?«

»Ich weiß es nicht.« Roger machte eine hilflose Handbewegung. »Das hätte ich wohl tun sollen, nehme ich an. Aber ich hatte das Gefühl, daß wenn ich ihm den Rücken zuwenden würde, mich dieser verrückte Hurensohn – Entschuldigung, Mutter – erschießen würde! Ich dachte, ich müßte ihm die Pistole abnehmen. Es war wie in einem alten Film. Wissen Sie, Peter Lorre richtet die Pistole auf Humphrey Bogart, und Bogart schnappt sie sich. Ich bin ein großer Fan von alten Filmen. Okay, es war verrückt, aber es passierte alles so schnell, ich glaube, ich habe einfach nicht richtig nachgedacht.«

»Niemand denkt richtig nach, wenn er in den Lauf einer Pistole blickt«, sagte Ann. Sie wandte sich an mich. »Du mußt deine Berichte über den Fall Raminez noch beenden. Aber vielleicht könntest du morgen als erstes rüber zu Candy fahren. Versuch, eine andere Beschreibung der Vorgänge zu bekommen. Wäre schön, wenn es einen unparteiischen Zeugen gäbe.«

»Ich glaube nicht, daß außer Mr. und Mrs. Candy und mir sonst noch jemand da war«, sagte Roger.

»Also, was passiert jetzt?« fragte Abe Meyer.

»Hm, Anfang nächster Woche«, sagte Ann, »werden sie Roger einem Richter gegenüberstellen. Vermutlich nicht vor Dienstag oder Mittwoch, weil Sonntag Weihnachten ist, und Montag noch Feiertag ist. Einen Prozeß wird es noch nicht geben – bloß eine vorläufige Vernehmung, um entscheiden zu können, ob genügend Beweise für einen Prozeß vorhanden sind. Wenn der Richter dieser Meinung ist, wird ein Prozeßtermin anberaumt. Vermutlich nicht vor einigen Monaten, es hängt davon ab, wie voll der Terminkalender ist.«

»Aber ich muß im Januar zurück nach New Haven«, sagte Roger. »Ich stehe kurz vor dem Abschluß der letzten Klasse.«

»Ich bin sicher, der Richter wird das berücksichtigen. Wir werden ihn um eine Sondererlaubnis für Sie bitten, damit Sie den Staat verlassen können, solange Sie zur Schule gehen. Aber Sie werden natürlich zum Prozeß kommen müssen.«

»Bitte – Mrs. Swenson.« Sarah Meyer hatte bisher nicht viel gesagt, und jetzt meldete sie sich mit leiser schüchterner Stimme.

»Ja, Mrs. Meyer?«

»Es kommt doch alles in Ordnung, nicht? Sie werden ihn doch nicht ins Gefängnis schicken?«

»Wir werden alles für ihn tun, was in unserer Macht steht. Dave ist ein erstklassiger Ermittlungsbeamter, er wird alle nötigen Fakten zutage fördern, wenn es denn welche gibt, die zutage gefördert werden müssen. Und bei der Art Belästigung, die Ihnen von den Candys zugemutet worden ist, bin ich mir sicher, daß wir feststellen werden können, daß Rogers geistige Verfassung – «

»Aber Sie haben mir noch nicht geantwortet. Es kommt doch alles in Ordnung?«

Ann senkte mit Bedacht nicht den Blick. »Ich bin kein Prophet, Mrs. Meyer.«

Sarah gab einen leichten Seufzer von sich. »Ich habe es gewußt. Die ganze Zeit, habe ich es nicht gewußt? Das ist der große Fehler, den wir gemacht haben, seitdem wir hier in der Stadt leben. Daß wir gedacht haben, wir hätten eine sichere Zukunft vor uns. Daß wir gedacht haben, wir brauchten uns endlich keine Sorgen mehr zu machen.«

Ihr Mann ging zu ihr und nahm ihren Arm und sah uns dann über ihre Schulter hinweg an, was nicht schwer für ihn war, so wie er sie überragte. »Wir wollen jetzt gehen«, sagte er. »Sie haben zu tun.«

Abe und Sarah verließen das Zimmer, und seine Hand hielt noch immer fest ihren Arm. Roger schickte sich an, ihnen zu folgen, drehte sich dann aber plötzlich in der Tür um und wandte sich ungeduldig, wie ein aufgeregtes Kind, an mich. »Was ich noch sagen wollte – gibt es irgendwas, was ich tun könnte, um Ihnen bei der Untersuchung zu helfen?«

»Was zum Beispiel?« fragte ich.

»Ja, wenn Sie irgendwelche Wege zu machen haben. Sachen nachschlagen, Besorgungen machen, damit Sie Zeit für die wichtigen Dinge haben. Ich hab noch vier Wochen Ferien und nicht viel zu tun, und ich weiß, daß es der Pflichtverteidigung immer an Arbeitskräften mangelt. Sie würden mir wirklich einen Gefallen tun. Ich interessiere mich nämlich sehr für Detektivarbeit. Dafür hab ich mich schon immer am allermeisten interessiert. Mein Hauptfach in der Hochschule ist Soziologie mit dem Schwerpunkt Kriminologie. Ich schreibe meine Diplomarbeit über die Unzuverlässigkeit der Beweisführung durch Fingerabdrücke.«

»Das ist ja phantastisch«, sagte Ann. »Ich wünschte, mehr junge Leute würden sich ernstlich für Kriminologie interessieren. Wenn Dave Ihre Hilfe benötigen sollte, wird er Ihnen bestimmt Bescheid geben.«

Sie hatte das so geschickt und elegant gemacht, wie nur Ann das konnte, und der Junge verließ das Büro mit einem vagen Lächeln auf dem Gesicht. Nicht ganz sicher, vermute ich, ob er soeben zustimmende Ermunterung oder eine Abfuhr erhalten hatte.

Als sich die Tür hinter ihm geschlossen hatte, wandte ich mich an Ann und fragte: »Wie stehen seine Chancen, was meinst du?«

Sie zuckte leicht mit den Achseln. »Das weißt du genausogut wie ich. Ein jüdischer Junge von einem College im Osten schießt auf einen christlichen Pfarrer in dessen Haus, weil die Eltern des Jungen etwas dagegen haben, daß der Pfarrer Weihnachtslieder spielt und eine Statue der Heiligen Jungfrau mit dem Kinde in seinem Vorgarten aufstellt. Und das Ganze in einer Stadt, in der hundert Kirchen auf einen Buchladen kommen! Dave, mein Lieber, wir haben mehr als genug zu tun!«

* * *

Es war mir unmöglich, die Zeit, die mir noch vom Nachmittag blieb, dafür zu verwenden, den Roger-Meyer-Fall in Angriff zu nehmen. Ich hatte zuviel im Zusammenhang mit unserem letzten Mandanten zu tun, einem mexikanisch-amerikanischen Kellner in einem Bumslokal, der seine Frau und seine drei Kinder mit einem Gewehr umgelegt hatte, das dann klemmte, als er es auf sich selbst richtete. Ein äußerst teurer Unfall für den Staat, der im Gefängnis für ihn aufkommen und ihn vor Gericht bringen mußte, und für ihn selber eine Tragödie, denn alles, was er wollte, war eine Gelegenheit, seine Stümperarbeit korrigieren zu können. Ann hatte gerade einen Sachverständigenausschuß dazu gebracht, ihn wegen fahrlässiger Tötung und nicht wegen Mordes schuldig zu sprechen, und ich mußte jetzt einen Bericht schreiben und ein Dutzend Formulare ausfüllen.

Dienstanweisung von diesem Saufbold Marvin McBride, unserem Bezirksstaatsanwalt: jeder Schritt, den die Pflichtverteidigung unternimmt, hat in vierfacher Ausfertigung weitergereicht zu werden. McBride mag uns nicht besonders, und wer kann ihm das verübeln angesichts der vielen angeblichen hieb- und stichfesten Überführungen, die Ann ihm in den letzten Jahren vereitelt hat? Seine Strategie scheint folgende zu sein: wenn er uns schon nicht im Gerichtssaal schlagen kann, dann kann er uns vielleicht unter Papierbergen begraben.

So war es fast halb sechs geworden, als ich endlich aus dem Büro kam, durch die Rundhalle des ersten Stocks ging und über die Vordertreppe das Gericht verließ.

Es ist ein riesengroßes Gebäude, kürzlich mit hohem Kostenaufwand errichtet, wenn es auch wahrscheinlich weniger hoch geworden wäre, wenn der Bauunternehmer nicht der Neffe des Bürgermeisters gewesen wäre. Man könnte den Stil als pueblogriechisch bezeichnen – Säulen und Bögen, die an die Akropolis erinnern, vermischt mit rosafarbenen Innenhöfen und Glockentürmen, die an alte Zorro-Filme erinnern. Als ich auf dem Bürgersteig stand, drehte ich mich um und sah mit Ärger und Widerwillen, daß der oberste Glockenturm mit silbernen Girlanden geschmückt war, wie ein riesengroßer Penis, der sich als Weihnachtsbaum verkleidet hat.

Auf dem Parkplatz zwei Blocks vom Gericht waren bunte Lichter – rot und grün, was sonst? – um die Pfähle gespannt, die die Begrenzung des Parkplatzes markierten. Ich tat mein Bestes, sie zu ignorieren, als ich meinen Wagen von seinem Stammplatz fuhr.

Einen Block weiter ließ mich das Rot der Ampel neben der Methodistenkirche halten. Das Schild auf dem Stück Rasen davor verkündete in großen schwarzen Buchstaben:

WEIHNACHTS-GOTTESDIENST
DR. POTTLE HÄLT EINE PREDIGT MIT DEM TITEL
»WIE WEIT HABEN WIR UNS VON DER KRIPPE ENTFERNT?«

Ich stellte mein Autoradio an, und die Weisen des Hallelujah-Chores dröhnten mir entgegen, offensichtlich von der ganzen Bevölkerung von St. Louis, Missouri, gesungen und von allen Symphonieorchestern der Vereinigten Staaten von Amerika begleitet. Ich stellte das Radio schnell wieder aus.

Die Ampel schaltete auf Grün, und in den nächsten vier Blocks – die so ziemlich die ganze Innenstadt ausmachten – zählte ich fünf Weihnachtsmänner, die an der Ecke standen und mit Glocken klingelten und dabei den Leuten Sammeldosen vor die Nase hielten. Gestern hatte ich nur drei gezählt. Sie vermehrten sich wie Kaninchen.

Das einzig Weihnachtliche, das tatsächlich fehlte, war Schnee. Irrigerweise glauben viele, daß wir in dieser Gegend die Winter bis zur Nasenspitze im Schnee verbringen, aber das stimmt nicht. Wir kriegen auch unseren Teil ab, bloß selten vor November und manchmal nicht vor dem ersten des neuen Jahres, und selbst dann liegt in New York City und anderen Städten östlich der Rockies viel mehr Schnee. Die Bürger von Mesa Grande mögen vielleicht von einer Weißen Weihnacht träumen, worauf sie aber mit Sicherheit zählen können, sind eine unendliche Anzahl Weiße-Weihnachts-Sonderangebote.

Ich hielt bei der nächsten roten Ampel wieder an und hörte ein schrilles Tremolo vom Bürgersteig:

»Nehmt euch in acht und bereut, oh ihr Sünder! Befreit euch von euren Sünden, bevor es zu spät ist!«

Die Stimme gehörte einem alten Mann, dessen verknoteter und verstrubbelter Backenbart aus demselben Lumpensack zu kommen schien wie das, was seine Kleider sein sollten. Die stockähnlichen Arme und der vogelscheuchenartige Hals und die knochigen Gelenke, die aus den Lumpenkleidern ragten, waren ebenso schmutzig wie die Lumpen selbst, und die Stimme klang, als sei auch sie in die Mangel genommen worden und nicht verschont geblieben.

Niemand um ihn herum schenkte ihm viel Beachtung, von ein paar belustigten Seitenblicken abgesehen. Für uns alle war er ein vertrauter Anblick; schon lange Zeit vor meiner Ankunft in Mesa Grande predigte er an den verschiedensten Straßenecken sein Höllenfeuer. Hin und wieder, wenn sie nichts Besseres zu tun hatten, griffen ihn die Bullen auf und brachten ihn vor den Richter. Aber es gab nicht viel, für das ihn der Richter festhalten konnte. Er bettelte gelegentlich, aber er stellte sich niemandem in den Weg oder berührte niemanden mit seinen ekligen Fingern.

Und er ging seiner Mission nur tagsüber nach. Nachts saß er friedlich in verschiedenen Bars und ließ sich bis an die Grenze zur Bewußtlosigkeit mit billigem Schnaps vollaufen; dann kroch er zurück in sein dreckiges Hotel und brach wahrscheinlich auf seinem Bett zusammen.

»Bereut, bereut!« rief er, laut genug, daß man ihn trotz des Verkehrslärms hören konnte. »Gebt acht auf die Worte des Propheten! ›Sie haben das Ei beschmutzt, und sie werden an dem Eigelb ersticken!‹ «

Ein junges Paar, das neben ihm in der Kurve stand, brach in Gelächter aus. Genau das hatte ich anfänglich auch getan, als ich den alten Mann das erste Mal sah. Damals war mir seine eigenartige, im Grunde aber simple religiöse Sicht fremd: die Welt ist ein Vorgeschmack der Hölle, denn wir werden bestraft für unseren brutalen und sadistischen Umgang mit Gottes liebster und heiligster Schöpfung, dem Ei. Errettung, Glück, Erlösung von allem Leid und das ewige Leben werden nur dann möglich sein, wenn wir damit aufhören, die heiligen Eier um uns herum zu braten, zu pochieren, zu schlagen oder sonst irgendwie zu entweihen, und anfangen, in Frieden und Harmonie mit ihnen zu leben.

In den letzten Jahren war mir das Lachen vergangen. Was er sagte, machte ebenso viel Sinn, fand ich, wie jedes andere Rezept für das Jahrtausend, in das ich geraten war.

* * *

An jenem Abend hatte ich eine Verabredung. Nicht gerade eine »heiße« – denn in meinen Jahren wäre das mehr als Wunschdenken, es wäre reinste Phantasie –, aber wenigstens eine angenehm warme. Dennoch fuhr ich nicht gleich nach Hause. Ich fuhr zu Mom, die nur fünf Minuten mit dem Auto von mir entfernt wohnt, weil ich sehen wollte, ob es ihr gut ging oder ob sie Hilfe brauchte.

Mom war erst vor ungefähr einem Monat in dieses Haus gezogen, und um die Wahrheit zu sagen, ich war von dem Umzug nicht gerade begeistert gewesen. Ich sah nicht ein, warum sie nicht weiter bei mir wohnen konnte. Mein Haus hat zwei oder drei Zimmer, die ich nicht brauche, ein großes zweites Badezimmer und eine komfortable Küche, und außerdem, Mom war schließlich in den Siebzigern und ganz allein.

Aber sie hatte das Angebot rundweg abgelehnt. »Das wäre keine gute Idee«, hatte sie gesagt. »Du würdest mich mit deinem Getue verrückt machen. Ich würde mich nicht frei fühlen.«

»Frei wozu, Mom? Hast du vor, wilde Parties zu veranstalten? Hast du vor, Männer über Nacht bei dir zu behalten?«

»Ich würde nicht sagen, daß ich das *vorhabe*. Aber nehmen wir mal theoretisch an, es ergäbe sich eine solche Möglichkeit, wie würdest du reagieren? Du weißt genau, daß du mich ständig daran erinnern würdest. Also ist es besser, in getrennten Häusern zu leben.«

»Aber die Möglichkeit *besteht* ja gar nicht!«

»Solange du in der Nähe bist jedenfalls nicht.«

Niemand schaffte es, sich mit Mom auseinanderzusetzen und das letzte Wort zu behalten. Also gab ich mehr oder weniger elegant nach, und ich gestehe, das Haus, in das sie zog, hätte weit schlimmer sein können. Es hatte nur ein Stockwerk, so daß ihr das Treppensteigen erspart blieb; es war klein, aber mit allen modernen Annehmlichkeiten; und es lag an einer schönen, mit Bäumen bestandenen Straße in einem neuen Viertel der Stadt, nicht zu weit vom Supermarkt.

Kaum hatte ich mich an das Haus gewöhnt, da traf mich der nächste Schlag. Mom kaufte sich ein Auto, einen sportlichen neuen zweitürigen Toyota in Knallrot.

»Um Himmels Willen, Mom, in New York konntest du noch nicht einmal Auto fahren!«

»Baut hier eine U-Bahn, wie in jeder zivilisierten Stadt, und ich *müßte* es nicht können.«

»Aber es kann gefährlich werden. In deinem Alter.«

»Liest du die Statistiken nicht? Gefährlich ist es für junge Leute.

Praktisch niemand über siebzig wird je in einen Verkehrsunfall verwickelt.«

Sehr beruhigend.

Wie auch immer, Haus hin, Auto her, ich bestand darauf, drei oder viermal die Woche vor dem Essen kurz bei ihr vorbeizuschauen.

»Was für eine Überraschung!« sagte sie, als sie mir die Tür öffnete. »Komm rein, sieh dich um, mach deine Inspektion. Das Haus ist sauber. Ich habe meine Kleider aufgehängt. Kein *junk food* im Kühlschrank. Keine Marihuana-Zigaretten in den Aschenbechern.«

»Schon gut, Mom, sehr witzig«, sagte ich, als ich ihr einen Kuß gab.

»Versteh mich nicht falsch«, sagte sie. »Es ist schön, einen Sohn zu haben, der sich um mich sorgt. Es macht mich verrückt, aber es ist auch schön.«

Wir gingen in ihr kleines Wohnzimmer, wo der Fernseher lief. »Also was ist, irgendwelche interessanten Morde heute?«

Ich machte es mir auf dem Sofa bequem, das sie gebraucht gekauft und nach einigen Säuberungs- und Näharbeiten in das genaue Ebenbild jener dicken, leicht verblichenen Sofas verwandelt hatte, die sie früher in ihrer Wohnung in der Bronx hatte. Als ich mich darin zurücklehnte, fühlte ich mich wieder wie ein Schuljunge.

»Keine Morde«, sagte ich. »Aber wir haben einen interessanten Fall, tätlicher Angriff mit einer Schußwaffe.«

Mehr konnte ich ihr jetzt nicht davon erzählen. Der Fernseher lenkte uns vorübergehend ab. Es gab Lokalnachrichten, und plötzlich erschien der Bürgermeister von Mesa Grande, der ehrenwerte Willard A. Butterfield, auf dem Bildschirm: klein, um die Fünfzig, mit einer trockenen heiseren Stimme, gerade richtig, um Platitüden herunterzuleiern. Er hatte ein florierendes Maklergeschäft besessen und war, bevor er Bürgermeister wurde, Vorsitzender der Innung der Immobilienmakler gewesen. Nach seiner Wahl gab er diesen Posten jedoch auf, »um jeglichen Interessenkonflikt zu vermeiden«, wie er sagte. Seitdem hat er jede Immobilienbagatelle unterstützt, jeden Vorschlag einer Annexion, einer Steuererleichterung, eines Wassernutzungsrechts oder anderer einzelner Privilegien, der im Stadtrat diskutiert wurde. Das hat dazu geführt, daß einige Leute – leider nicht die Mehrheit – behaupteten, er übe noch immer seinen alten Beruf aus, er habe lediglich die Berufsbezeichnung geändert.

Und hier war er jetzt, auf dem Bildschirm, in einem großen Sessel sitzend, umgeben von unglücklich aussehenden Kindern beiderlei Geschlechts, ein offenes Buch auf dem Schoß. Der Nachrichtensprecher kommentierte dieses eigentümliche Schauspiel: »Bürgermeister Butterfield bei dem mittlerweile schon zu einer weihnachtlichen Tradition gewordenen Besuch im städtischen Kinderheim, wo er aus dem klassischen Weihnachtsmärchen ›A *Christmas Carol*‹ von Charles Dickens vorlas. Die Kinder lauschten begeistert und hingerissen – «

Großaufnahme Seiner Ehren, das Gesicht zu einem breiten Politikerlächeln verzerrt, die Stimme zitternd vor Erregung, oder vielleicht hatte er auch einfach nur Schwierigkeiten mit den langen Worten.

Nahaufnahme eines kleinen Jungen, der seine Begeisterung und sein Hingerissensein dadurch ausdrückte, daß er mit einem schmutzigen Finger in der Nase bohrte.

Mom schaltete den Fernseher ab. »Bleibst du zum Essen?« fragte sie. »Ich habe noch Rindfleischsuppe von meiner Party letzten Sonntag, ich wärme sie auf.«

»Ich wußte gar nicht, daß du letzten Sonntag eine Party gegeben hast.«

»Sei nicht traurig, du wärst beleidigt gewesen, wenn ich dich eingeladen hätte. Ich hatte meine Canasta-Damen und ihre Männer da. Wir haben unseren zweiten Platz beim staatlichen Turnier gefeiert.«

Mom war jetzt ungefähr drei Monate in der Stadt, und schon spielte sie bei Canasta-Turnieren mit. Ich lebte hier seit drei Jahren, und bis zu dieser Minute hätte ich spontan gesagt, Canasta sei ein Spiel, das außerhalb von New York City, Miami Beach und Beverly Hills völlig unbekannt sei.

»Was ist also mit dem Essen?« sagte sie. »Ist 'ne Menge übrig, und es schmeckt immer besser, je älter es wird.«

Ich mußte die Einladung ablehnen. Ich sagte Mom, ich wäre

heute abend mit jemandem zum Essen verabredet, und obwohl sie sich äußerlich nichts anmerken ließ, spürte ich, wie sie innerlich ihre Fühler ausstreckte. »Ach ja? Kenn ich diesen jemand?«

Ich wußte, welche Frage ihr auf der Seele brannte, und ich machte ihrem Elend ein Ende. »Es ist eine Frau, die ich vor kurzem kennengelernt habe. Sie arbeitet beim Gericht, als Hilfskraft eines Richters.«

»Also gebildet? Und intelligent, wie ich hoffe? Deine letzten zwei oder drei – «

»Sie ist ein netter verständiger Mensch, Mom. Sie hat gerade eine Scheidung hinter sich, und es ist nichts Ernsthaftes zwischen uns. Wir gehen zum ersten Mal zusammen aus, und wir werden nichts weiter tun als zusammen essen und uns einen Film ansehen.«

Ich brach ab, verärgert über mich selbst. Warum entschuldigte und rechtfertigte ich mich Mom gegenüber, ganz so wie in meiner Teenagerzeit?

»Und natürlich«, sagte Mom, »ginge es zu weit, wenn ich fragte, ob sie zufällig Jüdin ist?«

»Ich hab keine Ahnung, ob sie Jüdin ist. Das ist nicht gerade das, was mir im Kopf herumgeht, wenn ich eine Frau treffe. ›Hallo. Wie geht es Ihnen? Sind Sie Jüdin?‹ «

Zugegeben, ich wußte, diese Antwort war nicht ganz ehrlich. Die Frau hieß Virginia Christenson, und ich war mir verdammt sicher, daß sie keine Jüdin war.

»Ich verstehe nicht, warum dir das überhaupt so wichtig ist. Shirley war Jüdin, und du hast sie nie besonders gemocht.«

»Das stimmt nicht«, sagte Mom. »Ich mochte Shirley gerne. Sie war eine wunderbare Frau. Was mir nicht so gut gefiel, waren nur ihre verrückten Ideen und groben Ausdrücke. Also, wenn du nicht zum Essen bleiben kannst, warum erzählst du mir nicht auf die Schnelle etwas von deinem tätlichen Angriff mit einer Schußwaffe?«

Wie sie war ich froh, das Thema wechseln zu können. Seitdem sie sich hier draußen niedergelassen hatte, war sie mir bereits in ein oder zwei Fällen nützlich gewesen; glücklicherweise minderte die dünne Bergluft in keiner Weise ihre schnelle Kombinationsgabe.

So erzählte ich ihr jetzt alles, was ich über Roger Meyer und die Weihnachtsdekorationen unseres Reverends Chuck Candy und das Gespräch mit Roger und seinen Eltern in Anns Büro wußte.

Während ich erzählte, wurde Moms Gesicht zunehmend ernster, und ihr Kinn sank in ihre Hand. Als ich zu Ende war, gab sie einen kleinen Seufzer von sich und sagte: »Sieht nicht gerade rosig aus für den Jungen, nicht wahr?«

Ich wiederholte, was Ann über unsere Chancen gesagt hatte, und Mom nickte. »Und schon ist geschehen, was sie vorausgesagt hat. Hast du heute morgen in die Zeitung gesehen?«

»Nein, hab ich nicht. Ich war in großer Eile, als ich aus dem Haus ging.«

»Weil du verschlafen hast und keine Zeit für ein anständiges Frühstück hattest, stimmt's oder stimmt's nicht? Die Zeitung liegt draußen in der Küche, ich werd sie dir holen. Lies die Seite mit den Leitartikeln.«

Wir haben in Mesa Grande nur eine Zeitung, den *Republican-American*, und die Position der Herausgeber liegt irgendwo rechts von Attila dem Hunnen. Etwa vor einem Jahr traten sie für ein generelles Lebenslang bei dreimaligem Verstoß gegen die Wohlfahrtsgesetze ein. Sie traten außerdem dafür ein, kaum zu glauben, den Contras in Nicaragua jede Hilfe zu verweigern; sie vertraten die Haltung, die Vereinigten Staaten sollten aufhören mit der Leisetreterei gegenüber inkompetenten Truppen und die Marine dorthin schicken, »um diese atheistischen Marxisten ein für allemal aus unseren Hemisphären zu vertreiben.«

Roger Meyers Verhaftung wurde in großen Schlagzeilen auf der Titelseite bekanntgegeben..

BEI ANTIWEIHNACHTLICHEM ÜBERFALL
AUF REVEREND GESCHOSSEN;
HARVARD-STUDENT WEGEN VERSUCHTEN
MORDES FESTGENOMMEN

Ein Kasten unter einem Photo von Reverend Chuck Candy – feistes Gesicht, große Nase, breitkrempiger Cowboyhut, breites Grinsen, offensichtlich einer Menge zuwinkend – forderte die Leser auf: »Siehe Leitartikel auf Seite 12.«

Der Artikel auf Seite 12 war ebenfalls in einem Kasten, damit niemand ihn übersehen konnte. Und eine weitere Ungeheuerlichkeit: unterschrieben hatte ihn der Zeitungsverleger höchstpersönlich, Arthur T. Hatfield.

Ich möchte nicht in eine depressive Stimmung verfallen, indem ich diesen Artikel Wort für Wort zitiere. Hatfield ließ sich ausführlich und mit vielen Wiederholungen über den bösen Angriff auf Religion und Moral und die »christlichen Werte« aus, der heutzutage das Gesellschaftsgefüge unterminiere, die Stärke Amerikas aufs Spiel setze, unsere Kinder verderbe, und sich bemühe, das Königreich des Satans mitten in der sauberen Stadt Mesa Grande zu errichten, so wie es bereits in anderen Städten im Land errichtet sei, besonders in New York und Los Angeles.

Er nannte Reverend Candy »eine gottesfürchtige und gesetzestreue Säule der örtlichen religiösen Gemeinschaft«, der, einfach nur weil er den Wunsch hatte, sein Haus während der Weihnachtszeit zu schmücken und somit die Botschaft von der Geburt Christi seinen Mitbewohnern zu übermitteln und besonders den Kindern von Mesa Grande, eingeschüchtert und bedroht und schließlich mit einer Schußwaffe angegriffen worden war, und zwar von denjenigen, denen daran gelegen war, daß diese Botschaft ihr Ziel nicht erreichte.

Dann verwies Hatfield auf Roger Meyer »diesen jungen Radikalen vom Harvard College, der aus dem Osten hierher gekommen ist, um die Gottesfurcht und den Glauben in unserer Stadt zu stören.« Und in einem weiteren Absatz brachte er Roger in Verbindung mit »jenen Kreisen, die die Religion – oder sollten wir sagen Antireligion? – eines weltlichen Humanismus praktizieren, und die, da sie selber keine Verpflichtung gegenüber dem Christentum empfinden, versuchen, alle möglichen Spuren des Christentums, wo immer sie können, zu untergraben und zu zerstören.«

Das Wort »Christusmörder« wurde in diesem Artikel nicht direkt benutzt, aber selbst der letzte Idiot würde es ohne Schwierigkeiten zwischen den Zeilen entdecken.

Nach einer Weile sagte Mom: »Sprichst du morgen mit diesem Candy, diesem Pfarrer?«

»Als erstes morgen früh.«

»Ich bin sicher, du hast vor, ihm alle auf der Hand liegenden Fragen zu stellen. Und ich bin sicher, er hat bereits alle Antworten parat. Hier also eine Frage, die er vielleicht nicht erwartet. Wie lange bleiben er und seine Frau normalerweise abends auf? Wann gehen sie gewöhnlich zu Bett?«

»Aber warum sollte mich das interessieren?«

»Bitte ich dich darum, dich dafür zu interessieren? Ich bitte dich lediglich, danach zu fragen. Und wenn du die Antwort weißt, ruf mich an – ich bin morgen den ganzen Tag über zu Hause, ich habe morgen meinen großen Wochenputz –, und vielleicht habe ich dann einen neuen Vorschlag für dich.«

Ihre Bitte schien mir ohne Sinn, aber ich versprach ihr, auf jeden Fall zu fragen. Wußte ich doch, daß sie mir den Grund nicht eher nennen würde, bis sie soweit war. Mom liebt Geheimnisse über alles.

* * *

Ich fuhr nach Hause, duschte und rasierte mich und zog Anzug und Krawatte an für meine Verabredung.

Eigentlich ist das hier am Fuße der Rockies nicht nötig. Die meisten Leute werfen sich nur zu ganz förmlichen Anlässen in Schale, also bei Hochzeiten und Beerdigungen. Aber ich bin nun einmal ein New Yorker, zumindest in meinem Innersten, und ich könnte mich nie daran gewöhnen, zu einer Verabredung ohne Schlips und Kragen zu gehen. Wenn Gott gewollt hätte, daß wir offene Hemden und Jeans tragen würden, warum hat er dann *Brooks Brothers* erschaffen?

Zugegeben, je weniger über diese Verabredung gesprochen wird, umso besser. Virginia Christenson hatte sich jedesmal als eine nette freundliche Frau erwiesen, wenn ich die Zeit mit ihr außerhalb der Gemächer ihres Richters verbrachte, so daß meine Reaktion vollkommen normal war, als sie mir letzte Woche mitteilte, ihre Scheidung sei rechtskräftig geworden.

»Das ist eine wirkliche Erleichterung«, sagte sie. »Ob Sie es glauben oder nicht, seit beinahe einem Jahr habe ich es nicht *gewagt*, mit einem Mann auszugehen. Aber jetzt kann ich wieder ein gesellschaftliches Leben führen, Gott sei Dank.«

Wenn einem ein derartiger Wink mit dem Zaunpfahl gegeben wird, übersieht man den nicht, oder?

Trotzdem bleibt es Tatsache, daß man einen ganzen Abend mit jemandem allein verbringen muß, wenn man herausbekommen will, wie jemand wirklich ist.

Betrachten wir zum Beispiel die Werbung, die sie bei uns im Kino vor dem Hauptfilm bringen. Diese speziellen Spots voller Weihnachtsfrohsinn: Volvos, die zu *»Jingle Bells«* Bergstraßen entlang hüpfen; Jungs, die ihren Mädchen herabgesetzte Diamantringe über die Finger streifen, während im Hintergrund *»Joy to the World«* jubiliert wird; der Weihnachtsmann, der in Gestalt einer wunderschönen jungen Frau mit weißem Bart, rotem Schlapphut und mit weißen Bommeln besetztem Minirock einer riesengroßen Dose Seven-Up entspringt.

Ich wollte Virginia gerade ein paar bissige Bemerkungen über diese Obszönitäten ins Ohr flüstern, kam aber nicht dazu. Sie amüsierte sich köstlich und rief: »Das ist wirklich zu süß!«

Nach dem Kino sagte ich ihr, ich wollte sie lieber nach Hause fahren, weil ich schreckliche Migräne hätte. Weitere zwei oder drei Stunden mit ihren Seufzern und Ooohs und Aaahs bei jedem Weihnachtsgesteck und jedem Klangfetzen von *»Silent Night«* – »Ist das nicht wunderschön? Findest du Weihnachten nicht auch so toll?« –, und ich wäre soweit und hätte Ebenezer Scrooge als Papst gesehen.

Ich war kein bißchen müde, nachdem ich sie zu Hause abgesetzt hatte, und entschied, ich könnte ebensogut noch etwas aus dem Abend machen.

Ich fuhr in östlicher Richtung, nach Fairhaven, und fand ohne Mühe die Straße, in der die Meyers und die Candys wohnten. Schon Blocks vorher wurde der Verkehr immer dichter, und bald darauf bewegten sich die Autos Stoßstange an Stoßstange unter viel Gehupe vorwärts. Ich brauchte mehr als fünfzehn Minuten, um mich dem Schrein zu nähern. Ungefähr einen halben Block vorher – während ich an einem kleinen Haus mit ein paar Lichtern in den Fenstern vorüberfuhr; dem Haus der Meyers, nahm ich an – hörte ich die Klänge von *»Little Town of Bethlehem«* in voller Lautstärke mir entgegendröhnen.

Dann fuhr ich an dem Haus der Candys vorüber. Ursprünglich hatte ich vorgehabt, anzuhalten, auszusteigen und mir alles genau anzusehen, obwohl frostige Kälte herrschte. Aber es war klar, daß ich dieses Vorhaben aufgeben mußte. Alles, was ich tun konnte, war, mich Zentimeter um Zentimeter an dem Haus vorüberzuschieben; wenn ich anhielt, würde ich mir den Zorn der langen Autoschlange hinter mir zuziehen. Genug Zeit jedoch, das anzustarren, was es zu sehen gab.

Selbst die Beschreibung der Meyers hatte mich nicht vollständig auf diese Ungeheuerlichkeit aus Neon vorbereitet. Explosionen kitschiger flackender Lichter, eine obszöne Ansammlung kopfschüttelnder, armwinkender Figuren, die auf dem Rasen Quietsch- und Kicherlaute von sich gaben. Und alles übertönt von *»Deck the Halls with Boughs of Holly«*, das wie ein Marschlied bei einem Sportfest losdonnerte.

Kurz darauf kam ich an einen großen leeren Platz am Ende der Straße. Die Autos benutzten ihn zum Wenden, und knirschten und quietschten bei ihren Ausweichmanövern. Mein uralter Ford ist klein genug, so daß ich ohne Probleme wenden konnte; dann fuhr ich die Straße wieder hinunter, diesmal in die andere Richtung.

Das brachte mich näher an die Straßenseite gegenüber dem Haus der Candys. Nichts als Bäume auf dieser Seite. Dann fielen meine Lichter auf eine Gestalt, die ich bei der Hinfahrt nicht bemerkt hatte. Sie stand an der Kurve und starrte auf das Haus der Candys. Seine Kleider bestanden wie immer mehr oder weniger aus Lumpen, und sein Gesicht war fleckig und unrasiert; seine Hand- und Fußgelenke, dünn wie Streichhölzer, schienen im Strahl meiner Scheinwerfer aufzuflammen. Vielleicht lag es auch an dem Strahl, daß seine Augen aussahen, als würden sie ebenfalls brennen; eine verrückte Erregung glitzerte in ihnen, während er das Haus anstarrte, das die Karikatur eines Weihnachtsbaumes war.

Sah er in Gedanken, wenn er denn noch welche hatte, einen in weiter Vergangenheit zurückliegenden Weihnachtsbaum aus seiner Kinderzeit? Erinnerte er sich dunkel, oder erinnerte er sich überhaupt, und brachten ihm zusammenhangslose Blitze das zurück, was er einmal gewesen war, bevor er der verrückte Prophet von Mesa Grande geworden war, der Ungläubigen, die sich vor Lachen ausschütteten, das Evangelium des Heiligen Eis predigte?

Meine Lichter glitten an der zerlumpten Gestalt vorüber, und er tauchte wieder in die Dunkelheit, wie ein Schauspieler auf der Bühne, wenn die Scheinwerfer nicht mehr auf ihn gerichtet sind. Ich fuhr weiter, und endlich hatte ich freie Bahn.

Donnerstag, 22. Dezember

Sobald ich am nächsten Morgen in meinem Büro war, rief ich Reverend Chuck Candy an, um ein Treffen zu vereinbaren. Keiner nahm ab, also probierte ich die Nummer der »Strahlenden Apostel Christi«. Eine geschäftsmäßig klingende weibliche Stimme sagte mir, der Herr Pfarrer würde mit mir sprechen, und einen Augenblick später tröpfelte mir ein breiter Akzent aus dem Westen ins Ohr.

»Hier Reverend Chuck, wie geht's, gut?«

Ich gab keine Antwort. In diesem Teil der Welt stellen einem die Leute ständig diese Frage, aber niemand erwartet im Ernst eine Antwort. Also fing ich an, ihm zu erzählen, wer ich war und warum ich ihn treffen wollte, aber die Stimme redete weiter und unterbrach mich, und mir wurde klar, daß ich mit einem Anrufbeantworter verbunden war.

»Im Augenblick bin ich leider nicht zu sprechen«, sagte die Stimme, »aber das heißt nicht, daß ich nicht voller Sehnsucht darauf brenne, zu hören, was Sie mir zu sagen haben. Kommen Sie einfach in unsere Kirche und sehen Sie sich unseren wunderschönen neuen Altar an, aus echtem Colorado-Marmor, und den Freizeitraum für junge Menschen im Keller, mit drei Ping-Pong-Tischen, und wahrscheinlich werde ich Sie persönlich begrüßen, noch bevor Sie die Faust zur Drohung erheben können. Aber wenn Sie weitere Fragen haben, die Sie jetzt unbedingt stellen müssen, dann warten Sie einfach einen Moment, und meine Sekretärin wird sich einschalten und sich um Sie kümmern.«

Die Stimme brach ab, und ich hängte ein. Ich entschied, die Sekretärin zu umgehen und mich direkt auf den Weg zu machen und das gastfreundliche Angebot Reverend Chucks auszunutzen.

* * *

Ich machte einen kleinen Umweg. Ich wollte meiner Bekannten Francesca Fleming einen kurzen Besuch abstatten und hoffte, sie in ihrem Restaurant *Fleming's Flake* anzutreffen. Es würde so früh noch nicht geöffnet sein, aber Francesca war häufig dort und kümmerte sich um die Kasse und das Personal.

Flemings's Flake, nahe am Universitätsgelände des Mesa Grande College gelegen, war ein beliebter Treffpunkt der Studenten. Seine Spezialität waren Gerichte, die im Trend lagen – alles mit Sojabohnensprossen –, aber es gab dort auch Steaks, und der Weinkeller konnte sich sehen lassen.

Das gleiche galt auch für Francesca. Sie hatte flammend rotes Haar, trug indische Tücher und Perlen und Stirnbänder, hatte drei Exmänner, obwohl sie nicht älter als vierzig sein konnte, und sie stürzte sich Hals über Kopf in jede fortschrittliche Sache, die gerade »in« war, vom Feminismus zu Anti-Atom-Protesten, zu sauberer Luft und zu Streiks auf dem Collegegelände, weil das College die Teilhaberschaft an Firmen, die mit Südafrika Handel trieben, nicht aufgeben wollte. Aber sie ließ sich auch regelmäßig im Schönheitssalon des Hotels Richelieu die Haare richten, unsere feinste Adresse am Rande der Stadt.

Das Restaurant war in einem kleinen weißen Haus in einer Nebenstraße. Es hatte Milchglasscheiben in den Türen und Fenster waren aus imitierter Glasmalerei, und überall war dasselbe Design mit den Initialen FF zu sehen, und die zwei F waren so ineinanderverschlungen, daß sie an zwei Liebende in einer Umarmung erinnerten. So sah das leicht anstößige Monogramm des Restaurants aus, und Francesca gefiel es offensichtlich sehr, denn sie hatte es auf alles drucken lassen – auf die Speisekarten, die Servietten, die Tischdecken, selbst auf die kleinen weißen Papiertüten, die einem die Bedienung mitgab, wenn man Essen mit nach Hause nehmen wollte.

Das Lokal hatte noch nicht geöffnet, und ich mußte ein paar Mal an der Vordertür klingeln. Dann hörte ich von innen Francescas laute Stimme: »Komme, komme schon! Nur keine Panik!« Francesca schrie oder brüllte immer, sie redete nie in normaler Lautstärke.

Sie öffnete die Tür und begrüßte mich mit einer Umarmung und einem lautem Lachen. Bereits zu dieser frühen Stunde war sie auffällig gekleidet; sie war mit jeder Menge Ketten und Spitzen behängt wie ein Weihnachtsbaum mit Lametta. »Wie geht's dem Diener des Volkes?« schrie sie. »Ich hab gehört, du warst die Tage jemand ziemlich Interessantem behilflich. Einem Massenmörder, was? Einem typischen Amerikaner von der Straße!«

»Er gehört einer unterdrückten Minderheit an«, sagte ich. »Du glaubst doch bestimmt nicht, daß unterdrückte Minderheiten ihres verfassungsmäßigen Rechts beraubt werden sollten, sich gegenseitig umzubringen?«

Sie brüllte vor Lachen; sie liebte es, wenn man sich unverschämt benahm. Dann führte sie mich durch das Restaurant – Tische aufeinander gestapelt, ein paar Kellnerinnen, die geschäftig herumliefen, ein Lehrling, der mit einem Besen die Sägespäne auf dem Boden gleichmäßig verteilte – in ihr Büro nach hinten. Es war klein und schlicht, es diente dem Business und nicht der Show.

Sie winkte mich auf einen Stuhl und bot mir einen Drink an. Ich sagte ihr, es sei ein bißchen früh für mich. Mir fiel auf, daß sie sich selbst auch keinen nahm. Sie lehnte sich in dem Drehstuhl an ihren Schreibtisch zurück und verschränkte die Hände hinter dem Kopf. »Ich stehe dir zur Verfügung«, sagte sie.

»Ich brauche ein paar Informationen von dir«, sagte ich.

»In meiner Eigenschaft als erster Quelle dieser Stadt für deftigen Klatsch?«

»In deiner Eigenschaft als Expertin für das religiöse Leben dieser Stadt.« Francesca bezog diese Sachkenntnis aus ihrer Arbeit bei der ortsansässigen Bruderschaft der *American Civil Liberties Union* (ACLU). »Was weißt du über einen Pfarrer hier, der Chuck Candy heißt? Er hat was mit einer Kirche der ›Strahlenden Apostel Christi‹ zu tun. Hab vorher nie davon gehört.«

»Verteidigt euer Büro diesen Jungen, der auf Candy geschossen hat?« fragte sie. »Gut für euch. Ehrlich gesagt, ist kein Wunder, daß du nie von dem Laden gehört hast. Weißt du, wieviele Kirchen es in Mesa Grande gibt? Achthundertsechsundneunzig – das ist ungefähr eine auf dreihundert Menschen –, und das sind nur die, die in den Gelben Seiten eingetragen sind. Zähl sie, wenn du mir nicht glaubst. Und wieviele einzelne verschiedene Sekten, all die mitgerechnet, die woanders kaum jemand kennt? Dreiundfünfzig, ob du's glaubst oder nicht. Und die meisten sind nicht den großen bekannten Sekten angeschlossen. Sie sind keine Baptisten, sie sind keine Methodisten, sie sind einfach entstanden.«

»Wozu gehört Candy mit seiner Kirche?«

»Das ist ein weiterer Grund, warum du nie vorher von ihm gehört hast. Die ›Strahlenden Apostel Christi‹ sind vergleichsweise neu in der Stadt. Gerade erst vier Jahre im Geschäft. Im ersten Jahr, als seine Kirche gebaut wurde, hat er von einem dieser Kinos in der Innenstadt aus gewirkt, die Pleite gemacht haben und keinen Käufer finden konnten. Er ist natürlich einer von diesen nicht angeschlossenen, und ich kann dir unmöglich die genaue Größe seiner Gemeinde nennen. Größe ist das dicke Geheimnis dieser finanziell unsicheren Läden. Sagen wir, Candys Gemeinde beläuft sich auf zweihundert Familien, Obergrenze – mit Sicherheit nicht gerade die erfolgreichste hier in der Gegend, einige von den älteren schaffen es, einige Tausend einzufahren. Trotzdem, die ›Strahlenden Apostel Christi‹ sind mit ihren Zahlungen für das Darlehen auf das Gebäude pünktlich.«

»Wo kommt er ursprünglich her?«

»Irgendwo aus dem Süden – Arizona, vielleicht Neu Mexiko –, irgendeine kleine Wüstenstadt. Er war auf einem dieser Bibelcolleges, davon gibt's in bestimmten Ecken eins auf jeden Quadratmeter. Er hat da nicht viel an Grammatik oder logischem Denken mitgekriegt, aber er hat den Jargon aufgeschnappt. Mit seiner Hilfe hat er eine Kirche gegründet, die denselben Namen trug wie unsere hier. Hat ein ganz gutes Geschäft gemacht mit Betveranstaltungen und so weiter, aber ich schätze, der Profit war in diesen dünnbesiedelten Gegenden nicht groß genug. Deshalb sind wir jetzt die glückliche Stadt, die ihn bekommen hat.«

»Irgendwelche dunklen Seiten in bezug auf Candys finanzielles Wirken?«

»Nie was davon gehört. Scheint ziemlich ehrlich zu sein, es sei denn, du siehst die Sache mit *meinen* Augen, daß nämlich Unternehmungen dieser Art von Natur aus Schwindel sind. Ansonsten sind die einzigen Verbrechen, die er je begangen hat, seine Predigten.«

»Wie sind sie?«

»Hm, dazu muß ich dir einen kleinen Vortrag halten. Es gibt zwei Sorten von Evangelisten, predigtmäßig. Einmal den Höllenfeuer- und Verdammungstyp, der seinen Leuten angst und bange macht – und wie die armen Teufel das genießen! Und dann gibt's den Lieblichkeits- und Lichttyp, der einem Erfolg verspricht, Gesundheit, Glück und einen günstigen Volkswagen, wenn man an Jesus glaubt und sein Geld in den Klingelbeutel wirft. Candy gehört zur zweiten Sorte. Von seinen Predigten bekommen gesunde Menschen Diabetes.«

Sie sah auf ihre Uhr. »Oh, tut mir leid, Dave, wir müssen aufhören. Heute ist der Tag, an dem ich meine wöchentliche Einkaufsfahrt aufs Land mache und frisches Gemüse hole. Und ich muß auf der Stelle los, denn man muß diese Tölpel noch auf ihrer Farm erwischen, sonst kriegt man sie nicht dazu, billig zu verkaufen.«

Ich mußte innerlich lächeln. Das prominenteste mitfühlende Herz von ganz Mesa Grande konnte zäh wie Leder sein, wenn es darum ging, Profit anzuhäufen.

Francesca stand auf und streckte mir die Hand entgegen. Während sie meine drückte, wurde ihr höhnischer Ton ein wenig ernster. »Ich geb dir einen guten Rat, Dave. Unterschätze diesen Chuck Candy nicht. Und gib das an Ann weiter, okay? Er sieht vielleicht wie ein Clown aus, aber er spaßt nicht, er will euren Klienten mit Haut und Haaren. Und wenn du heute morgen in die Zeitung gesehen hast, hast du wahrscheinlich mitgekriegt, daß unser großer Zeitungsbonze, Mesa Grandes Antwort auf Citizen Kane, der geschätzte Arthur T. – T für Trottel – Hatfield, von dem Braten seinen Teil abhaben will. Und Hatfield ist daran gewöhnt, in dieser Stadt das, was er will, auch zu bekommen. Also seid auf der Hut, beide.«

* * *

Zehn Minuten später verließ ich *Fleming's Flake* und war wieder auf dem Weg zur Kirche der »Strahlenden Apostel«. Um mich von dem lausigen Fahrstil der Mesa Grander abzulenken, ging ich die einzelnen lokalen Radiosender durch, aber die Diskjockeys schienen nichts anderes parat zu haben als *»Rudolph the Red-Nosed Reindeer«*.

Mein Weg führte mich durch einen ziemlich runtergekommenen Teil der Stadt: Anhänger, Wohnwagen und verwahrloste Schindelhäuser, eng aneinandergedrängt wie Tippelbrüder, die in einer Suppenküche Schlange stehen. Diese Behausungen wurden von weißen Arbeitern bewohnt und waren ebenso verfallen wie die Häuser für Schwarze und Chicanos in vergleichbaren Gegenden.

Die Kirche der »Strahlenden Apostel« stellte einen starken Gegensatz zur Architektur drumherum dar. Während die übrigen Häuser vor Altersschwäche und mangels Pflege in sich zusammenfielen, war die Kirche offensichtlich erst vor wenigen Jahren errichtet worden; es war ein modernes Gebäude, im Stil einer Ranch, aus glattem glänzenden Hartholz auf die Spitze eines Hügels gesetzt, so daß das silberbeschlagene Kreuz auf dem Dach im Umkreis von mehreren Blocks sichtbar war. Ich fragte mich, wie viele alte Damen ein oder zwei Jahre lang von nichts als Joghurt gelebt hatten, damit irgendein hiesiger Unternehmer von dem Profit dieser Arbeit seine Familie nach Disney World ausführen konnte.

Hinter der Kirche gab es einen riesengroßen Parkplatz. Ich hatte freie Auswahl; an Sonntagen würde es bestimmt nicht so leicht sein, hier einen Parkplatz zu finden, nahm ich an. Ich ging die vordere Holztreppe hinauf, die demnächst einen neuen Farbanstrich nötig hatte, und blieb vor der großen Doppeltür mit den zwei eingeschnitzten Kreuzen stehen. An einer der beiden Türen war ein Pappschild befestigt:

KOMMT ALLE HERBEI!
ICH LADE EUCH EIN ZUM SOHNTAGSGOTTESDIENST
THEMA DER BREDIGT:
»LASST UNS UNSEREN HERRN FROHE WEIHNACHTEN ZURUFEN!«

Das Ganze war mit schwarzer Kreide in großen Druckbuchstaben geschrieben, und darunter stand eine Unterschrift, »Pfarer Chuck«, und die Anfangsbuchstaben hatten einen schwungvollen Schnörkel.

Nachdem ich durch die Eingangstüren gegangen war, fand ich mich in einem langgestreckten Empfangsraum wieder, ähnlich einer Kaserne, nur daß es anstelle von Wandbetten an einem Ende Schreibtisch und Schalttafel der Rezeption gab und der Länge nach ein paar Lederstühle und -sofas.

Eine Blondine um die Dreißig, praktisch ohne Make-up und trotzdem mit Möglichkeiten, saß an der Rezeption und hämmerte auf eine Schreibmaschine. Ein hölzernes Täfelchen auf dem Schreibtisch gab mir zu verstehen, daß sie »Mrs. Connelly« war.

Sie unterbrach ihre Arbeit, um meinen Namen zu notieren, dann stöpselte sie an der Schalttafel herum und verkündete mir, daß Mr. Candy käme, sobald er frei sei. »Er kann allerdings nicht allzu lange mit Ihnen sprechen. Heute ist Donnerstag. Donnerstag morgens muß er immer eine Menge Leute reinquetschen, denn er geht direkt vor Mittag und kommt erst am nächsten Morgen wieder.«

»Was macht er denn donnerstags?«

»Er geht nach Hause und ist für niemanden zu sprechen, er beantwortet auch nicht das Telefon. Er geht mit sich zu Rate.«

»Was heißt das, er geht mit sich zu Rate?«

»Er geht mit seinen Gedanken zu Rate. Er meditiert. Er blickt in sich hinein. Verstehen Sie, er denkt nach.«

»Und das macht er den ganzen Nachmittag?«

»Erraten. Bis er seine Sonntagspredigt fertig hat.«

»Und er ist bereit, mich ohne Termin an einem Donnerstag zu empfangen?« Ich ließ meine Stimme vor Ehrfurcht anschwellen. »Ich fühle mich geehrt.«

»Ach, so ist Reverend Chuck nun mal. Er sagt immer: ›Ich bin nicht einer von diesen dicken Geschäftsbonzen, die nie einer zu Gesicht bekommt. Wenn der Herr sich die Zeit nehmen kann, um den Fall eines Spatzen vom Baum zu bemerken, dann kann ich doch wohl Leuten guten Tag sagen, die sich die Mühe machen herzukommen, um mir guten Tag zu sagen.‹ «

Während sie lachte, wurde ich mir über etwas klar, das mir

undeutlich schon die ganze Zeit im Kopf herumging. »Ihr Akzent«, sagte ich. »Sie sind nicht von hier, was? Sekunde, fällt mir gleich ein – klingt nach New Jersey.«

»Newark«, sagte sie. »Sie kommen auch daher?«

»Direkt von der anderen Seites des Flusses. Genau gesagt, die Bronx. Was aber tun Sie hier, so weit weg, auf dem platten Land?«

Sie zuckte leicht mit den Schultern. »Sie wissen ja, wie das ist. Passiert eben. Irgendwo muß man sich niederlassen. Ich könnte Sie dasselbe fragen.«

»Ich kann Ihnen auch keine bessere Antwort geben. Tja, Sie scheinen sich aber an einem netten Ort niedergelassen zu haben. Ich meine diese Kirche.«

»Ja, ganz bestimmt. Und, Sie werden es kaum glauben, bevor sie gebaut wurde, war hier nichts weiter als eine Müllkippe.«

»Muß eine Stange Geld gekostet haben, so eine schöne Kirche.«

»Das können Sie laut sagen! Aber es ist schon so, wie der Herr Pfarrer immer sagt: ›Nicht irgendwelchen Bankern oder Geschäftsleuten mit dickem Geld haben wir sie zu verdanken, sondern den Groschen der kleinen Leute, und Gott liebt deren Groschen mehr als alle Kreditkarten und Aktien der Reichen und Mächtigen.‹ «

»Ist Ihr Boss nicht gezwungen, wenigstens *ein paar* Reiche anzuzapfen, damit die Kirche sich weiter halten kann?«

»Wenn das der Fall sein sollte, so tauchen sie hier jedenfalls nie auf. Und wegen einer Sache muß ich Sie korrigieren. Wir nennen den Herrn Pfarrer nicht ›Boss‹. Er mag diesen Ausdruck nicht, denn niemand hat das Recht, der Boss von irgend jemand zu sein. Wir haben alle nur einen Boss, und das ist unser Boss im Himmel.«

Darauf blieb mir nicht viel zu erwidern, also ging ich rüber zu den Ledersesseln und setzte mich. Ich warf einen Blick auf die Zeitschriften auf dem Tisch neben mir. Ich weiß nicht, welche Art anregender Lektüre ich erwartete, aber was ich zu fassen bekam, war eine einen Monat alte Ausgabe des *Newsweek* und etwas, das sich *Your Church* nannte mit einem Haufen Dollarzeichen auf der Titelseite, die für innen eine Geschichte verhießen: »Wie Weihnachten sich für den Herrn auszahlen kann.«

Dann nahm ich die Musik wahr, die durch die Mauern drang –

Orgelmusik vom Band, langsam und langweilig, so wie es ihrer religiösen Natur entspricht. Apostolische Background-Musik.

Und dann bemerkte ich den großen Fernsehbildschirm, der über dem Schreibtisch an der Wand angebracht war. Über den ganzen Bildschirm grinste mir ein feistes Gesicht mit langer Nase entgegen, auf dem ein Cowboyhut saß. Aus diesem Gesicht kam Reverend Chuck Candys Stimme – ich erkannte sie von dem telefonischen Anrufbeantworter – , die in freundlichem heiteren Ton bedeutungsschwangere Betrachtungen über das Leben zum Besten gab.

Zum Beispiel:

»Wohl kann man ein Pferd zur Tränke führen, aber zum Trinken kann man es nicht bewegen. Also, Gott kann es gewiß zum Trinken bewegen. Bringen Sie sich, bringen Sie Ihre Freunde, Ihre Familie, Ihre Kinder zur Tränke des Herrn, und er wird Sie alle zum Trinken bewegen. Und der Auftrieb, den Sie danach verspüren werden, wird besser sein als jede Coca-Cola, *classic* oder *light*, die Sie je in Ihrem Leben getrunken haben.«

Nachdem sie diese weisen Worte von sich gegeben hatte, ruhte sich die Stimme kurz aus, der Videobildschirm wurde schwarz, und die Orgelmusik dröhnte ungefähr eine Minute weiter. Dann erschien wieder das feiste Gesicht, wie ein von Tür zu Tür ziehender Vertreter, den man einfach nicht loswerden kann, und die Stimme kam mit einer neuen Kostbarkeit.

Ich saß zwanzig Minuten lang, während Gesicht und Stimme acht oder neun Botschaften verkündeten. Dann wurde der Bildschirm schwarz, und die Blonde am Schreibtisch hielt mit ihrer Tipperei inne und sagte: »Warten Sie einen Augenblick, ich spule zurück.« Sie drückte auf irgend etwas unter ihrem Schreibtisch, vom Fernseher kam ein surrendes Geräusch, und ungefähr eine Minute später füllte Candys Gesicht den Bildschirm und fing wieder mit dem Pferd und der Coca-Cola an.

Zehn Minuten später rief mir die Sekretärin zu: »Der Herr Pfarrer hat gerade durchgerufen. Er ist jetzt bereit, Sie zu empfangen.«

* * *

Ich folgte ihrer Anweisung durch eine Tür und einen Flur entlang und wieder durch eine Tür. Und ich stand in Reverend Chuck Candys Büro. Es bestand hauptsächlich aus einem großen Schreibtisch und einer Wand voller Bilder – das Gesicht Jesu abwechselnd mit seinem eigenen.

Der Mann am Schreibtisch, feistes Gesicht und lange Nase, mit einem rot-gelb karierten Sporthemd, sah mehr oder weniger genauso aus wie gerade auf dem Bildschirm. Bloß daß er keinen Cowboyhut trug, und ich so sehen konnte, daß er nur noch sehr wenig Haare auf dem Kopf hatte. Als ich hereinkam, stand er auf, um mich zu begrüßen, aber nicht so weit auf, wie ich erwartet hatte. Auf dem Fernsehbildschirm hatte man nicht sehen können, wie klein er war.

Sein Händedruck war kräftig und herzlich und seine Stimme voll gutgelaunter Energie. »Wirklich erfreut, Sie kennenzulernen«, sagte er und wies mir durch Handzeichen einen Stuhl ihm gegenüber vor dem Schreibtisch an. »Nach dem, was ich von meiner Sekretärin gehört habe, untersuchen Sie diesen Fall mit dem tätlichen Angriff, Sie vertreten den Meyer-Jungen?«

»Stimmt. Und Sie müßten wissen, daß der Pflichtverteidigung dasselbe Recht zusteht, Zeugen zu befragen, wie – «

»Immer sachte«, unterbrach mich Candy lachend. »Niemand will Ihnen Ihre Rechte streitig machen. Kein bißchen. Ganz im Gegenteil, ich beantworte Ihnen sogar all Ihre Fragen gerne und stelle Ihnen meine Hilfe zur Verfügung. Die Wahrheit zutage fördern und dafür sorgen, daß Gerechtigkeit herrscht, das ist mehr oder weniger auch mein Anliegen.«

Er lehnte sich zurück, faltete die Hände über dem Bauch und lächelte mich an, als sei ich sein lange verschollener Bruder. Er entsprach soweit ganz meinen Erwartungen. Ein glatter leutseliger Scheinheiliger. Wie die Evangelisten, die ich im Fernsehen gesehen hatte, erinnerte er mich weniger an Moses oder Jesus als an den feisten kleinen Kerl, der in den lokalen Werbespots versucht, Gebrauchtwagen oder Möbel zu verkaufen.

»Herr Reverend Candy«, begann ich, »könnten Sie mir sagen, was am Dienstag zwischen Ihnen und Roger Meyer vorgefallen ist?«

»Das habe ich der Polizei schon vier oder fünfmal erzählt. Also, es macht mir nichts aus, mit Ihnen noch einmal alles durchzugehen. Einzige Bedingung, Sie müssen dieses ›Herr Reverend‹ sein lassen. Für meine Freunde bin ich Chuck, und ich werde es mir zur Ehre anrechnen, wenn ich Sie – wie war das ... – Dave nennen darf.«

»Vielleicht wird sich herausstellen, daß wir keine Freunde sind.«

»An mir soll's gewiß nicht liegen. Jeder Mensch ist mein Freund. Brüder in Jesu, das sind wir doch alle.«

»Was war Dienstag?«

»Klar doch. Also, ich öffnete diesem Jungen die Tür – es war um die Mittagszeit –, und er fing an, das große Wort zu schwingen, direkt im Flur meines Hauses. Sehr erregt, ohne Selbstbeherrschung, fuchtelte mit den Armen – kommt aus New York City, nicht wahr?«

»Eigentlich kommt er aus Detroit.«

»Ich hab mir aber sagen lassen, daß der Vater aus New York City kommt. Ist ja auch egal, jedenfalls hab ich versucht, den Jungen zu beruhigen, ihn wieder zur Vernunft zu bringen, es hat aber nichts genützt. Ziemlich bald mußte ich befürchten, daß er gewalttätig werden könnte, deshalb nahm ich die Pistole aus dem Schränkchen im Flur und wies ihn aus dem Haus.«

»In der Reihenfolge?«

»Wie meinen Sie das?«

»Zuerst holten Sie die Pistole, und danach wiesen Sie ihn aus dem Haus?«

»Sicher. Aber der Junge wollte nicht hören, er fing an, nach der Pistole zu greifen, und die ging natürlich los.«

»Während Sie sie noch festhielten?«

»Genau. Der Krach jagte ihm einen fürchterlichen Schrecken ein. Er machte sich schleunigst davon, zur Vordertür raus, und ein paar Minuten später kam die Polizei – meine Frau hatte sie angerufen, während der Junge mich beschimpfte –, und sie gingen nach nebenan und buchteten ihn ein. Das ist die ganze Geschichte, und genauso hab ich sie den Leuten von der Staatsanwaltschaft erzählt.«

»Ich frage mich, ob Ihnen klar ist, was mein Boss, Mrs. Swenson, aus dieser Geschichte vor Gericht machen wird, Mr. Candy.«

»Chuck, Chuck.«

»Sie haben den Meyer-Jungen in Ihr Haus gebeten – was bedeutet, er ist nicht widerrechtlich eingedrungen. Sie können nicht behaupten, er habe die Pistole auf Sie gerichtet, denn es war *Ihre* Pistole, und *Sie* haben sie aus *Ihrem* Flurschränkchen geholt. Sie können nicht behaupten, Sie hätten sich durch seine Weigerung, das Haus zu verlassen, provoziert gefühlt, sie auf ihn zu richten, denn das haben Sie getan, *bevor* Sie ihn hinauswiesen. Tatsächlich können Sie noch nicht einmal behaupten, Roger Meyer habe absichtlich auf Sie geschossen, denn er hat seine Hand ja gar nicht an der Pistole gehabt, Sie hielten sie fest, als sie losging. Sieht mir ganz so aus, als würde der Staatsanwalt es nicht leicht haben, die Anklage durchzuziehen, wenn er sich auf Ihre Zeugenaussage verläßt.«

Er runzelte einen Augenblick die Stirn und dachte nach, dann grinste er wieder. »Also, mein Herr, ich an Ihrer Stelle, ich würde Ihrem Boss den guten Rat geben, es vor Gericht auf *diese* Tour nicht zu versuchen. Weiß sie denn nicht, wie es in dieser Stadt zugeht? In dieser Stadt haben neun von zehn Familien eine Pistole im Haus, und man ist allgemein davon überzeugt, daß ein Mann das Recht hat, sie zu benutzen, wenn so ein Klugscheißer, so ein Rowdy von außerhalb hier reinplatzt und ihn in Schwierigkeiten bringt. Wo also wollen Sie ein Gericht finden, das mir einen Vorwurf daraus macht, daß ich genau das getan habe?«

Ich wußte, wieviel Wahrheit darin lag, also schlug ich eine andere Richtung ein. »Haben Sie gewöhnlich eine Pistole in ihrem Flurschränkchen liegen?«

»Warum nicht? Ich verbreite mit Feuereifer das Wort Gottes. Es gibt da draußen jede Menge Häscher des Satans, die vor Gewalt nicht zurückschrecken würden, um mich zum Schweigen zu bringen und das Wort Gottes im Keim zu ersticken. Man hat mich schon häufig bedroht.«

»Wer hat Sie bedroht?«

»Die Häscher des Satans, habe ich Ihnen gerade erzählt. Schließlich blieb mir nichts anderes übrig, als die nötigen Schritte zu unternehmen, um mich selber zu schützen. Ich habe mich an die Polizei gewandt, die wird Ihnen sagen können, daß ich einen offiziellen Waffenschein besitze.«

Er faltete wieder die Hände über dem Bauch.

In diesem Augenblick klopfte es an seiner Tür, leise und zögerlich.

»Herein!« brüllte er.

Die Tür öffnete sich, und ein junger Mann machte ein paar Schritte ins Zimmer. Er war klein und hatte ein blasses dickliches Gesicht, das starke Ähnlichkeit mit Chuck Candy aufwies, eine Art verwischte unfertige Kopie eines Amateurs. Der junge Mann trug Jackett, Krawatte und Weste. In diesem Teil der Welt bekommt man nicht viele Westen zu sehen.

»Ja, was ist denn?« bellte Candy ihn an.

»Ich habe nur eine Frage, Daddy«, sagte der junge Mann. »Auf deiner Botschaft an die Gemeinde für das Weihnachts-Kirchenblatt, ich kann deine Schrift nicht entziffern. Und besonders dieses eine Wort – «

»Krieg's selber raus«, sagte Candy. »Sage ich dir nicht immer, gebrauche deinen Verstand, den dir der Herr geschenkt hat. Das hier ist mein Sohn Gabriel«, Candy machte eine Handbewegung in meine Richtung. »Gabe ist mein Assistent in der Kirche.« Er nannte Gabe meinen Namen und fuhr fort: »Dave ermittelt hier für die Pflichtverteidigung. Sie gehen vor Gericht wegen diesem hitzköpfigen Meyer-Jungen.«

»Ah ja?« Der junge Mann machte eine nervöse Bewegung und sah mir nicht in die Augen.

»Schon gut, schon gut«, sagte Candy, »zeig mir mal das Wort, gib's her!«

Er sah auf den gelben Zettel, den Gabe ihm hinstreckte, schnaubte verächtlich und sagte: »›Heiligkeit‹ heißt das! Was glaubtest du denn?«

»Hm, sah so ähnlich aus wie ›Hickelkreis‹ – «

»Hickelkreis‹! Kannst du mir sagen, wie in Teufelsnamen ich Hickelkreis in meinem Weihnachts-Kirchenblatt unterbringen soll? Raus, raus hier, mach dich wieder an die Arbeit!«

Der dickliche junge Mann zog sich verwirrt zurück. Candy lehnte sich in seinen Stuhl zurück und lachte in sich hinein. »Haben Sie bemerkt, wie er zusammengezuckt ist, als ich ihn meinen ›Assistenten‹ genannt habe? Gefällt ihm kein bißchen. Er nennt sich selber gerne ›Ko-Pfarrer‹. Denn er war auf dem College und hat Theologie studiert und seinen Doktor gemacht. Assistent ist ihm nicht gut genug – «

Candy wurde jetzt ernst und nahm einen geschäftsmäßigen Ton an. »Vielleicht hat Ihnen Connelly draußen gesagt, daß dies mein Tag ist, an dem ich viel zu tun habe. Wenn Sie also keine weiteren Fragen mehr haben – «

»Nur noch ein paar«, sagte ich. »Die Meyers sind jetzt seit vier Jahren Ihre Nachbarn. Sie haben es geschafft, drei Weihnachten zu überstehen, ohne Ihr Haus besonders geschmückt zu haben. Wie kommt es, daß Sie es dieses Jahr machen?«

Candy zeigte ein breites Grinsen. »In den ersten drei Jahren hat Gott mich nicht damit beauftragt. Dieses Jahr hat Er das. Und wenn Er Aufträge erteilt, führe ich sie auf der Stelle aus, das können Sie mir glauben.«

»Macht es Ihnen überhaupt nichts aus, daß Sie mit dem Lärm und den Lichtern und den Menschenmassen vor Ihrem Haus den beiden alten Menschen das Leben zur Hölle machen?«

Sein Grinsen verschwand, er sah jetzt wirklich ernst aus. »Natürlich macht mir das etwas aus. Ich sehe es allerdings so, daß sie sich ihr Leben selber zur Hölle machen. Warum lassen sie sich nicht auf den weihnachtlichen Geist ein, kommen abends rüber und haben ihren Spaß an den Lichtern und der Musik und den süßen sprechenden Figuren? Sie sind wirklich herzlich willkommen. Sie brauchen nichts weiter tun, als ihre Halsstarrigkeit abzulegen und damit aufzuhören, verächtlich auf die Freuden der einfachen Menschen herabzublicken.«

Er lachte, dann legte er den Kopf schief zur Seite, mit einem pfiffigen Glänzen in den Augen. »Wissen Sie was, Dave? Ich werde das Gefühl nicht los, daß Sie auch verächtlich auf mich herabblicken.«

Ich sah keine Veranlassung, darauf etwas zu entgegnen.

»Ja, mein Herr, ich werde einfach das Gefühl nicht los«, fuhr er fort. »Wo kommen Sie her, Dave? Ich würde sagen, von irgendwo im Osten, aus dem Umkreis von New York. Ihr seid ein eigenartiges Völkchen, ihr New Yorker. Ich glaube nicht, daß ich euch jemals verstehen werde. Viel Verstand, ihr geht auf auserlesene Schulen im Osten, ihr bringt es zu Geld und Reichtum. Aber ihr seht mir nicht so aus, als gäbe es einen Gott in eurem Leben. Seht irgendwie auch auf *Ihn* verächtlich herab, stimmt's? Und auf die Sorte von Menschen, denen Er und ich in der Kirche dienen.«

»*Dienen* Sie ihnen? Oder – «, ich sprach nicht weiter.

»Oder betrüge ich sie? Luchse ihnen ihr schwer verdientes Geld ab? Das wollten Sie doch sagen, oder etwa nicht?« Eine gewisse Härte kam in seine Stimme, und er lächelte jetzt nicht mehr so freundlich. »Also, warum fragen Sie sie nicht *selber*, wie sie darüber denken? Warum versuchen Sie nicht, *ihre* Meinung über mich herauszukriegen? Das Problem dabei ist, Ihnen ist gar nicht wirklich an ihrer Meinung gelegen, stimmt's? Wann haben Sie sich in letzter Zeit mal die Mühe gemacht und ein Wort mit den Menschen gewechselt, die in meinem Gottesdienst sitzen?«

Gegen meinen Willen wurde ich nervös. Dieser Kerl machte mich krank, aber in dem, was er soeben gesagt hatte, lag eine gewisse Wahrheit.

»Wissen Sie, wie ihr Leben aussieht?« sagte er. »Wissen Sie, was es heißt, einen ausweglosen Job zu haben, aus dem man sein Leben lang nicht rauskommt? Es sei denn, man wird rausgeschmissen und kann dann seine Kinder nicht mehr ernähren. Und die Kinder werden nie ein auserlesenes College im Osten besuchen, oder besser gesagt, sie werden überhaupt nie ein College besuchen. Und wenn man alt und krank ist, was hat man dann zur Seite gelegt, damit einem das Leben nicht zu sehr eine Last ist? Nichts.

Aber man hat Jesus Christus. Es bleibt einem der Trost, in Seine Kirche zu gehen und zu Ihm zu beten und zu wissen, Er wacht über einem und wird einem eines Tages mit Seiner ewigen Belohnung alles vergelten.

Und genau das gebe ich den Leuten. Und Ihre Sorte, mit Ihrem vornehmen Getue, was geben Sie ihnen, das besser wäre? Alles, was Sie vorhaben, ist ihnen den Trost und die Hoffnung und die Seligkeit nehmen, an die sie sich klammern. Welches Recht also haben Sie, verächtlich auf *mich* herabzusehen?«

Bevor ich darauf etwas erwidern konnte, wurde seine Stimme wieder freundlich. »Verstehen Sie mich bitte nicht falsch. Ich mache Ihnen das nicht zum Vorwurf. Sie sind zu diesem Vorurteil gegenüber Leuten meines Berufsstandes durch diese großen Prediger im Fernsehen gekommen – diese Bakkers und Swaggarts und wie sie alle heißen. Sie sehen diese Leute im Fernsehen, und in den Zeitungen lesen Sie von dem vielen Geld, das sie reinholen und von all den schlechten Dingen, die sie tun, und Sie verwechseln mich mit denen. Sie nennen mich einen Scheinheiligen, so wie sie auch. Widersprechen Sie mir jetzt nicht.«

Ich konnte es auch nicht, denn tatsächlich hatte ich erst vor wenigen Minuten dieses Wort für ihn benutzt.

»Scheinheiliger!« Er lachte herzlich. »Ist eigentlich ein Witz, wenn man's recht betrachtet. Sehen Sie irgendwas von diesem vielen Fernsehgeld in meine Taschen fließen? Ich sorge für die Armen, und ich bin einer der ihren!«

Er hörte auf zu lachen und setzte wieder seine ernste Miene auf. »Das ist aber schon in Ordnung so, ich jage keinen materiellen Werten nach. Das sind die falschen Idole der modernen Welt. Familie und Kinder, da liegen die wahren Reichtümer. Ich habe Gabe, mein einziges Kind, und seine wunderbare Frau, Patti Mae, und ihre fünf herrlichen Kinder – sie führen immer etwas im Schilde, meine Enkelkinder. Und meine wunderbare Frau Ruthie, seit dreiunddreißig Jahren, sie sind mein ganzes Leben, abgesehen von unserem Herrn. Hier, das ist meine kleine Familie, sehen Sie sie mal an!«

Er wies auf ein paar gerahmte Photographien auf seinem Schreibtisch. Auf einem hatte er einer dünnen blassen Frau, die größer war als er, den Arm um die Hüfte gelegt; er grinste sie breit an, und sie versuchte, zurück zu grinsen, aber das gelang ihr nicht so ganz. Auf einem anderen Photo waren der dickliche Gabe Candy und eine übergewichtige junge Frau von einer Kinderschar umringt; Gabe sah aus, als wollte er am liebsten dem Photo entrinnen.

»Also, das können Sie nicht bestreiten, die Familie kann sich sehen lassen!« sagte Candy. »Haben Sie auch Familie, Dave?« Er wartete meine Antwort nicht ab. »Wie dem auch sei, Sie können jetzt verstehen, daß meine ganze Sympathie bei den beiden alten Meyers liegt. Schrecklich, was einer Familie widerfährt, wenn eins der Kinder in Schwierigkeiten gerät.«

»Sie könnten den beiden Alten helfen, indem Sie Ihre Anklage gegen ihren Sohn zurückziehen.«

Candy stieß einen Seufzer aus. »Das würde ich ja nur zu gerne! Aber das Ganze ist jetzt eine Sache des Gerichts. Steht alles hier in der Bibel. Gebt Gott, was Gottes ist und dem Kaiser, was des Kaisers ist. Billy Graham und Pat Robertson und alle die andern im Fernsehen, die würden nie gegen die Bibel verstoßen.«

Ich sah eine Weile in sein lächelndes Gesicht, dann stand ich auf. »Ich will Ihre Zeit nicht weiter in Anspruch nehmen«, sagte ich.

»Passen Sie auf sich auf«, sagte er. »Ich mache mir Sorgen um Leute wie Sie?«

Ich versteifte mich. »Leute wie mich?«

»Euch Juden. Ihr seid das vergeistigste und gottesfürchtigste Volk, das es je gegeben hat. Ihr habt alles in Gang gesetzt. Ihr seid gesegnet bis in alle Ewigkeit. Warum wollt ihr euch selbst strafen und geradewegs in die Verdammnis laufen, indem ihr das Gesicht von Seiner Wahrheit abwendet?«

»Also jetzt hören Sie mal – «

»Also, also, kein Grund, sich groß aufzuregen! Ich wollte Sie nicht beleidigen. Ich sage immer, Gott hat zweitausend Jahre lang mit euch Geduld geübt, und Er wird weiterhin mit euch Geduld üben, so lange es nötig ist. Also denk ich, kann *ich* mich auch in Geduld üben.« Er lachte und hielt mir die Hand hin. »Nochmals vielen Dank, daß Sie vorbeigekommen sind.«

Ich übersah seine Hand. Ich nickte und murmelte mein auf Wiedersehen und ging zur Tür. Und dann, ganz plötzlich, kamen mir Moms Worte ins Ohr, und ich wandte mich um und sagte: »Eine letzte Frage. Um wieviel Uhr gehen Sie und Ihre Frau für gewöhnlich zu Bett?«

Die reine Blödheit dieser Frage traf ihn so unvorbereitet, daß er sie beantwortete. »Wir gehen um halb zehn zu Bett, seit neununddreißig Jahren. Wer für den Herrn arbeitet, will früh damit beginnen. Sekunde mal, was soll diese – «

Ich ging schnell zur Tür hinaus und schloß sie hinter mir.

Während ich den langen Empfangsflur entlang ging und machte, daß ich an die frische Luft kam, hämmerte Reverend Chuck Candys Stimme vom Bildschirm hinter mir her: »Brüder und Schwestern, wißt ihr, warum ihr in der Bibel lesen solltet? Weil nämlich Gott da Seine Vorschau vom Paradies verkündet, das auf euch in

Seiner Ewigen Welt wartet. Wie diese Vorschauen, die ihr im Kino seht, die euch verkünden, was die nächsten Filme sind. Bloß daß *alle* Filme, die Jesus für euch bereit hält, einen Oscar bekommen.

* * *

Die Bürouhr zeigte wenige Minuten nach zehn, als ich zurückkam, trotzdem verspürte ich das starke Bedürfnis nach einem harten Drink.

Das passiert mir nicht häufig. Die Flasche Scotch in meinem Schreibtisch steht seit zwei Jahren da und war noch beinahe halb voll. Ich kippte einen Fingerbreit von dem Zeugs wie Medizin runter. So schmeckt mir Whiskey, wie Medizin, die so abscheulich ist, daß man einfach weiß, sie muß gut für einen sein.

Der Whiskey erfüllte seinen Zweck, und ich machte mich an die Arbeit. Die erste Aufgabe, die ich zu erledigen hatte, war Ann einen Bericht über meinen Vormittag zu geben, aber Mabel Gibson sagte mir, sie sei bei Gericht und wahrscheinlich den ganzen Nachmittag nicht im Büro zu erwarten. Also ging ich zu meiner zweiten Aufgabe über. Ich rief Mom zu Hause an.

In der Leitung waren eine Menge Nebengeräusche. »Vielleicht versuch ich's noch einmal«, schrie ich. »Irgendwas stimmt mit der Verbindung nicht!«

»Das liegt nicht an der Verbindung«, hörte ich sie zurückschreien. »Das ist meine Seifenoper, sie hält meine Gedanken auf Trab, während ich das Silber putze. Gib mir eine Minute, damit ich mitkriege, ob dieser nette junge Arzt der Vater ihres Babys ist oder nicht.«

Nachdem sich der Lärm gelegt hatte, erzählte ich Mom von meinem Vormittag und versucht dabei, wie immer, nichts auszulassen, ganz gleich, wie unwichtig es zu sein schien. Ich hatte aus vielen Vorfällen in der Vergangenheit gelernt, daß für Mom das Wort »unwichtig« nicht existierte.

Als ich zu der Stelle mit Candys Antwort auf Moms geheimnisvolle Frage kam – der Information, daß er und seine Frau abends gegen halb zehn zu Bett gingen –, gab Mom einen zufriedenen

Seufzer von sich. »Ist immer schön, wenn sich das bewahrheitet, was man erwartet hat, nicht wahr?«

»Was hat sich bewahrheitet?«

»Du solltest dich nach dem Immobilienhändler umsehen, das ist es. Ruf Abe und Sarah Meyer an und frag sie. Aber das hast du natürlich schon selber herausbekommen.«

Das ist eins von Moms kleinen Lieblingsspielen. Immer wenn sie, mit diesem ungerührten Ton in der Stimme, sagt, ich hätte irgend etwas natürlich schon selber herausbekommen, meint sie damit, daß ich das niemals, auch in tausend Jahren nicht, selber herausbekommen kann und daß sie es mir erklären muß.

»Wovon redest du?« fragte ich.

»Es ist genau so wie damals mit den Birnbaums, die über uns in der Bronx gewohnt haben. Ein Paar, das über alles und jedes Bescheid wußte! Sie hatten ein Psychologiebuch gelesen, erzählten jedem im Haus, wie man Kinder großzieht. Wenn ein Baby mitten in der Nacht zu schreien anfängt, sagten sie uns, dann ist es schlecht für seine Psychologie liegen zu bleiben und zu hoffen, es würde wieder einschlafen. Man habe aufzustehen, egal, wie spät es ist, und das Baby auf den Schoß zu nehmen und ihm Essen in den Mund zu stecken. Und dann bekommt diese Mrs. Birnbaum schließlich selber ein Baby, und als es das erste Mal nachts wach wird und schreit, bleiben sie und ihr Mann liegen, bis es endlich von selber still wird.«

»Was soll das, Mom?«

»Das soll heißen, daß man gut reden hat, wenn's darum geht, anderen zu sagen, wie sie für hohe Ideale Opfer bringen müssen, daß es aber vielleicht anders aussieht, wenn man selber derjenige ist, der das Opfer bringen muß.«

»Aber was hat das mit Mr. und Mrs. Candy zu tun?«

»Dieser Candy und seine Frau sind Menschen, die früh zu Bett gehen, ihre Zeit ist halb zehn. Plötzlich, vor einem Monat, bringen sie Lautsprecher an und lassen Musik laufen, und diese Musik spielt jede Nacht so laut wie nur möglich bis ein Uhr morgens. Kannst du mir folgen? Abe und Sarah Meyer sind nicht die einzigen, die diese Musik um ihren Schlaf bringt. Candy und seiner Frau ergeht es ebenso.«

»Ja, soweit kann ich folgen. Aber warum – «

»Warum, frage ich, warum? Warum sollten diese Leute urplötzlich ihre Schlafgewohnheiten ändern, die von allen Gewohnheiten doch immer am schwersten zu ändern sind? Nur weil sie das Weihnachtsfest so sehr lieben? Das werde ich erst dann glauben, wenn du mir den Weihnachtsmann höchstpersönlich vorstellst! Die Erklärung, die mir geradewegs in den Kopf geschossen kommt, ist die, daß sie absichtlich nebenan so ein Höllenspektakel veranstalten, damit sie die Meyers verrückt machen können. Aus irgendeinem Grund möchten sie, daß die Meyers ihr Haus verkaufen und ausziehen.«

»Welche Rolle spielt ein Immobilienhändler dabei?«

»Ich sage mir, es muß einfachere Wege geben, Leute dazu zu bewegen, ihr Haus zu verkaufen – etwa, indem man ihnen ein Angebot macht. Was die Candys tun, tut man nur dann, wenn man es bereits auf dem einfachen Weg versucht hat und der nicht geklappt hat. Deshalb mein Vorschlag, ruf Abe und Sarah an und frage sie, ob es einen Immobilienhändler gegeben hat, vielleicht vor ungefähr einem Monat, der ihnen für ihr Haus ein Angebot gemacht hat. Und wenn ja, dann solltest du über diesen Makler herausfinden, wer hinter dem Angebot steckt. Und danach rufst du mich wieder an. Ich bin gespannt.«

Ich versprach ihr, alles zu tun und wollte mich gerade bei ihr für die Hinweise bedanken, als sie mich unterbrach.

»Bitte entschuldige mich«, sagte sie, »ich muß zurück zu diesem netten jungen Arzt und diesem nichtsnutzigen Mädchen, das ihn zur Heirat erpressen will. Unter uns gesagt, es ist offensichtlich, daß das Kind nicht von ihm ist. Mir sind bereits drei logische Anhaltspunkte aufgefallen, die – «

* * *

Sobald Mom aufgelegt hatte, rief ich die Meyers an. Abe war zu Hause, und ich fragte ihn.

»Jetzt, wo Sie es erwähnen«, sagte er, »letzten Monat hat mich so ein Immobilienhändler angerufen, er sagte, er habe einen interessierten Käufer. Sein Angebot war ziemlich gut, und er hat mich noch drei oder viermal angerufen, und jedesmal wurde es besser. Ich hatte ganz schöne Mühe, ihm klarzumachen, daß wir zu keinem Preis bereit wären, das Haus zu verkaufen. Wir haben es als Alterssitz gekauft, und wir hatten gehofft, daß wir es eines Tages unserem Sohn vererben könnten. Unsere Tochter besitzt schon ein eigenes Haus, und einen Mann, der es sich leisten kann, aber Roger hat kein Eigentum.«

»Wie heißt dieser Immobilienmakler?«

»Ich hoffe, daß ich mich daran erinnern kann. Die ganzen Namen hier klingen für mich, ehrlich gesagt, alle gleich. Irgendwas mit Mac. Wissen Sie, was ich meine? MacMahon. MacArthur. Douglas MacArthur? Nein, das geht nicht, oder? MacDonald? Sekunde, jetzt fällt's mir wieder ein. McKee. Dwayne McKee. Ich weiß es jetzt wieder ganz genau, denn haben Sie in New York schon mal jemanden getroffen, der so ähnlich wie Dwayne hieß?«

Sobald das Gespräch beendet war, sah ich im Telefonbuch nach einem Dwayne McKee. Er stand drin, ausgewiesen als Immobilienmakler, was für einige in dieser Gegend als der höchste Beruf gilt, den man als Sterblicher erreichen kann. Ich dachte daran, ihn ans Telefon zu holen und ein Treffen nach dem Mittagessen zu vereinbaren, aber dann entschloß ich mich, ohne jede Vorwarnung, gleich bei ihm vorbeizufahren; manchmal erreicht man auf diese Weise eine Menge.

McKees Büros befanden sich in einem kleinen weißen Haus, eingekeilt zwischen einem fünfstöckigen Bürogebäude und einem Lagerhaus. Mesa Grande hat viele ähnliche Blocks, wo sich ein halbes Dutzend verschiedene Geschichtsepochen gegeneinander drücken und drängen. Keine scheint je zu gewinnen, so weit ich zu sagen vermag, aber im Laufe der Zeit zeigen dann alle Mitstreiter ihren natürlichen Verschleiß.

Ein Weihnachtskranz hing an einem Nagel an der Vordertür, die in McKees Wartezimmer führte, und auch an der Tür zu seinem Privatbüro hing ein Kranz. Beides kleine geschmackvolle Kränze; sie riefen einem nicht laut und vulgär »Frohe Weihnachten!« entgegen, sie flüsterten es diskret.

Genauso führte Dwayne McKee seine Arbeit aus. In Mesa

Grande produzieren die männlichen Immobilienmakler Lärm und Herzlichkeit (die weiblichen Maklerinnen Lärm und Überschwenglichkeit); sie unterstreichen ihre Meinung mit den Fäusten, und sie treten gerne fest auf. McKee jedoch hatte eine sanfte Stimme und einen leisen Gang und die Angewohnheit, jedes Wort auf die Goldwaage zu legen, bevor er es von sich gab. Er hätte ein Buchhalter oder ein College-Professor sein können.

»Mr. McKee«, begann ich, »Sie haben kürzlich Mr. Abraham Meyer ein Angebot gemacht, sein Haus in Fairhaven zu kaufen. In wessen Namen haben Sie das getan?«

McKee spielte mit einem Briefbeschwerer auf seinem Terminkalender und räusperte sich sanft. »Ich bin mir nicht sicher, ob es ethisch zu vertreten ist, wenn ich Ihnen darüber Auskunft gebe. Es war immer einer meiner Grundsätze, die Wünsche meiner Klienten nach Vertraulichkeit zu respektieren.«

»Ich bin kein Jurist«, sagte ich, »aber ich glaube, ich weiß, was mein Boss Ihnen dazu sagen würde. Laut Gesetz ist ein Verteidiger in einem Straffall berechtigt, vor Gericht alle Tatsachen anzuführen, die für seine Verteidigung bedeutsam sein könnten. Jeder, der im Besitz solcher Tatsachen ist, muß sie unter Eid bezeugen, es sei denn, das Gesetz billigt ihm einen privilegierten Sonderstatus zu. Also Psychiater und Pfarrer und Juristen, die mit ihren Klienten auf berufsmäßiger Basis verhandeln. Ich habe noch nie davon gehört, daß Immobilienmakler auch auf der Liste stehen. Die Vertraulichkeit zwischen einem Makler und seinem Klienten mag vielleicht in den Augen der Maklerinnung heilig sein, in den Augen des Gesetzes ist sie es nicht.«

»Aber ich empfinde eine gewisse moralische Verpflichtung – «

»Mein Boss würde Ihnen raten, vermute ich, sie zu unterdrücken. Sagen Sie uns, was Sie wissen, und unterschreiben Sie eine eidesstattliche Erklärung, denn es kann sein, daß Sie vor Gericht aussagen müssen. Wenn Sie uns aber *nicht* sagen, was Sie wissen, dann garantiere ich Ihnen, wird mein Boss Ihnen eine Vorladung hinknallen, und Sie werden vor Gericht der ganzen Welt genau das berichten, was Sie jetzt nur mir nicht sagen wollen. Oder wenn Sie das verweigern, dann kommen Sie ins Gefängnis.«

Das alles sagte ich in einem netten freundlichen Ton, ohne ihn zu bedrängen oder mich mit ihm anzulegen; ich gab ihm einfach nur diese Informationen.

Für McKee reichte das. Er rückte mit der ganzen Geschichte heraus. Ja, ein Klient hatte ihn beauftragt, für das Haus der Meyers ein Angebot zu machen, und der Klient war Reverend Chuck Candy selbst gewesen. Darüber hinaus war dies nicht der einzige Fall, er hatte von Candy ähnliche Aufträge erhalten. Zur gleichen Zeit, als er den Meyers das Angebot gemacht hatte, waren an fünf weitere Familien Angebote ergangen. Die anderen hatten alle zugestimmt und verkauft. Seit einem Monat war Chuck Candy Besitzer ihrer Häuser.

Das, so fügte er hinzu, war amtlich verbürgt im Katasteramt, trotzdem hatte Candy die Leute, von denen er gekauft hatte, ausdrücklich gebeten, niemandem von der Transaktion etwas zu sagen.

Die Meyers allerdings wollten nicht verkaufen. McKee ging so weit, wie er juristisch dazu bevollmächtigt war, jedoch ohne Erfolg, so daß ihm Candy schließlich Mitte November sagte, er solle das Ganze vergessen. »Ich werde mich selber drum kümmern«, sagte er. »Ich finde schon eine Methode, die fruchtet.«

Er erklärte McKee nicht, was das zu bedeuten hatte. Er sagte nur, er glaube nicht, daß es länger als einige Wochen dauern würde, bis der alte Meyer McKee anrufen und ihn fragen würde, ob sein Klient das Haus noch immer kaufen wolle. Für diesen Fall hatte McKee die strikte Anweisung, genau die Hälfte des Preises vom ersten Angebot zu nennen.

Dann stellte ich McKee die Frage, die auf der Hand lag. »Warum wollte Candy das Meyersche Haus und alle Nachbarhäuser?«

»Hm, er hat mich nie ins Vertrauen gezogen. Aber wenn ich mal eine vernünftige Überlegung anstellen sollte – im Laufe seines Berufslebens kommen einem gelegentlich Gerüchte zu Ohren, hört man hier und da etwas aus Maklerkreisen über verschiedene Verträge, die sich hinter den Kulissen oder unter der Hand abspielen sollen. Ja, und eins dieser Gerüchte, das mir kürzlich zu Ohren gekommen ist, hatte mit einer Kette von Einkaufszentren zu tun, die eine große Baugesellschaft aus dem Osten hier im Südwesten plant, und eins soll hier nach Mesa Grande kommen. Genau gesagt, nach Fairhaven, wo Reverend Candy und die Meyers wohnen. Wenn jetzt also Reverend Candy ebenfalls von diesem Gerücht gehört haben sollte – und wenn ihm in den Sinn gekommen ist, Besitz in dieser Gegend aufzukaufen, bevor diese Baugesellschaft aus dem Osten anfängt – warum nicht?. Ich bin sicher, er hat vor, das Geld für seine Kirche zu verwenden, nicht für sich persönlich. Er ist ein aufrichtiger Mann Gottes – «

»Gehören Sie seiner Kirche an, Mr. McKee?«

»Oh nein, ich bin Vorsitzender der Presbyterianer. Wie schon mein Vater und sein Vater vor ihm. Die Kirche von Reverend Candy zieht eher Menschen mit einem weniger gefestigten, weniger starken Willen an – ja, sie nimmt alle Sorten auf, aber sind wir nicht alle gleich vor den Augen unseres Vaters?«

Ich diktierte McKees Sekretärin eine offizielle Aussage, die alle Informationen enthielt, und McKee unterschrieb sie, und die Sekretärin und ich unterschrieben als Zeugen.

Ich verließ McKees Büro eine Stunde, nachdem ich gekommen war. Der Kranz an der Vordertür schien mich vorwurfsvoll anzustarren: wie konnte ich mich in dieser Zeit so flegelhaft benehmen, wo die ganze Welt um Frieden und Güte der Menschen untereinander betet?

* * *

Ich hatte Mom versprochen, sie zurückzurufen, um ihre Neugier zu befriedigen, deshalb tat ich das, sobald ich wieder in meinem Büro war.

Und ich konnte meine Selbstzufriedenheit nicht vor ihr geheimhalten. »Ist dir klar, was für ein wahnsinniger Durchbruch das ist?« sagte ich. »Candy selber hat das Angebot gemacht, das Haus der Meyers zu kaufen! Warte nur, bis Ann ihm das an den Kopf knallt, wenn er im Zeugenstand ist. Es beweist ja nicht nur, daß er versucht hat, die Meyers zu provozieren, damit sie wegziehen, es macht auch diese ganze Geschichte mit der Pistole verdächtig. Ich könnte schwören, der Fall kommt über die Anhörung nicht hinaus.«

Ein langes Schweigen am anderen Ende der Leitung.

»Mom? Was ist los? Stimmt irgendwas nicht an meinen Überlegungen?«

»Was nicht stimmt«, sagte Mom, »ist, daß es dieser Candy war, der das Meyersche Haus zu kaufen versucht hat.«

»Aber das ist doch das beste, das uns passieren konnte!«

»Schön, es ist das beste. Aber es ist auch seltsam, es wirft eine Frage auf, die du klären mußt. Candy hat in seiner unmittelbaren Umgebung Häuser aufgekauft, fünf Stück hat er bereits. Wie kann er sie finanzieren? Häuser sind keine Gummibärchen, du brauchst viel Geld, um eins zu kaufen, geschweigen denn fünf. Selbst wenn du das Geld bei einer Bank aufnimmst. Und die Kirche dieses Candys ist voll mit armen Leuten, er ist nicht einer von diesen Bonzen-Pfarrern der Stadt – glaubst du, er hat so viel Geld bar zur Verfügung oder einen so guten Kredit bei der Bank?«

»Vielleicht nicht, aber er hat es nun einmal gemacht.«

»Genau. Also wie hat er es gemacht? Da steckt jemand dahinter. Jemand, der tatsächlich Geld zur Verfügung hat, benutzt diesen Candy, die Häuser aufzukaufen. Jemand, der so große Angst hat, sein Name könne da mit reingezogen werden, daß er es noch nicht einmal wagt, das Angebot selber zu machen. Er versteckt sich nicht hinter einem Immobilienmakler, er versteckt sich hinter einem Vermittler, der sich hinter einem Immobilienvermittler versteckt. Glaube mir, Dave, du solltest diesen Fall nicht eher abschließen, bis du herausgefunden hast, wer dieser jemand ist.«

»In Ordnung, Mom, ich verspreche dir, ich werde das untersuchen.«

Aber ich sagte das nur ihr zuliebe. Ich war vollkommen glücklich mit dem, was ich soeben herausgefunden hatte, und Ann würde ebenfalls glücklich damit sein. Es reichte, um unseren Klienten aus der Schlinge zu befreien: was sonst sollten unsre Sorgen sein? Wir waren nicht tätig, um nach der absoluten Wahrheit zu graben; wir waren tätig, um Freisprüche zu erreichen.

Ich sah auf meine Armbanduhr, nachdem ich aufgelegt hatte. Ich war überrascht, daß es noch nicht ganz Mittag war. Der Morgen war vollgepackt gewesen.

Also holte ich mir im Coffee Shop des Gerichts ein Sandwich und legte dann für den verbleibenden Nachmittag Roger Meyer und Chuck Candy und Weihnachten ad acta und arbeitete eine Menge liegengebliebenen Papierkram auf. Dann ging ich mit einer meiner Unter-der-Hand-Informationsquellen in einer außerhalb gelegenen Kneipe einen trinken. Ich quetschte ihn aus in Verbindung mit einem Fall, der mit Alkohol am Steuer zu tun hatte – in dem unserer Meinung nach unser Klient keinen Alkohol zu sich genommen und nicht am Steuer gesessen hatte –, und die Ergebnisse waren mehr als zufriedenstellend.

Ich kam erst um sechs Uhr nach Hause und als ich die Tür öffnete, klingelte gerade das Telefon.

Es war Ann. Ich wollte ihr sofort die gute Nachricht mitteilen, die bei meinem Treffen mit Dwayne McKee herausgekommen war, aber dazu kam ich nicht. »Wir treffen uns vor dem Meyerschen Haus, ja?« sagte sie. »Kennst du die Adresse?«

Ich bejahte und fragte sie, was los sei.

»Jemand hat Reverend Chuck Candy erschossen«, sagte sie. »Er ist tot, und die Polizei sucht nach Roger.«

* * *

Auf dem Weg zum Meyerschen Haus hielt mich der Stadtverkehr beträchtlich auf. Mesa Grande gehört laut Statistik zu den Städten im Westen, die sehr schnell anwachsen, deshalb ist es nur natürlich, daß wir uns Verkehrsstaus, Parkprobleme, zunehmende Kriminalität und Smog zulegen: all die Raffinessen großstädtischer Kultur. Was wir uns noch nicht zugelegt haben, ist ein Kino, das alles mit Untertiteln zeigt, ein Restaurant, in dem sie den Salat nach dem Hauptgang bringen und ein Nachtclub oder ein Coffee Shop, der nach elf geöffnet hat und nicht nur was für Teenager ist.

Während der ganzen Fahrt in die Stadt kroch ich hinter einem Plymouth-Kombi her, auf dessen Stoßstange ein *»Honk If You Love Jesus«* Sticker klebte. Dann ließ ich die Innenstadt hinter mir und fuhr durch schönere Wohngegenden der Stadt. Über beinahe jeder Tür hingen Kränze, große, voller Kiefernzapfen, kleine, mit ab und zu einer roten künstlichen Kirsche.

Ich hatte vor zwei Abenden einen flüchtigen Blick auf das Meyersche Haus geworfen, im Dunkeln. Jetzt herrschte Zwielicht, und ich konnte es deutlicher sehen. Obwohl es ohne Kränze war, sah es in jeder Hinsicht aus wie ein Titelbild einer alten *Saturday Evening Post*: rot-weiße Fensterläden, ordentlich gestutzte Hecken, Rauchwölkchen, die sich träge aus dem Schornstein kringelten. Ich vermutete, Abe und Sarah Meyer hatten sich auch aus diesem Grunde so angezogen gefühlt: für Menschen ihrer Generation konnte der Amerikanische Traum gar nicht anders aussehen als ein Gemälde von Norman Rockwell.

Im Innern des Hauses glich die Atmosphäre eher dem Alten Testament als der *Saturday Evening Post.* Sarah Meyer saß im Wohnzimmer auf dem Sofa und umklammerte ein zusammengeknülltes nasses Taschentuch; Tränen verschmierten ihre roten Wangen. Abe saß dicht bei ihr und hielt ihre freie Hand fest, verwirrt auf die Wand vor sich blickend. Neben dem Sofa stand Ann mit einem grimmigen Gesichtsausdruck.

Auf der Kante eines Stuhls hockte ein kleiner Mann – sehr klein, kaum größer als fünf Fuß. Er war um die Dreißig, hatte ein glatt rasiertes rosarotes Gesicht und trug einen hellgrauen Anzug und eine schwarze Jarmulke.

(Dem Unwissenden sei gesagt, eine Jarmulke ist ein kleines rundes Käppchen, das ein frommer Jude im Haus und auf der Straße trägt, denn er muß immer eine Kopfbedeckung zwischen seinem Kopf und Gott tragen: gegen *ihren* Kopf hat Gott offensichtlich nichts.)

Dieser adrette zierliche kleine Mann war unser Rabbi, Eli Loewenstein. Ich kannte ihn von mehreren öffentlichen Veranstaltungen: der Rabbi war ein beliebter Ehrengast bei Rotary-Essen, Dinners der Handelskammer und anderen Anlässen, wo das nichtjüdische Establishment mit einem offiziellen Vertreter der Jüdischen Gemeinde aufwarten will. Die Jüdische Gemeinde in Mesa Grande ist recht klein; die Synagoge zählt weniger als hundert Familien, und der Rabbi ist verpflichtet, Gottesdienste zu leiten, die eine Mischung aus orthodox, konservativ und reformistisch darstellen. Aber so klein die Jüdische Gemeinde auch ist, ihre Mitglieder sind alle gewissenhafte Wähler, und von Zeit zu Zeit fühlen sich die, die am Ruder sind, gezwungen, offiziell ihre Existenz anzuerkennen.

Ich nickte dem Rabbi zu, und er erhob sich, kam eifrig durchs Zimmer auf mich zu und schüttelte mir die Hand, mit einer taktvollen Mischung aus Herzlichkeit (um zu zeigen, daß er froh war, mich zu sehen) und Zurückhaltung (um zu zeigen, daß er sich des Ernstes der Lage bewußt war).

»Wie geht es Ihrer Mutter?« fragte der Rabbi mit dieser Erregung in der Stimme, die mir immer wieder bei allen Geistlichen in meinem Bekanntenkreis auffällt, gleichgültig, welcher Sekte, welchem Kredo oder welcher Konfession sie angehören; als verkündeten sie auch die belangloseste Bemerkung von der Kanzel. Die Tendenz der Geistlichen, Gottes Rhetorik zu imitieren, scheint absolut ökumenisch zu sein. »Wir erwarten sie morgen abend beim Oneg Sabbat. Ich glaube, sie sorgt für die Kartoffelpfannkuchen.«

»Würde mich nicht überraschen«, sagte ich. »Dafür sorgt sie nur allzu gerne.«

»Ich hatte gehofft, sie auch letzten Freitag zu sehen«, sagte der Rabbi. »Zu schade, daß sie es nicht geschafft hat. Eine Frau wie sie, die so viel beisteuern könnte. Nun ja, wir sollten für das dankbar sein, was wir tatsächlich von ihr bekommen, nicht wahr?«

Der Rabbi erwartete von mir darauf keine Antwort. Schon seit langem hatte er erkannt, daß es sinnlos war, mir Vorhaltungen zu machen, daß ich nicht in die Synagoge kam. Jetzt gab er mir das durch die Blume zu verstehen, indem er mir von Mom erzählte.

»Wir haben nicht viel Zeit«, unterbrach ihn Ann. »Du solltest eingeweiht werden, Dave.«

»Oh, tut mir leid«, sagte der Rabbi. »Wenn ich mich zurückziehen soll, bis Sie damit fertig sind – «

Ann sagte ihm, von ihr aus könne er gerne bleiben. Dann wandte sie sich an Abe Meyer und bat ihn, mir zu erzählen, was vorgefallen war.

Die schlaffe mechanische Art und Weise, mit der der alte Mann seine Geschichte herunterleierte, machte deutlich, daß er sie bereits ein halbes Dutzend mal durchgegangen war, mit Ann und den verschiedenen Vertretern des Gesetzes. »Es war vor ein paar Stunden, vielleicht um halb fünf, Sarah und ich saßen hier im Wohnzimmer. Roger war auch hier, er sah sich das Basketballspiel im Fernsehen an – «

»Roger ist ein Basketballfan?« warf ich ein.

»Unter uns gesagt, nicht besonders. Er sieht sich die Spiele an, wenn ich sie mir ansehe. Er weiß, daß mir das Spaß macht, deshalb tut er so, als seien sie ihm so wichtig wie mir.«

»Er ist ein guter Junge«, sagte Sarah, und plötzlich fing sie zu schluchzen an.

»Schon gut, schon gut«, sagte Abe beinahe ärgerlich gereizt. »Weinen hilft jetzt nichts. Tatsachen. Nur Tatsachen können jetzt helfen. Halb fünf, das Basketballspiel im Fernsehen. Auf einmal klingelte das Telefon. Wir erwarteten ein Ferngespräch von unserer Tochter, die mit ihrem Mann in Los Angeles lebt – «

»Er arbeitet bei der Versicherung«, sagte Sarah unter Schluchzern. »Er ist ganz schön erfolgreich, viele von diesen Hollywood Stars sind seine Klienten.«

»Und was hat das mit der Sache zu tun?« sagte Abe.

»Ich erkläre doch bloß – «

»Erkläre das, was wichtig ist, ja?«

»Ist es denn nicht wichtig, daß Jennifers Mann erfolgreich ist? *Mir* ist das wichtig. Und ihr und den Kindern ist es auch wichtig. Und ich kann mir vorstellen, wie unwichtig es dir wäre, wenn sie mit einem Nichtstuer verheiratet wäre, der nicht für ein anständiges Auskommen sorgen könnte – «

»In Ordnung, in Ordnung!« Abe streckte die Fäuste in die Luft, als wolle er Gott um Gnade anflehen. »Mit deiner Erlaubnis, komme ich jetzt auf die Sache zurück, um die es geht. Das Telefon klingelte, aber es war nicht unsere Tochter aus Los Angeles, es war jemand, der nach Roger fragte. Eine Stimme – «

»Männlich oder weiblich?«

»Konnte ich nicht erkennen. Die Stimme flüsterte, wissen Sie, so wie ein leises Flüstern, wie jemand, der eine starke Erkältung hat oder der zu schwach ist, um lauter zu sprechen. Zu mir sagte die Stimme nicht viel mehr als Rogers Namen. Ich holte ihn an den Apparat, er hörte nur ein paar Sekunden lang in den Hörer, dann hängte er auf und sagte zu uns: ›Ich geh noch mal weg. Bin bald zurück.‹ Dann lief er aus dem Haus, warf sich in der Flurgarderobe den Mantel über, und das war das Letzte, was wir von ihm gesehen haben. Nach einer Stunde war er noch immer nicht zurück, und plötzlich fuhr vor dem Haus ein Polizeiwagen vor, und ein Mann von der Bezirksstaatsanwaltschaft kam herein und fragte uns, wo Roger sei. Und als ich ihm sagte, das wüßten wir nicht, führte er sich auf, als ob wir Lügner wären, ein paar Männern sagte er, sie sollten das Haus durchsuchen – «

»Ohne Durchsuchungsbefehl«, sagte Ann. »Typisch.«

»Sie haben ihn natürlich nicht gefunden, weil ich die Polizei nämlich nicht anlüge. Und auch sonst niemanden.« Abes verwirrter Ausdruck wurde für einen Augenblick von aufflackerndem Zorn überschattet. »Dann haben sie mir gesagt, es habe einen Mord gegeben – jemand habe den Pfarrer erschossen, diesen Nichtsnutz von nebenan. Und sie haben mir gesagt, Roger sei in das Haus gegangen und er habe es getan, und jetzt sei er auf der Flucht. Also habe ich zuerst Mrs. Swenson angerufen, und dann habe ich den Rabbi angerufen – «

Ein Schluchzer von Sarah unterbrach Abe für einen Moment. Danach wurde seine Stimme lauter, als versuche er, sie zu übertönen. »Unser Roger, soll jemanden erschossen haben? Niemals! Er hat niemals im Leben eine Pistole benutzt! Was glauben die, wer er ist, einer von diesen Jägern hier aus der Gegend, die ihr Gewehr anlegen und sofort losschießen, wenn ihnen danach zumute ist?«

»Er hat Ihnen nicht gesagt, wohin er ging, nachdem er diesen Telefonanruf bekommen hatte?«

»Kein Sterbenswort. Wir haben ihn gefragt, und er hat komische Antworten gegeben – aber nichts davon, wo er hinging oder mit wem er gesprochen hatte. Und ehrlich gesagt, ich hab dann auch nicht mehr dran gedacht, weil das Telefon wieder klingelte, kaum daß er weg war, und diesmal war es das Ferngespräch, unsere Tochter aus Los Angeles, also haben wir uns ungefähr die nächste Stunde lang mit ihr unterhalten – «

»Ihr Baby hat Grippe«, sagte Sarah, »der Arzt hat ihm ein Antibiotikum verschrieben.«

»Tolle Sache!« explodierte Abe. »Unser Sohn verschwindet, er soll jemanden erschossen haben, und wir müssen uns Geschichten über Antibiotika anhören!«

»Was für komische Antworten?« fragte ich.

»Was?«

»Sie haben uns eben gesagt, Roger habe komische Antworten gegeben, bevor er das Haus verließ. Können Sie sich an sie erinnern?«

»Ich hab sie nicht verstanden, ehrlich gesagt. Sie hatten was mit Weihnachten zu tun. Lassen Sie mich mal genau nachdenken. Er sagte: ›Weihnachten ist die Zeit der Nächstenliebe und der Vergebung. Wenn die Christen das um diese Zeit zuwege bringen, warum sollten es dann die Juden nicht ebenfalls tun?‹ Und dann lief er aus dem Haus.«

Es entstand Schweigen, dann sagte ich: »Hat er Ihren Wagen genommen, als er das Haus verließ?«

»Er hat seinen eigenen Wagen«, sagte Abe. »Eine alte Schrottkarre. Er parkt ihn vor dem Haus, weil unsere Garage nur für einen Platz hat. Seine Schrottkarre steht jetzt nicht mehr vorne, also nehme ich an, er ist damit los.«

Ann kam auf mich zu. »Der Anwaltsassistent wartet auf uns in Candys Haus. Er sagt, wir können uns den Tatort ansehen, solange er dabei ist. Und er wird nicht mehr lange da sein, also sollten wir lieber gehen.«

Wir gingen schnell, nachdem wir den Meyers versichert hatten, wir würden alles tun, was in unserer Macht stünde, und wir ihnen nahe gelegt hatten, sich sofort mit uns in Verbindung zu setzen, wenn sie etwas von Roger hören würden. Wir versuchten beide, ein beruhigendes Lächeln aufzusetzen, aber wenn meins ebenso überzeugend war wie Anns, waren Abe und Sarah nicht beruhigt.

Rabbi Loewenstein begleitete uns bis zum Flur hinaus und sagte leise: »Der Junge war es nicht. Es ist wichtig, daß Sie daran glauben.«

»Woher wissen Sie das?« fragte Ann.

Der Rabbi lächelte ein wenig traurig. »Soll ich etwa glauben, daß so ein Junge sein Leben und das Glück seiner Eltern für einen Mann wie den wegwirft? Manchmal erscheinen uns Gottes Taten grausam und ungerecht, aber Sie werden mich niemals davon überzeugen, daß er zu dummen Streichen fähig wäre!«

* * *

Das Haus der Candys, einen halben Block die Straße hinunter, sah an diesem Abend ganz anders aus als am Abend zuvor, als ich mit all den anderen Gaffern im Auto daran vorbeigefahren war. Die Weihnachtsbeleuchtung war jetzt aus, und man konnte sehen, daß die ganze Vorderseite des Hauses mit einem Geflecht aus Leitungen und Glühbirnen überzogen war – wie die Trümmer eines Schlachtfeldes am Morgen nach der Party. Die Rentiere auf dem vorderen Rasen leuchteten und glitzerten nicht mehr; das Jesuskind gab keine kindlichen Quietschtöne mehr von sich; alle Figuren waren so tonlos und schemenhaft in dem Zwielicht wie übriggebliebene Partygäste, die, auf dem Boden zusammengebrochen, den Rausch ausschlafen. Und keine Musik plärrte aus den Lautsprechern auf dem Dach.

Die Gaffer allerdings waren noch immer im Einsatz. Angezogen, wie ich vermutete, durch die ersten Fernsehberichte über den Mord. Einige Dutzend befanden sich auf der anderen Seite, in ihren Autos oder standen auf der Straße Schlange, denn die Polizei ließ sie nicht auf den Bürgersteig vor Candys Haus. Selbst die höhergestellten gutbezahlten Gaffer – also die Fernsehteams – wurden auf Distanz gehalten.

Ein uniformierter Beamter führte Ann und mich zur Vordertür, und sie wurde von George Wolkowicz geöffnet, einer von Marvin McBrides aufgeweckten unangenehmen jungen Gefolgsmännern. Es ging das Gerücht, daß Wolkowicz demnächst ein Angebot von der Staatsanwaltschaft in Pennsylvania bekommen sollte, wo er mit einer höheren und eleganteren Sorte Verbrecher einen trinken konnte, aber im Augenblick mußte er mit der Drecksarbeit in Mesa Grande vorlieb nehmen. Das trug nicht dazu bei, seine Laune zu verbessern; mit seinen dicken schwarzen Augenbrauen, der niedrigen Stirn und dem hervorspringenden Kiefer erinnerte er mich immer an einen Mops, der gerade zubeißen will.

»Da sind Sie also«, sagte Wolkowicz. »Bin froh, daß Sie kommen konnten. Welcher Mord wäre in dieser Stadt denn komplett ohne Sie beide? Okay, Sie haben zehn Minuten, danach dampfe ich ab. Meine Frau hat mein Abendessen auf dem Tisch stehen, und Marvin erwartet morgen früh einen Bericht auf seinem Schreibtisch.«

Das war ein Witz. Es war schon viele Jahre her, daß unser geschätzter Bezirksstaatsanwalt in der Lage war, morgens früh Berichte zu lesen oder sich hinter seinem Schreibtisch aufrecht zu halten.

»Vielen Dank für Ihre Rücksicht, George«, sagte Ann. »Kommt nicht häufig vor, daß die Pflichtverteidigung die Möglichkeit hat, sich bereits im Anfangsstadium einen Überblick über das Beweismaterial zu verschaffen.«

Sie wußte natürlich verdammt gut, daß das Gesetz vom Staatsanwalt verlangte, sie sofort zu benachrichtigen, wenn einer ihrer Klienten in den Fall verwickelt war. Oder das Gericht würde über den Fall nicht verhandeln, und das war ihm vor einigen Monaten widerfahren.

Wolkowicz brummte: »Wird dem Halbstarken verdammt viel nützen«, sagte er. »Ich bringe Sie in das Zimmer, wo die Leiche gefunden wurde. Im Wohnzimmer, direkt den Flur entlang. Die Leute von der Spurensicherung und die Photographen waren schon da, und die Leiche ist natürlich zur Autopsie, aber sonst ist alles noch genauso wie vorher.«

Mit anderen Worten, mehrere Herden plattfüßiger Buffalos waren bereits über den Tatort getrampelt und hatte alle Beweise, die ihnen nicht selber durch Zufall aufgefallen waren, gründlich weggewischt. Trotzdem, ansehen kann nicht schaden. Manchmal entgeht den Vandalen zufällig etwas.

Wir kamen aber nicht bis zum Tatort, denn plötzlich erschienen auf der Treppe am Ende des Flures zwei Figuren. Eine davon war Chuck Candys Sohn Gabe, die andere war Gabes Mutter, »Ruthie«. Ich erkannte sie von der gerahmten Photographie, die ich am Morgen auf Chuck Candys Schreibtisch gesehen hatte – eine magere Frau um die Fünfzig, graues verstrubbeltes Haar. Ihr Gesicht war sogar noch blasser und hagerer als auf dem Photo. Ihre Augen waren rot und standen hervor.

Der untersetzte junge Mann, der ihren Arm hielt, trug noch immer Anzug und Weste vom Morgen. Aber beides sah jetzt verknittert aus, wahrscheinlich hatte er darin geschlafen.

Wolkowicz machte uns miteinander bekannt, und kaum hatte er gehört, wer Ann und ich waren, bekam Gabe ein rotes Gesicht. »Das sind die Leute, die diesen *Mörder* verteidigen? Sorgen Sie dafür, daß sie aus dem Haus verschwinden! Es ist die heilige Zeit der Trauer. Sehen Sie denn nicht, daß meine Mutter völlig am Ende ist? Wie können Sie nur, Mr. Wolkowicz, uns diese Häscher, die bittersten Feinde meines Vaters, ins Haus meiner Mutter bringen?«

»Ich bin die Pflichtverteidigerin, mein Name ist Ann Swenson«, sagte Ann so kühl wie nur möglich. Je mehr man versucht, sie einzuschüchtern, umso kühler wird sie jedesmal: das macht sie vor Gericht so gefürchtet. »Dieser Herr ist mein Chefermittler. Mr. Wolkowicz hier wird Sie davon unterrichten, daß das Gesetz uns offiziell den Status als gesetzliche Vertreter von Roger Meyer zubilligt. Uns kommt genau dieselbe Befugnis zu wie der Polizei, den Mordschauplatz zu untersuchen.«

»Das darf nicht wahr sein, das darf einfach nicht wahr sein!« Gabe Candys Stimme wurde hoch und schrill. Er hörte sich an wie ein verzweifeltes kleines Kind. »Stimmt das, Mr. Wolkowicz, können sie zu jeder Zeit in dieses Haus kommen, wie es ihnen gefällt? Das darf doch nicht wahr sein.« Er schüttelte ein paarmal den Kopf, und dann entfuhr ihm ein langer Seufzer, und er strich sich mit der Hand über die Augen.

»Wir werden so schnell machen, wie es geht«, sagte ich, denn einen Augenblick lang hatte ich Mitleid mit dem Jungen. Schließlich hatte er gerade seinen Vater verloren.

Er nahm die Hand von den Augen und legte sie seiner Mutter auf den Arm. »Komm, Mama. Wir setzen uns eine Weile nach oben.« Und er geleitete sie, nicht allzu sicher, die Treppe hinauf.

Wolkowicz grinste. Ihn amüsierte alles, solange es uns nur in Verlegenheit brachte.

* * *

Er führte uns dann durch einen Bogengang ins Wohnzimmer. Ein großes Zimmer mit einem riesengroßen Fenster, das direkt auf die Straße ging. Hier mußte der verstorbene Reverend Candy abends gestanden und die Menschenmassen beobachtet haben, wie sie seine Weihnachtsshow anglotzten. Und vielleicht hatte er dabei auch an die Ungläubigen nebenan gedacht, wie sie sich in ihren Betten hin und herwarfen.

In dem Wohnzimmer waren eine eine Unmenge Photos, die die Wände bedeckten: Zum größten Teil Nahaufnahmen vom verstorbenen Reverend Candy, der manchmal fromm aussah, wenn er mit seinem Gott kommunizierte, manchmal wütend, wenn er dem Teufel die Faust entgegenstreckte, manchmal verschmitzt lachend, zweifellos wenn er den Teufel mit Schimpf und Schande zurück in die Hölle schickte. Ein Kaminplatz beherrschte die dem Fenster gegenüberliegende Wand, und davor stand ein Weihnachtsbaum, reich geschmückt, fast bis unter die Decke. Im Kamin war kein Feuer – vielleicht war er nur zur Zierde, was in neuen Häusern häufig der Fall ist –, und am Weihnachtsbaum brannten keine Lichter.

Dann fiel mein Blick auf weiße Klebestreifen auf dem Teppich, kurz vor dem Weihnachtsbaum. Sie formten die groben Umrisse eines menschlichen Körpers, die Beine leicht angewinkelt, ein Arm über den Kopf reichend, der andere Arm im rechten Winkel von der Brust abstehend.

»Das ist mehr oder weniger die Position, in der wir ihn gefunden haben«, sagte Wolkowicz. »Mehr oder weniger auf der Seite, die rechte Wange gegen den Teppich gedrückt.«

»Wodurch wurde er getötet?« fragte ich.

Wolkowicz wies auf einen Punkt, der ungefähr sechs Fuß von der »Leiche« entfernt war, nahe unter dem Bogengang. Hier, auf dem Stück Holzfußboden zwischen dem Teppichende und dem Bogengang, war noch ein Gebilde aus Klebestreifen, viel kleiner als das erste. »Hier haben wir die Pistole gefunden. Ihr Junge muß sie fallen gelassen haben, nachdem er sein Opfer erschossen hat.«

»Der Mörder muß sie fallen gelassen haben«, wandte Ann ein.

»Das sagte ich ja.«

»Wie lange hat es gedauert, bis er tot war?« fragte ich.

»Zwei Schüsse wurden aus der Pistole abgegeben, und zwei Kugeln befinden sich in Candys Körper – eine in der Brust, links etwas unterhalb vom Herzen, eine in seiner rechten Hüfte. Keine von beiden hat ihn auf der Stelle getötet, aber die inneren Blutungen waren sehr schlimm, und auch die äußeren – man kann sie auf dem Teppich sehen, um die Leiche herum –, so daß wir zum gegenwärtigen Zeitpunkt schätzen, es hat nicht länger als eine halbe Stunde gedauert.«

»Niemand im Haus hat die Schüsse gehört?«

»Im Haus war niemand, außer dem Opfer. Seine Frau machte ihre Weihnachtseinkäufe, sein Sohn und dessen Familie wohnen nicht hier, und ganztägige Hausangestellte gibt es nicht. Seine Frau ist vor ungefähr einer Stunde nach Hause zurückgekehrt, und da war er schon tot.«

»Blieb ihm noch Zeit, nach Hilfe zu rufen?«

»Er hat es versucht. Sehen Sie sich das Telefon an.« Jetzt sah ich es, es lag auf dem Boden nahe am Sofa, drei oder vier Fuß von der Leiche entfernt. »Wir vermuten, er ist rüber gekrochen und hat es geschafft, es vom Tisch auf den Boden runter zu ziehen. Aber dann verließen ihn die Kräfte, und entweder hat er es nicht mehr geschafft zu wählen oder ihm blieb nicht mehr genug Stimme, in den Hörer zu sprechen. Wie auch immer, er hat den Hörer wieder aufgelegt und es mit einer anderen Art der Kommunikation versucht.«

»Welcher Art?«

»Hier drüben«, sagte Wolkowicz. »Gehen Sie jetzt bitte vorsichtig, und treten Sie um Gottes willen nicht drauf, sonst macht Marvin mich fertig. Wie die Dinge liegen, gefällt ihm der Gedanke nicht besonders, Sie beide frei am Tatort herumlaufen zu lassen.«

»Muß hart für ihn sein«, sagte Ann, »zumal das Gesetz ihn dazu verpflichtet.«

Aber uns verging die Lust, Wolkowicz zu provozieren, als wir sahen, wohin er wies. Auf dem Teppich, nur knapp neben dem ausgestreckten Arm der Leiche, waren eine Reihe Kreidezeichen. Einen Augenblick später erkannte ich, daß es vollständige große Druckbuchstaben waren, ziemlich grob und an einigen Stellen zittrig, aber da der Teppich beige war und die Kreidezeichen leuchtend rot waren, fiel es nicht weiter schwer, diese Buchstaben zu entziffern.

GOLD, FRANKINCENSE AND
MYRRH

Die ersten drei Wörter standen an der linken Teppichkante, und das letzte Wort war direkt unter das erste gekritzelt.

»Das stammt zweifellos von Candy«, sagte Wolkowicz. »Wir haben das rote Kreidestück zwischen den Fingern seiner rechten Hand gefunden. Und er war tatsächlich Rechtshänder, das haben wir von seiner Familie erfahren. Und da drüben, da hat er die Kreide her.«

Einige Fuß von der hingekritzelten Botschaft entfernt lag eine Schachtel mit Kreidestiften für Kinder. Die Weihnachtsverpackung war abgerissen, die Schachtel hastig aufgemacht, mehrere Stifte lagen auf dem Teppich verstreut. Ich nahm die Schachtel auf und sah sie mir an. »Jesuskind Malfarben« stand darauf. »Vorsicht: Kreide läßt sich nur mit Terpentin und kaltem Wasser entfernen.«

»Haben Sie irgendwelche Theorien«, fragte ich, »warum er seine letzten Kräfte dafür verbrauchte, um das zu schreiben?«

»Nicht wirklich«, sagte Wolkowicz. »›Gold, frankincense and myrrh.‹ Ich bin nicht ganz bibelfest, aber das sind doch die drei Gaben, die die Weisen dem Jesuskind bringen, nicht? Gold, Weihrauch und Myrrhe. Tja, vielleicht wollte er damit die Aufmerksamkeit auf Weihnachten lenken – auf den Kampf, den er mit dem Meyer-Jungen wegen der Weihnachtsshow vor seinem Haus hatte.«

»Wenn er Roger Meyer beschuldigen wollte«, sagte ich, »wäre es für ihn verdammt einfacher gewesen, es direkt zu tun. Er hätte schreiben können ›Roger Meyer hat mich getötet‹ – oder etwas in der Art.«

Wolkowicz zuckte die Achseln. »Er lag im Sterben. Man denkt nicht immer klar, wenn man im Sterben liegt. Wie auch immer, was macht das schon aus? Wir brauchen diese Botschaft nicht zu erklären, wir haben auch ohne sie genügend Beweismaterial gegen Ihren Jungen.«

»Oh ja«, sagte Ann und drehte sich um, damit sie ihm direkt ins Gesicht sehen konnte, »darauf habe ich gewartet. Welche Beweise haben Sie denn gegen ihn?«

Wolkowicz schob seinen Mopskiefer vor. »Erst einmal hat er ein Motiv, um das selbst Sie nicht herumkönnen. Candy hat den alten Meyers das Leben zur Hölle gemacht, und der Sohn hat bereits einmal die Fassung verloren und den Mann mit einer Schußwaffe bedroht.«

»Das sollte die Anhörung nächste Woche entscheiden«, sagte Ann. »Wir stehen auf dem Standpunkt, daß der Junge aus Selbstverteidigung gehandelt hat.«

»Ihr Standpunkt ist jetzt irrelevant geworden«, sagte Wolkowicz. »Candy ist tot, er kann in diesem alten Fall nicht mehr gegen irgend jemanden aussagen – ein weiteres gutes Mordmotiv für Ihren Klienten.«

»Warum Candy dafür umbringen? Er konnte sicher sein, daß das Gericht ihn entlasten würde.« Auf dem Weg vom Haus der Meyers hierher hatte ich Ann von meinem Gespräch mit Dwayne McKee erzählt.

»Das ist Ihre Meinung, Frau Anwältin. Vielleicht hat Ihr Klient sie nicht geteilt. Vielleicht wollte er eine Garantie dafür, daß er nicht im Gefängnis landen würde. Auf Geschworene ist kein Verlaß, man weiß nie, auf welche Seite sie überwechseln. Auf tote Zeugen kann man sich hundertprozentig verlassen.«

»Sie machen aus dem Jungen einen Vollidioten.«

»Alle Mörder sind Vollidioten, das wissen Sie selber. Sonst hätten wir nie die Chance, sie zu fangen.« Er hielt inne, runzelte eine Sekunde lang die Stirn, schüttelte dann den Kopf und fuhr fort: »Das nächste Beweisstück. Ihr Klient hielt sich während der möglichen Mordzeit am Tatort auf. Er verließ das Haus seiner Eltern kurz vor halb fünf, ging die Straße hinunter zum Haus der Candys – «

»Dafür haben Sie absolut keine Beweise. Der Junge bekam einen Telefonanruf, und *deshalb* verließ er das Haus seiner Eltern.«

»Wir werden so argumentieren, daß der Anruf von Candy kam. Er wollte diese Geschichte mit der Weihnachtsdekoration mit Ihrem Klienten besprechen – der ging zu ihm, verlor die Beherrschung, wie schon einmal zuvor, griff zur Pistole – «

»Roger Meyer hat in seinem ganzen Leben niemals eine Pistole besessen.«

»Er hat Candys genommen, dieselbe, mit der er bereits vor ein paar Tagen versucht hat, ihn zu erschießen. Sie lag in einer Schublade im Flur, der Meyer-Junge hatte letzte Woche gesehen, wie Candy sie da rausgenommen hat. Diesmal kam er Candy einfach zuvor. Und nebenbei bemerkt, die schlagenden

Beweise dafür werden wir morgen oder spätestens übermorgen haben.«

»Welche Beweise?« sagte Ann voller Hohn in der Stimme. Nur jemand, der langjährige Erfahrung darin hatte, die Falten um ihre Augen zu deuten, konnte erkennen, daß ihre Selbstsicherheit ins Wanken geriet.

»Am Griff dieser Pistole sind schmierige Fingerabdrücke gefunden worden«, sagte Wolkowicz. »Die Experten untersuchen sie gerade, ihre Ergebnisse werden bald vorliegen. Aber ich gehe jede Wette ein, daß wenigstens einer dieser Abdrücke von Roger Meyer stammt.«

»Natürlich. Er hat letzte Woche mit Candy um diese Pistole gekämpft. Er gibt das offen zu.«

»Die Experten werden entscheiden, ob seine Abdrücke die von letzter Woche oder neue sind. Wie auch immer, das Problem wird sich bei den Fußspuren erst gar nicht stellen.«

»Welchen Fußspuren?«

»Schuhabdrücke, um genau zu sein. Sind sie Ihnen nicht draußen im Flur aufgefallen? Auf dem Teppich da draußen sind ein halbes Dutzend, die aus dem Wohnzimmer in Richtung Eingangstür führen. Der Mörder hatte Blut an seinen Schuhen und hat eine schöne Spur hinterlassen, als er sich davonmachte. Wir haben Photos von diesen Schuhabdrücken, und wir haben bereits ein halbes Dutzend Paar Schuhe von Roger Meyer aus dem Haus seiner Eltern mitgenommen.«

»Hatten Sie dafür einen Durchsuchungsbefehl?« fragte Ann ganz ruhig.

Wolkowicz erlaubte sich beinahe ein Lachen. »Würde ich so etwas ohne Durchsuchungsbefehl tun? Würde ich diesen Fall wegen illegaler Durchsuchung und Beschlagnahmung aufs Spiel setzen? Also, diese Photos von den blutigen Schuhabdrücken werden im Augenblick mit Meyers Schuhen verglichen, und ich gehe die nächste Wette ein – es wird sich herausstellen, daß es sich um Schuhe derselben Größe und Art handelt.«

»Trotzdem, ich nehme an, Sie haben an den Schuhen des Jungen keine Blutflecken gefunden?«

»Natürlich nicht. Er hat die Blutflecken an den Schuhen, die er im Augenblick trägt, an den Schuhen, die er anhatte, als er Candy umbrachte. Wenn er die Schuhe noch immer anhat, wenn wir ihn finden, wird unser Beweis hieb- und stichfest sein. Wenn er nicht schuldig ist, warum ist er dann aus Candys Haus gelaufen, und warum versteckt er sich?«

»Weil er erst gar nicht in Candys Haus hineingegangen ist«, sagte Ann. »Und er versteckt sich auch nicht. Er bekam einen Telefonanruf, der ihn irgendwohin schickte, er hatte mit dem Mord gar nichts zu tun – vielleicht war es ein Mädchen, mit dem er was hat, und auf einmal ist sie in der Stadt und hat nur den Abend für ihn. Er wird heute abend spät oder morgen früh auftauchen, und Sie und Ihr Boss werden ziemlich dumm dastehen.«

»Er hat um dieses Mädchen ein ganz schönes Geheimnis gemacht, nicht wahr? Warum hat er denn noch nicht einmal seinen Eltern gesagt, wohin er ging?«

Ann grinste. »Also, George, Sie waren doch auch einmal jung. Obwohl es nicht so aussieht, bin ich mir sicher, sie waren es einmal. Haben Sie Ihren Eltern immer alle Einzelheiten erzählt, wenn Sie mit einem Mädchen ausgingen?«

»Natürlich nicht. Das hätte sie ins frühe Grab gebracht. Aber das hat nichts mit dem Meyer-Jungen zu tun. Er hielt sich zur Mordzeit in dem Haus auf, das können Sie mir glauben. Es sind nicht allein die Fingerabdrücke und die Schuhabdrücke. Es gibt einen Zeugen.«

Wolkowicz lächelte sein hämisches Lächeln, das eine Spezialität von ihm war.

»Sie sagten, es befand sich sonst niemand im Haus.«

»Dieser Zeuge war vor dem Haus. Stand auf der anderen Straßenseite und hatte eine perfekte Sicht auf die Eingangstür. Er sah jeden, der zwischen drei Uhr und der Zeit, bis die Streifenwagen ankamen, rein und rausging. Und er wird bezeugen, daß Roger Meyer gegen halb fünf durch die Eingangstür gegangen ist, ungefähr fünf Minuten lang drin geblieben ist und dann wieder rausgelaufen kam und sehr erregt aussah. Dann sprang er in seinen Wagen, der an der Kurve nahe am Haus der Meyers stand, ein grüner zweitüriger 79er Volkswagen Jetta – und fuhr davon, viel schneller, als die Höchstgeschwindigkeit es für diese Gegend vorsieht.«

»Wer ist Ihr Zeuge?« fragte Ann.

»Oh nein. Das brauch ich Ihnen jetzt noch nicht zu sagen. Nicht bevor wir seine eidesstattliche Aussage haben, unterzeichnet und beglaubigt. Danach werden wir Ihnen seinen Namen geben, ganz offen und ehrlich.«

»Es handelt sich aber um einen Mann?«

»Sagte ich das? Oh ja, ich sagte ›er‹. Das war das universale ›er‹, das für männlich und weiblich steht. Für gewöhnlich versuche ich es zu vermeiden, denn ich weiß, daß sich heutzutage viele Frauen daran stoßen. Aber manchmal rutscht es mir so raus aus alter Gewohnheit. Entschuldigen Sie bitte.«

»Ist es ein ›er‹ oder nicht?«

Wolkowicz sah auf seine Uhr. »Schon nach sieben, meine Frau bringt mich um, wenn das Essen ruiniert ist. Nicht daß sich ihr Essen ruinieren ließen – «

»Sekunde noch, George«, sagte Ann, »wir brauchen noch eine Menge Informationen von Ihnen. Hat Candy heute irgendwelche Besucher erwartet?«

»Donnerstag nachmittags erwartet er nie Besucher. Er bleibt im Haus und schreibt seine Predigt. Oder wartet vielleicht darauf, daß Gott sie ihm diktiert. Und er hat weder seiner Frau noch seinem Sohn oder sonst jemandem gesagt, daß das heute anders sein sollte.«

»War er seit dem Mittagessen allein im Haus?«

»Das behauptet seine Frau.«

»Wann war das?«

»Gegen Mittag. Aber sie hat das Haus viel früher verlassen. Sie ging in die Kirche, weil sie dort etwas zu erledigen hatte, und dann fuhr sie ins Einkaufszentrum, um ein paar Weihnachtseinkäufe zu machen. Da hat sie auch einen kleinen Imbiß zu sich genommen.«

»Und ihn zu Hause sein eigenes Essen machen lassen?«

»Das ist ihr Arrangement für donnerstags.«

»Wie steht's mit irgendwelchen Feinden?« sagte ich. »Viele Verrückte fühlen sich von diesen fundamentalistischen Priestern angezogen. Und er hat mir selber gesagt, als ich mich heute morgen mit ihm unterhalten hab, daß er eine Pistole im Haus habe, weil man ihn bereits bedroht habe.«

»Der einzig Verrückte, von dem wir wissen, daß er ihn bedrohte, ist Ihr Klient, der Meyer-Junge. Und er ist der Verrückte, der ihn umgebracht hat.«

Er legte eine Hand auf Anns Arm und die anderen auf meinen und schob uns bestimmt Richtung Bogengang des Wohnzimmers. Aber da bemerkte ich etwas, das mich plötzlich innehalten ließ, trotz seiner Hand auf meinem Arm. »Was soll denn das da oben?«

Über dem Kamin, auf den ich zeigte, hing ein kleines Bild. Aber alles, was man davon sehen konnte, war die Rückseite, denn es hing mit der Vorderseite zur Wand.

Wolkowicz ging darauf zu und drehte es um. Es war ein Bild von Jesus in Nahaufnahme, er trug eine Dornenkrone auf dem Kopf und ein wunderschönes Lächeln im Gesicht, und ein leuchtender Heiligenschein umgab ihn.

»Warum wohl, was vermuten Sie – ?« sagte Wolkowicz. »Der Mörder fühlte sich vielleicht schuldig? Er wollte nicht, daß unser Herr auf ihn heruntersah, während er einen Mord beging?«

»Roger Meyer ist Jude«, sagte Ann sanft. »Juden glauben nicht daran, daß Jesus unser Herr ist.«

Wolkowicz warf ihr einen wütenden Blick zu, aber er konnte nichts erwidern.

* * *

Es war beinahe halb neun, als ich bei Mom ankam. Ich hatte sie vorher angerufen, direkt nachdem ich von Ann die Neuigkeiten in dem Fall erfahren hatte, und sie gefragt, ob ich später kurz vorbeikommen könnte. Mom hatte ja gesagt und daß es einen Happen zu essen gäbe, egal wie spät es würde.

Und wirklich, das Essen war fertig. Ich erzählte ihr von dem Mord, während ich ihre Gemüse-Rindfleischsuppe genoß, und sie stellte mir Fragen, während ich mich über die Lammkoteletts und den Kartoffelbrei hermachte. Und auch die Erbsen. Nach all diesen Jahren erlaubt Mom mir immer noch nicht, daß ich vom Tisch aufstehe, bevor ich nicht mein Quantum an grünem Gemüse verzehrt habe.

»Also bitte sag mir«, sagte sie, als ich schließlich mit meiner

Geschichte am Ende war, »hat er die Predigt fertig geschrieben?«

»Was meinst du, Mom?«

»Hat die Polizei sie irgendwo gefunden, diese Predigt, an der er angeblich den ganzen Nachmittag geschrieben hat?«

»Weiß ich nicht. Ich werde den Anwaltsassistenten fragen.«

»Frag ihn auch, ob du sie lesen darfst, damit du mir berichten kannst, was drin steht.«

»Okay, aber ich bezweifele, daß er den Namen seines Mörders oder sonst was darin erwähnt. Was er mit Kreide auf den Teppich geschrieben hat – das war sein Versuch, uns zu sagen, wer der Mörder war.«

Auf Moms Stirn lagen tiefe Falten. »Diese Wörter, die er auf den Teppich geschrieben hat – das sind die Sachen, die die drei weisen Könige dem Jesuskind gebracht haben, als Geburtstagsgeschenk. Was meinst du, inwiefern sagen die, wer der Mörder ist?«

»Vielleicht wollte er uns mitteilen, daß der Mörder irgendein Weiser war? Vielleicht ein Professor? Jemand, der am Mesa-Grande-College arbeitet?«

»Warum dann nicht seinen Namen schreiben? Das wäre schneller und leichter, besonders für einen Mann, der nach einem Schuß verblutet.«

»Vielleicht gab es drei Mörder, und er hatte keine Zeit, alle drei Namen zu schreiben. Oder vielleicht war der Mörder verkleidet, mit einem langen weißen Bart und sah nur aus wie einer der drei Weisen –« Ich brach ab, mir der Unhaltbarkeit meiner Spekulationen nur allzu bewußt.

»Also möchtest du etwas Nachtisch?« fragte Mom. »Ich hab extra was Schönes für dich gemacht. Du bekommst es, wenn du deine Erbsen aufgegessen hast.«

Ich gehorchte, dann schob Mom meinen Teller zur Seite und brachte den Nachtisch herein, ihre berühmten Erdbeertörtchen. Sie kauft sie nicht in der Bäckerei, sie stellte sie selber her. Sie holte Kaffee dazu, stark, schwarz und heiß, genauso wie ich ihn gerne mag. Meine ganze Kindheit hindurch hatte ich Moms Kaffee gerochen und mich danach gesehnt, aber erst an meinem fünfzehnten Geburtstag erlaubte sie mir endlich, ihn zu probieren – sie stellte eine Tasse an meinen Platz am Kopfende des Tisches, sobald ich die Kerzen auf meinem Geburtstagskuchen ausgeblasen hatte.

Ich genoß diese Köstlichkeit jetzt, Jahre später, noch immer genauso. Aber ich bemerkte, daß Mom nicht so zufrieden aussah wie sonst immer, wenn ich ihr Essen hinunterschlang.

»Stimmt was nicht?« fragte ich sie.

Sie schüttelte den Kopf und antwortete: »Ich hab nur ein komisches Gefühl, was diesen Mord angeht.«

»Was für ein Gefühl, Mom?«

»Ich rieche etwas daran – dahinter, darunter, wer weiß, wo? Ich rieche – wie heißt das? Wie nennt man jemanden, der einen Gedanken hat und so stark daran glaubt, daß er alles dafür tun würde, egal, wieviele Menschen dafür verletzt oder sogar getötet werden?«

»Einen Fanatiker.«

»Fanatiker, genau. Irgendwo hinter dieser ganzen Geschichte mit den Weihnachtslichtern und dem Immobilienhandel und den drei weisen Königen rieche ich einen Fanatiker. Das sind die einzigen Menschen, die mir Angst machen.«

»Räuber und Mörder machen dir keine Angst?«

»Nicht die, die es aus gewöhnlichen alltäglichen Gründen tun. Wie zum Beispiel die, die gierig nach Geld sind, oder die eifersüchtig sind, weil sie ihre Freundin verloren haben, oder die, die über jemanden in Wut geraten und ihn beschimpfen. Mir gefallen diese Menschen nicht, ich würde sie nicht in mein Haus einladen, ich würde mich aufregen, wenn jemand aus meiner Familie einen von ihnen heiraten würde. Aber sie machen mir keine Angst, denn die Gründe, aus denen sie handeln, sind menschliche Gründe.«

»Fanatiker sind auch Menschen.«

»Sie *handeln* aber nicht menschlich. Ein bißchen Gier, ein bißchen Lust, ein bißchen Wut, das ist alles, was ich von den Menschen verlange. Aber für die Fanatiker geht es einzig und allein um etwas, das sie Idealismus nennen. Etwas, das die Welt zu einem vollkommenem Ort macht, irgendeine Idee, die über solche minderen Gefühle wie Lust und Gier und Wut erhaben ist. Für sie ist es kein Problem, jemanden zu töten oder auszurauben, denn sie sind im Recht, sie *wissen*, sie sind im Recht, und alles, was man aus diesem Rechtsgefühl heraus tut, muß ebenfalls gerecht sein.«

»Wenn du mich fragst, Mom, hast du dich von dieser ganzen religiösen Rhetorik beeinflussen lassen. Du kannst es nicht als das nehmen, was es ist. Menschen wie Chuck Candy sind keine Fanatiker. Sie sind Geschäftsleute. Sie glauben selber nicht eine Minute an das, was sie verkaufen. Sie haben mehr als genug von diesen menschlichen Motiven in sich, die du erwähnt hast.«

»Klar doch, klar, das verstehe ich. Trotzdem, irgendwo versteckt sich dieser Fanatiker. Irgendwo liegt er zusammengerollt in einer dunklen Ecke, wie ein Tier, das darauf wartet, hervorzuspringen.«

Sie brach ab, und mir war auf einmal nicht mehr nach einer weiteren Portion Erdbeerkuchen.

Freitag, 23. Dezember

Unser Käseblatt, *The Mesa Grande Republican-American,* widmete am Freitag morgen den größten Teil seiner Titelseite dem Mord. Der Präsident hatte soeben eine flammende Rede vor dem Kongreß gehalten, und Terroristen hatten in Paris ein Restaurant in die Luft gejagt, aber diese Ereignisse waren in die Randspalten verbannt. Sie waren schließlich fades Zeug; passierten die ganze Zeit über. Wie oft hingegen kam es vor, daß ein aufrechter gottesfürchtiger Repräsentant der christlichen Gemeinschaft von einem jüdischen Jungen aus New York City erschossen wurde?

Nicht daß der *Republican-American* das so ausdrückte. Er brachte viele Kommentare zu dem Spektakel mit der Weihnachtsdekoration und bezog sich bei jeder Gelegenheit auf Roger als den »der Tat Beschuldigten Meyer« und von seinen Eltern war nie die Rede ohne den Hinweis, daß sie »früher in New York gelebt hatten«.

Im Innenteil war ein Leitartikel, dick schwarz umrandet und unterschrieben, wie der am Tag zuvor, von Arthur T. Hatfield. Darin beklagte er, daß unsere Stadt von Elementen durchsetzt sei, »denen jegliches Verständnis für die ältesten und heiligsten Traditionen unserer christlichen Gemeinschaft fehlen, ja die diesen sogar häufig mit bösartiger Feindlichkeit gegenüberstehen.« Er spielte auf die Tatsache an, daß »der sich auf der Flucht Befindliche selbstverständlich noch nicht vom Gericht schuldig gesprochen« sei, um dann fortzufahren: »Für den Fall, daß dieser Urteilsspruch gefällt werden sollte, hofft diese Zeitung, daß ihm die volle Bestrafung zuteil wird, die das Gesetz erlaubt. Die bedauerliche Tendenz gewisser Beamter unserer Stadt, die in den letzten Jahren zu beobachten ist, vornehmlich von seiten der Richter und sogenannter Pflichtverteidiger, dem Verbrechen mit Milde zu begegnen, vor Mitleid mit dem Gesetzesbrecher auf Kosten seiner Opfer zu zerfließen, darf unter keinen Umständen in diesem Fall Fuß fassen.«

Rechts neben diesem Artikel stand eine Ankündigung der bevorstehenden Aufführung von Tschaikowskys Nußknacker-Ballett, die am Nachmittag des Weihnachtstages stattfinden sollte. Die Anzeige empfahl dringend, »die Kinder zu diesem Ereignis voller Freude und Schönheit und Wärme ganz im festlichen Geist« mitzubringen.

Ich schluckte eilig meinen Kaffee runter und fuhr in die Stadt. Einige Blocks vor dem Gericht wurde ich von einem kleinen Verkehrsstau aufgehalten, weil gerade ein Banner angebracht wurde, das auf der einen Seite der Kit Carson Avenue vom obersten Stock der *Mesa Grande United Bank* bis auf die andere zum obersten Stock der *Southwestern Savings and Loan* reichte. Das Banner verkündete in leuchtend rot-grünen Buchstaben, daß die alljährliche *Christmas Tree-Lightning*-Feier Heiligabend um sieben Uhr genau hier an dieser Stelle stattfinden würde.

Dieser lokale Brauch bestand schon lange vor meiner Zeit in Mesa Grande. Ein riesig großer Weihnachtsbaum wurde in der Mitte aufgestellt, seine Zweige mit bunten Glühbirnen behängt, und der Bürgermeister schaltete sie höchstpersönlich ein, nachdem er ein paar angemessene Worte über den weihnachtlichen Geist verlauten ließ. Der Riesenbaum blieb dann als Inspirationsquelle für alle Mitbürger und als Ursache für endlose Verkehrsstaus solange stehen, bis er am Neujahrstag weggeräumt wurde.

Zwanzig Minuten später zwängte ich mich in das Kabuff, das ich scherzeshalber als mein Büro bezeichne. Das erste, was ich tat, war, im Haus der Candys anrufen. Eine weibliche Stimme sagte mir, Mrs. Candy sei nur für Anrufer zu sprechen, die kondolieren wollten. Ich fragte, ob ihr Sohn, Reverend Gabriel Candy, auch zu Hause sei, und die Stimme sagte mir, er halte sich in der Kirche auf und nehme sich all der Probleme an, die als Folge der Tragödie entstanden seien.

Das legte meinen Entschluß fest, lieber sofort zu Candys Haus zu gehen. Wer konnte wissen, wann mir noch einmal die Chance gegeben würde, einen Bick auf die Witwe zu werfen, ohne daß ihr Sohn in Reichweite war?

Aber ich mußte den Besuch verschieben, denn in diesem Augenblick rief mich Ann an.

»Kannst du sofort herkommen, Dave?« fragte sie. »Gerade haben ein paar Leute angerufen und einen Termin mit mir gemacht. Ich glaube, es ist besser, wenn du dazukommst.«

* * *

Die Leute, die Ann erwartete, kamen zwei Minuten nach mir in ihrem Büro an.

Eine davon war Francesca Fleming, in etwas gekleidet, das wie eine Mischung aus einem japanischen Kimono und dem Hauskleid einer Apachensquaw aussah. Ihr rotes Haar stand in lodernden Flammen, wie ein außer Kontrolle geratenes Feuer. Sie nahm meine Anwesenheit mit einem Lächeln und einem Händedruck zur Kenntnis, aber irgendwie schien sie sich dabei zurückzuhalten, sich fast um einen ernsten Gesichtsausdruck zu bemühen.

Vielleicht lag es an dem zähmenden Einfluß des zweiten Besuchers. Der war Reverend Eugene Grant Morgan, Pfarrer der Unitarierkirche in Mesa Grande und Vorsitzender der ortsansässigen Bruderschaft der ACLU. Er war größer als jeder andere im Raum. Das hatte ihm im Laufe der Jahre einen auffällig gebeugten Gang eingetragen, der zusammen mit seiner starken schwarzrandigen Brille, seiner tiefen ernsten Stimme, seinem schütteren Haar und seinem etwas pferdegesichtigen Ausdruck dazu führte, daß er viel älter als vierzig aussah.

Ich kannte Leute, die Gene Morgan unerträglich langweilig fanden. Von seiner Sorte, entsetzlich edel und idealistisch, sollte es sicherlich mehr geben, aber es war die reinste Strafe, gezwungenermaßen einen Abend mit ihm zu verbringen, während er von Menschenrechten und Rassenvorurteilen faselte und seinen anderen Lieblingsthemen seichter geschwätziger Sozialkritik. Tatsache aber war, daß ich ihn irgendwie mochte. Gelegentlich sagte er

Dinge, die ich ausgesprochen gerne hörte, und was die weiten Strecken dazwischen betraf – schon seit langem beherrschte ich die Kunst, wegzuhören, wenn ich nicht zuhören will. Ohne dieses Talent sind Polizeibeamte ebenso wie Psychiater aufgeschmissen.

Die Besucher setzten sich, und wir verschwendeten keine Zeit mit überflüssigem Gerede. »Wir sind mit einem Vorschlag gekommen, Ann«, begann Francesca. »Offen gesagt, ich glaube nicht, daß Sie ihn ablehnen können.«

»Also, ich finde nicht, daß man es einen Vorschlag nennen kann«, sagte Morgan. »Eher eine Geste, im Dienste der Allgemeinheit, auf daß Gerechtigkeit herrscht im gemeinsamen Kampf für – «

»In diesem Büro wird hart gearbeitet, Gene«, unterbrach ihn Ann. »Weihnachten ist in Verbrecherkreisen Hauptsaison. Auch wenn es für euch Kirchenleute eine faule Zeit ist.«

Francesca zwinkerte mir zu und lachte kurz auf.

»Na gut.« Morgan räusperte sich. »Es geht um diesen Fall, in dem Sie gerade stecken, dieser Junge, dem vorgeworfen wird, er habe den Pfarrer getötet – die ACLU bietet sich an, Ihnen den Fall abzunehmen. Wir möchten unseren eigenen Anwalt damit beauftragen, den Jungen nächste Woche bei der außergerichtlichen Anhörung zu verteidigen. Und bei den Sitzungen vor Gericht, die darauf folgen mögen. Und voll und ganz, das versteht sich, auf unsere Kosten.«

Er machte eine Pause. Vielleicht wartete er darauf, daß Ann hochspringen und »Hallelujah!« ausrufen und ihn in die Arme nehmen würde. Sie saß einfach da, ohne daß ihr Gesicht eine Regung verriet, und schließlich sagte sie. »Wie kommt es zu diesem großzügigen Angebot der ACLU?«

»Weil der Junge, ob schuldig oder nicht, einen fairen Prozeß verdient hat, jeden Schutz des Gesetzes. Und wir befürchten, gerade das wird ihm verweigert.«

»Wie kommen Sie darauf?«

»Religiöser Fanatismus hat sein häßliches Haupt auch in diesem Fall gezeigt. Schon lange beobachten wir mit großer Bekümmerung die anwachsende Brutalisierung, mit der gewisse Gruppen in unserer Stadt versuchen, anderen ihre religiösen Grundsätze aufzuzwingen – «

»Haben Sie unser Revolverblatt heute morgen gelesen?« fragte Francesca. »Haben Sie dieses Gift in dem Leitartikel gelesen? Ich hätte beinahe mein weichgekochtes Ei wieder ausgekotzt!«

»Was uns von der ACLU besonders beunruhigt«, sagte Morgan, »ist die offensichtliche Möglichkeit, daß dieser Fall das Interesse aller reaktionären Kräfte dieser Stadt auf sich vereinigen wird. Das hatten wir bereits früher. In den Dreißigern hatte Mesa Grande mehr Ku-Klux-Klan-Mitglieder als jede andere Stadt außerhalb der Südstaaten.«

»Ich habe dich gestern abend gewarnt, Dave«, sagte Francesca. »Arthur T. Hatfield hat diesen Müll heute morgen mit seinem eigenen Namen unterzeichnet. Das bedeutet, er hat ein persönliches Interesse an Ihrem Klienten. Alle paar Jahre sucht er sich jemanden raus, vorzugsweise jemanden aus einer Minderheitengruppe, und befördert ihn ins Gefängnis. In diesem Fall vielleicht sogar in die Gaskammer.«

Morgan beugte sich vor, und sein Gesicht nahm einen noch dringlicheren Ausdruck an als vorher. »Sie sind eine gute Anwältin, Ann – niemand behauptet das Gegenteil –, und Sie sind ein gutes Ermittlungsteam.« Kurzes beglückwünschendes Nicken in meine Richtung. »Aber jedermann weiß, wie unterbesetzt Sie sind. Sie haben nicht die Zeit, das Personal, die Mittel, in finanzieller und personeller Hinsicht, die dieser Junge für eine bestmögliche Verteidigung braucht. Ich kann verstehen, wenn Sie mir das, was ich gesagt habe, in gewisser Weise verübeln, aber seien wir doch ehrlich, was sind Ihre Gefühle oder meine Gefühle, verglichen mit Leben und Freiheit dieses Meyer-Jungen?«

»Dave«, wandte sich Ann so ruhig und leise an mich, daß ich wußte, sie war fuchsteufelswild, »wie kommt die Ermittlung voran? Hast du das Gefühl, du vernachlässigst Rogers Interessen, weil es dir in finanzieller und personeller Hinsicht mangelt?«

»Die Ermittlung entwickelt sich bestens«, sagte ich. »Ehrlich gesagt, stehen mir alle personellen Mittel zur Verfügung, die ich brauche.«

Ich erwähnte nicht, daß es Mom war, die sie mir zur Verfügung stellte – eine fünfundsiebzigjährige alte Dame, die im Augenblick wahrscheinlich in ihrem Garten einem Teppich das letzte Fünkchen Leben ausklopfte.

»Da sehen Sie's also«, wandte sich Ann wieder an Morgan. »Wir werden Ihr Angebot selbstverständlich an den Klienten weiterleiten – «

Francesca unterbrach sie und schob ihr Kinn nach vorne: »Haben Sie mit ihm gesprochen? Wissen Sie, wo er ist?«

» – aber ich muß Ihnen sagen«, fuhr Ann lächelnd fort, »wir werden ihm den fachlichen Rat geben, es abzulehnen.«

»Er kann es sich nicht *leisten,* abzulehnen!« Francescas Kinn stach jetzt in die Luft. »Verdammt noch mal, Ann, Sie haben keine Ahnung, was wir für ihn tun können! Wir sind praktisch so weit, fast mit hundertprozentiger Sicherheit, daß Victor Kincaid den Fall übernimmt!«

Der Name brachte uns für einen Moment zum Schweigen. Victor Kincaid war vielleicht heute nicht mehr so berühmt in aller Munde – oder berüchtigt, je nach dem Mund – , wie er es in den späten Sechzigern und den frühen Siebzigern einmal gewesen ist. Damals hatte er jeden Radikalen und Kriegsgegner und Aktivisten verteidigt, der sich auftreiben ließ. Aber selbst noch ungefähr ein Jahrzehnt später erinnerten sich viele an ihn, und wenn er sich in den Meyer-Fall einbrachte, könnte Mesa Grande damit rechnen, in *Times* und *Newsweek* erwähnt zu werden.

»Du kennst Kincaid?« fragte ich Francesca.

»Er ist ein alter Kumpel von mir. Von damals, als wir im Zuge der Vietnambewegung auf die Barrikaden gingen – länger her, als mir lieb ist. Er hält sich diese Woche in der Stadt auf, repräsentiert irgendeine Firma aus dem Osten, die sich hier draußen nach Investitionsmöglichkeiten umsieht. Hast du gestern morgen nicht sein Photo in der Zeitung gesehen?«

Ich mußte zugeben, daß es nicht meine Gewohnheit war, den *Republican-American* von der ersten bis zur letzten Seite durchzukämmen.

»Mr. Kincaid wohnt im Richelieu«, sagte Morgan. »Francesca hat bereits nachgefragt, und er ist eindeutig interessiert.«

»Ich werde morgen mit ihm zu Mittag essen, in meinem Restaurant. Ich werde ihn mit einem guten Wein weich kriegen, und ich gehe davon aus, daß er mir verspricht, den Fall zu übernehmen.«

»Ich muß gestehen, ich bin verwirrt«, sagte Ann. »Seit wann übernimmt Victor Kincaid lumpige kleine Fälle, die sich wegen Mangel an Beweisen selber erledigen, bevor sie in die nationalen Schlagzeilen kommen können?«

Francesca holte zum Schlag gegen Ann aus. »Das ist nicht irgendein lumpiger kleiner Fall! Mit genau der Haltung werden Sie Ihren Klient ins Verderben stürzen!«

»Mag sein, daß der Fall nicht lumpig ist, aber er wird wegen Mangel an Beweisen eingestellt werden.«

»Sie bluffen«, sagte Francesca. »Niemals im Leben wird die Anklage zurückgenommen werden. Die Fingerabdrücke des Jungen sind auf der Mordwaffe, seine blutigen Schuhabdrücke überall im Haus, es gibt einen Zeugen, der ihn zur rechten Zeit am rechten Ort gesehen hat, er hat bereits schon einmal auf das Opfer geschossen – «

»Sie sprechen wirklich gut im Sinne der Staatsanwaltschaft«, sagte Ann. »Ich weiß nicht, wie Victor Kincaid vorgehen würde, aber ich werde bestimmt *unsere* Argumente vorbringen, wenn wir vor Gericht sind.«

»Scheiße!« Francescas Lieblingswort schoß ihr nur so heraus, und sie öffnete und schloß den Mund ein paarmal. Ich hatte sie vorher schon wütend gesehen; sie war eine Frau, die auf die Gründlichkeit, Disziplin und Effektivität stolz war, mit der sie die Kontrolle über sich verlor. Die Taktik funktionierte sehr gut, wenn es darum ging, Komiteemitglieder einzuschüchtern, die nicht einer Meinung mit ihr waren.

Aber dann überraschte sie mich. Plötzlich hörte sie damit auf, den Mund zu öffnen und zu schließen, und sie lachte. Ein lautes belustigt sarkastisches Lachen. »Na ja, Sie können uns für den Versuch nicht erschießen, oder? Und ich mache Ihnen nicht eine Minute lang einen Vorwurf, glauben Sie mir. Ich meine, ob dieser Meyer-Junge nun davonkommt oder nicht, es wird auf jeden Fall viel Publicity für den herausspringen, der ihn verteidigt. Also warum sollte sie nicht der Pflichtverteidigung zuteil werden anstatt der ACLU?«

Sie fing wieder an zu lachen, aber auf dem Gesicht von Reverend

Eugene Grant Morgan lag kein Zeichen von Frohsinn. »Sie sprechen für sich selber, Francesca, nicht für die Organisation. Die ACLU läßt sich nie von eigennützigen Motiven treiben. Gerechtigkeit und die Rechte des einzelnen sind unsere alleinigen Prioritäten. Lassen Sie mich Ihnen versichern, Ann, die gesamte Bruderschaft hat sich gestern abend deswegen getroffen, und wir sind zu dem einmütigen Entschluß gekommen – «

»Das stimmt«, sagte Francesca, »wir alle fünf.« Sie erhob sich, leicht, beinahe träge. Nicht zum ersten Mal stellte ich fest, daß es mir nicht schwerfiel, die Geschichten zu glauben, die über ihre sexuellen Eroberungen im Umlauf waren. »Ich muß los, ist nicht gut für das Personal, wenn ich dem Restaurant zu lange fern bleibe. Sie wissen ja, was passiert, wenn die Katze aus dem Haus ist.« Sie warf Ann ein Lächeln zu und mir ein Zwinkern, und dann war sie aus dem Raum.

»Überdenken Sie unser Angebot, bitte, Ann«, sagte Morgan, indem er sich langsam zu voller Größe erhob. Ein ganz schön beeindruckender Anblick, wie eine große Schlange, die sich vom Boden aufwindet und hochschlängelt. »Bitte – zum Wohle des armen Jungen.«

»Wir sind für Ihre moralische Unterstützung dankbar«, sagte Ann und erhob sich ebenfalls. »Die juristische Unterstützung allerdings brauchen wir nicht. Aber trotzdem vielen Dank, Gene, ich weiß, Sie wollen nur das Beste.«

Sobald Morgan weg war, seufzte Ann und sagte: »Ist dir schon mal aufgefallen, daß Leute, die auf deiner Seite stehen, dich so oft dazu bringen, daß du am liebsten die Seiten wechseln möchtest?«

* * *

Aber ich hatte keine Zeit, dieser tiefschürfenden Wahrheit weiter nachzugehen. Ich mußte zum Haus des verstorbenen Chuck Candy und seiner Witwe meinen Kondolenzbesuch abstatten.

Als ich in mein Auto stieg, bemerkte ich zum ersten Mal, daß der Himmel unheimlich aussah. Ein schwarzblauer Fleck, wie eine schlimme Prellung, kam hinter den Bergen heraufgezogen. Könnte es sein, dachte ich, daß wir schließlich doch noch weiße Weihnachten bekommen sollten? Aber ich würde deswegen keine Wette eingehen. In Mesa Grande sieht das Wetter immer so aus, als geschähe jeden Augenblick etwas, und dann tritt genau das Gegenteil ein. Wie bei vielen Leuten, die ich kenne.

Fünfzehn Minuten später fuhr ich an dem Meyerschen Haus vorüber – es sah verschlossen aus, keine Autos davor – und blieb vor dem Haus der Candys stehen. Noch immer starrten ungefähr ein Dutzend Schaulustige von der anderen Straßenseite herüber.

Ich drückte auf die Klingel, und eine vertrocknete kleine Frau in Schwarz öffnete mir die Tür. Sie geleitete mich ins Wohnzimmer. Hier waren viele andere Menschen in Schwarz, Männer und Frauen, mittleren Alters bis richtig alt. Die Tatsache, daß gestern in diesem Raum ein Mord geschehen war, hielt niemanden davon ab, Kaffee zu schlürfen und Kekse zu knabbern.

Mitten unter ihnen befand sich Mrs. Candy. Sie trug ein langes schwarzes Kleid, hochgeschlossen, schwarzer Kragen, und ihr Gesicht, das aus dieser ganzen Schwärze herausragte, sah totenblaß aus. Dieser Effekt wurde verstärkt durch ihre roten Augen und die dunklen verwischten Flecke darunter.

Obwohl wir gestern einander vorgestellt worden waren, glaube ich nicht, daß sie wußte, wer ich war. Ich machte mich bekannt und entschuldigte mich, daß ich ihr in ihrer Trauer zur Last fiele, daß es jedoch im Hinblick auf meine Ermittlungstätigkeit nötig sei.

Die übrigen Besucher warfen mir verächtliche Blicke zu und tuschelten untereinander, und ich war sicher, Mrs. Candy würde mir die Tür weisen. Ich hätte ihr das eigentlich auch nicht zum Vorwurf gemacht. In all meinen Jahren als Polizist habe ich mich nie mit dem Teil anfreunden können, bei dem man seine Nase in das Leben fremder Leute steckt, sich in ihre Angelegenheiten einmischt und sie in genau der Zeit behelligt, in der sie am meisten leiden. Trotzdem tue ich das immer wieder; leidende Menschen rücken leichter mit den Dingen raus als Menschen, die bei klarem Verstand sind.

Aber Mrs. Candy erhob sich und sagte: »Lassen Sie uns zum Reden in das Zimmer über den Flur gehen.« Ohne auf die Tuscheleien um sie herum zu achten, führte sie mich über den Flur in ein kleines Zimmer, in dem ein Schreibtisch, ein Sofa und einige Stühle standen. Sie wies mir das Sofa zu, ein verblichenes altmodisches Möbelstück, das aussah, als hätte es harte Zeiten hinter sich. Den gleichen Eindruck machte der grau bezogene Stuhl, auf den sie sich setzte, und die übrigen Möbelstücke in dem Zimmer.

Mrs. Candy bot mir eine Tasse Kaffee an. Ich lehnte dankend ab. »Ich hasse es, Sie belästigen zu müssen«, sagte ich, wie immer bei solchen Gelegenheiten. »Ich muß Ihnen einige Fragen stellen, und vielleicht sind es Fragen, die Sie dem Staatsanwalt bereits beantwortet haben. Aber es liegt in der Natur meines Berufes, daß ich Ermittlungen anstellen muß. Ich werde versuchen, mich so kurz wie möglich zu fassen.«

Sie erwiderte nichts, starrte mich bloß aus diesen roten Augen an.

»Erstens, würden Sie bitte alles noch einmal wiederholen, was haben Sie gestern getan – wie haben Sie ihn gefunden – «

Sehr klar, ja sogar systematisch faßte sie zusammen. »Ich habe direkt nach dem Frühstück das Haus verlassen. Ich hatte drüben in der Kirche einiges zu tun, und danach habe ich mich so gegen zwölf aufgemacht, um meine Weihnachtseinkäufe zu erledigen. Hauptsächlich für meine Enkelkinder.«

Während ich ihr zuhörte, geriet ich mehr und mehr in Verwirrung. Sie klang unzweifelhaft so, als sei sie eine gebildete Frau. Ihr Wortschatz, ihre Art, die Worte auszusprechen, selbst ihre Grammatik hätten sich nicht deutlicher unterscheiden können von der bodenständigen volkstümelnden aggressiven Ignoranz ihres Ehemannes.

»Was hatten Sie in der Kirche zu tun?« fragte ich.

»Ich habe das Plakat für Neujahr rübergebracht. Auf dem die Gottesdienstzeiten und der Titel der Predigt draufstehen, und eine Extrabotschaft zum Neuen Jahr von Chuck. Er hatte aufgeschrieben, was er draufhaben wollte, und ich habe es auf die Tafel übertragen, so wie ich das immer mache – «

»Neujahr ist Sonntag in einer Woche. Ich dachte, er schrieb seine Predigten immer erst am Donnerstag vor dem Gottesdienst?«

»Oh, seine *Predigt* schreibt er immer erst dann. Aber den *Titel* hat er immer schon lange vorher. Er denkt sich einen zugkräftigen

Titel aus, der die Leute anzieht, und später schreibt er dann die dazu passende Predigt.«

»Ihr Mann ist zu Mittag nach Hause gegangen, Mrs. Candy, Sie aber nicht?«

»Donnerstags koche ich nie für ihn«, sagte sie. »Donnerstags muß er allein im Haus sein. Er verbringt den Nachmittag, indem er mit sich zu Rate geht, und wenn er eine Erleuchtung hat, schreibt er seine Sonntagspredigt.«

»Und Sie haben ihre Weihnachtseinkäufe um welche Zeit beendet?«

»Es war halb sechs, als ich nach Hause zurückkam.«

»Sie haben die Kirche gegen Mittag verlassen und mehr als fünf Stunden mit Einkaufen zugebracht?«

»Ich fürchte, ich habe etwas getrödelt. Ich habe in der Cafeteria im Einkaufszentrum zu Mittag gegessen. Ich habe etwas länger über meinem Kaffee gesessen. Und nachdem ich alles eingekauft hatte, wonach ich gesucht hatte, bin ich noch einmal in die Cafeteria gegangen und hab noch einmal Kaffee getrunken. Also konnte ich gar nicht vor halb sechs zu Hause sein. Chuck hat es nicht gerne, wenn ich früher nach Hause komme, wenn er mit sich zu Rate geht.«

»Sie haben beim Einkaufen nicht zufällig einen Bekannten getroffen, Mrs. Candy? Vor allem später, als Sie Ihre zweite Tasse Kaffee zu sich nahmen?«

»Nein. Ich habe keine Menschenseele getroffen. Vielleicht erinnert sich eine Verkäuferin an mich. Aber in der Cafeteria wird sich niemand an mich erinnern können, weil da Selbstbedienung ist.«

»Als Sie wieder nach Hause kamen, haben Sie geklingelt?«

»Warum sollte ich? Ich habe meinen Schlüssel genommen und bin reingegangen.«

»Haben Sie irgend jemanden vor dem Haus bemerkt? Jemand, der auf der Straße rumstand?«

»Ich habe niemanden auf der Straße gesehen. Die Menschenmassen kommen erst, wenn es dunkel wird, um sich die Weihnachtsbeleuchtung anzusehen.«

»Und dann, als Sie im Haus waren?«

Wir kamen jetzt zu dem harten Teil, und ich erwartete, sie

würde bei der Erinnerung daran zusammenbrechen. Aber das tat sie nicht, sie blieb ganz ruhig. »Ich rief nach Chuck, er solle mir mit den Weihnachtspäckchen helfen. Aber er antwortete nicht, deshalb brachte ich die Päckchen ins Wohnzimmer. Dort fand ich ihn. Neben dem Weihnachtsbaum.«

»Und dann haben Sie die Polizei benachrichtigt?«

»Ich bin erst zu ihm gegangen. Ich dachte, er sei vielleicht ohnmächtig geworden, ihm sei schlecht oder so. Aber dann sah ich das Blut. Und dann habe ich die Polizei benachrichtigt.«

»Haben Sie die Zeichen auf dem Teppich neben ihm gesehen? Diese Wörter, die er mit roter Kreide geschrieben hatte?«

»Gold, frankincense und myrrh. Ja, hab ich gesehen.«

»Wie erklären Sie sich das?«

»Das sind die Geschenke der Weisen.«

»Ja, aber haben Sie irgendeine Idee, warum Ihr Mann sie dahin geschrieben haben könnte?«

Sie schüttelte den Kopf. »Ich weiß nicht. Vielleicht konnte er nicht mehr klar denken. Weil er vielleicht Schmerzen hatte – « Sie brach ab und biß sich auf die Lippe.

»Haben Sie irgend etwas im Wohnzimmer angefaßt, nachdem Sie ihn gefunden hatten? Irgend etwas bewegt, verrückt?«

»Nein. Ich hab mich noch nicht einmal gesetzt, ich konnte nicht. Ich bin über den Flur in dieses Zimmer gegangen. Ich habe hier auf die Polizei gewartet.«

Plötzlich kam mir ein Gedanke. »Was geschah mit den Weihnachtspäckchen?«

»Weihnachtspäckchen?«

»Ihren Weihnachtseinkäufen. Sie haben gerade gesagt, Sie hätten sie ins Wohnzimmer getragen. Dann sahen Sie Ihren Mann, und Sie gingen zu ihm. Sie müssen die Päckchen irgendwo abgelegt haben. Aber gestern, als ich das Zimmer untersucht habe, konnte ich sie nicht sehen.«

»Was habe ich mit ihnen angestellt?« Sie schüttelte den Kopf. »Oh ja. Bevor ich hierher ging, um auf die Polizei zu warten, habe ich die Päckchen rauf in unser Zimmer gebracht, unser Schlafzimmer.«

»Warum haben Sie das getan?«

»Hm, so genau weiß ich das nicht. Ich habe einfach gedacht – Sie waren für meine Enkelkinder, Weihnachtsgeschenke. Sie hatten mit Chucks Tod nichts zu tun. Ich wollte nicht, daß sie in irgendeine Verbindung dazu gerieten.«

Meine Neugier war die ganze Zeit über angewachsen, und jetzt konnte ich sie nicht länger übergehen. »Mrs. Candy, wie haben Sie Ihren Mann kennengelernt?«

Ein vages Lächeln flackerte über ihr Gesicht. »Es war in Santa Fé, Neu Mexiko. Ich war noch ein Mädchen. Ich wohnte noch bei meinen Eltern auf der Ranch. Ich hatte vor, im Herbst aufs College zu gehen.«

»College?« Ich fürchte, ich konnte meine Überraschung nicht verbergen. »Irgendwie seltsam, nicht wahr? Sie und Mr. Candy, ich meine – « Ich hörte auf zu sprechen und wünschte, ich hätte erst gar nicht damit angefangen.

Das Lächeln, das sie mir zuwarf, war sanft, und vielleicht war es auch ein wenig gezwungen. »Sie denken, was kann sie nur in ihm gesehen haben – ein gebildetes Mädchen und dieser ignorante Unterschichtstölpel?«

»Nein, ich wollte nicht – «

»Schon in Ordnung. Sie sind nicht der erste, der mir das sagt. Meine Eltern mochten Chuck überhaupt nicht. Sie sagten, ein Mädchen wie ich, mit guter Erziehung, dessen Eltern ein bißchen Geld hatten, könnte was viel besseres haben als einen Wanderprediger ohne einen Pfennig Geld in der Tasche. Aber verstehen Sie – « Ihr Lächeln war nicht länger auf mich gerichtet. Sie schien ins Leere zu lächeln. »Ich war als junges Mädchen nicht sehr glücklich. Ich wollte gar nicht aufs College. Ich wollte nicht – Ich wußte nicht, was ich wollte. Und da traf ich Chuck.«

»Er kam auf die Ranch Ihrer Eltern?«

»Nein, nein.« Sie schüttelte den Kopf. »Er kam in die Stadt, um eine Betveranstaltung abzuhalten. Er machte das schon damals. Ich ging hin, und ich wurde gerettet. Ich ging ganz nach vorne, und dieser junge hübsche Mann legte seine Hände auf mich und rettete mich. Er war nicht älter als ich, aber er rettete mich. Und eins kam zum anderen ... Meine Eltern waren sehr böse mit mir. Aber ich war gerettet, also brauchte ich ihnen nicht mehr zu gehorchen.«

Sie lächelte noch immer. Versunken in ihre eigene Welt. Ich haßte es, aber ich mußte sie wieder in die Gegenwart zurückholen.

»Was ist mit der Predigt Ihres Mannes passiert, Mrs. Candy? Er verbrachte doch den Nachmittag damit, seine Predigt zu schreiben, nicht?«

»Lassen Sie mich nachdenken. Dieses Zimmer ist sein Arbeitsraum, hier schreibt er immer. Seine Predigt lag dort drüben, auf dem Schreibtisch da.«

»Könnte ich vielleicht mal einen Blick hineinwerfen?«

»Ich hab sie nicht. Ich hab sie Gabe gegeben. Das ist mein Sohn. Gabriel.«

»Könnten Sie mir sagen, was drinstand?«

»Oh, ich lese seine Predigten nie. Sie war drei Seiten lang – auf gelbem Papier, er benutzt immer diese dicken gelben Schreibblocks. Seine Handschrift ist so schwer zu entziffern. Er bringt sie Freitag morgens rüber in die Kirche zum Abtippen –« Sie zuckte leicht zusammen, als habe sie soeben einen beunruhigenden Gedanken gehabt. »Nein, diese Woche wird er das nicht tun –« Ganz plötzlich schien sich ihr Gesicht zu zerknittern, wie Papier, das sich in einer Faust zusammenknittert, und sie stöhnte leise auf.

Ich wünschte, ich hätte weggekonnt, aber ich mußte noch eine Frage loswerden.

»Mrs. Candy, kennen Sie jemanden, irgend jemanden, der einen Grund hätte haben können, Ihren Mann zu töten?«

Sie blickte auf. Das Stöhnen hörte auf, und ich sah, daß ihre Wangen trocken waren, Tränen waren nicht geflossen.

»Gabe sagt, es war dieser Junge. Der von nebenan.«

Irgend etwas in ihrer Stimme ließ mich aufhorchen. »Sie sind nicht der Meinung?«

»Gabe will, daß sie diesen Jungen ins Gefängnis stecken. Er wird alles tun, damit er als der Schuldige dasteht.«

»Warum?«

»Vielleicht weil – Er redet sich ein, er täte etwas für seinen Vater, er setzte sich für ihn ein, irgend so etwas. Als Chuck noch lebte, hat er Gabe immer gesagt, er könne nichts richtig machen. Ja, ich vermute, Gabe hat das Gefühl, *das hier* muß er richtig machen.«

»Aber Sie glauben, der Schuldige könnte jemand anders sein?«

Ein fremdes intensives Glänzen lag plötzlich in Mrs. Candys Augen. »Sie war es, sie war es.« Sie beugte sich vor und legte eine knochige Hand auf mein Knie. Ihr Griff war überraschend fest. »Tag für Tag schlingt sie ihre Netze um ihn. Mit ihren bösen Symbolen und Zauberformeln und ihrer Hexensprache. Die Sprache der Hexen kommt vom Teufel – so steht's in der Bibel geschrieben.«

»Sie müssen sich ein wenig klarer ausdrücken, Mrs. Candy. Von wem sprechen Sie?«

»Der Frau des Bösen. Die seine ›Seele stiehlt‹ – diese reine weiße Seele, die aus der Hand Gottes kam. Aber *sie* hat Besitz von ihr ergriffen, preßte sie in ihrer eisernen Faust – oh, sie sind stark ihre Finger, sie arbeitet daran, daß sie stark bleiben, nicht? Aber sie konnten ihn nicht ewig festhalten, nicht? Er sah, daß er den Weg der Dunkelheit und der Sünde beschritt, und er bereute und wandte sich wieder dem Pfad des Lichtes zu. Sie konnte das nicht ertragen. Deshalb tötete sie ihn. Die Kinder des Herrn können Leiden ertragen, sie können die andere Wange hinhalten. Aber nicht die Kinder des Teufels, sie kennen keine Sanftmut, sie säen Wind und ernten Sturm.«

»Wen beschuldigen Sie? Was ich von Ihnen brauche, ist der Name – «

»Namen! Oh nein!« Ihr Kopf drehte sich von rechts nach links, als hörte sie Feinde, die sie von allen Seiten umzingelten. »Ich werde keine Namen nennen. Ich werde nicht den ersten Stein werfen. Ich bin immer ein guter Christ gewesen, seit dem Tag, an dem Chuck mich von der Ranch holte. Gute Christen werfen nicht den ersten Stein.«

»Wenn Sie mir nicht sagen wollen, wen Sie beschuldigen, wie können Sie dann von mir erwarten – «

»Gott wird einen Weg finden«, sagte sie, und ihre Stimme wurde leiser und war nur noch ein heiseres Flüstern. »*Mein* ist die Rache, spricht der Herr!«

Sie brach ab, atmete noch eine Weile schwer und erhob sich dann. »Bitte entschuldigen Sie mich jetzt. Ich muß wieder zurück zu meinen Besuchern.«

Ich brauchte keine weitere Aufforderung. Ich verließ dieses Haus so schnell ich konnte.

* * *

Ich fuhr ein paar Blocks weiter, hielt dann am ersten Drugstore und benutzte den Münzsprecher.

Zum Glück war Mom zu Hause. Ich erzählte ihr alles, was sich seit unserem letzten Gespräch ereignet hatte, und besonders mein verrücktes Gespräch mit Mrs. Candy.

Mom sagte lange Zeit gar nichts. Ich fragte mich schon, ob wir unterbrochen worden waren, aber da vernahm ich ihre Stimme. »Das ist eins der großen Rätsel im Leben, nicht?«

»Was?«

»Du hast gesagt, dieser Reverend Candy war ein kleiner Mann mit Glatze und großer Nase?«

»Stimmt.«

»Mit Sicherheit nicht der Typ Großer Liebhaber. Bloß ist dir schon mal aufgefallen, wie oft die großen Liebhaber gar nicht wie große Liebhaber aussehen? Man sieht sie auf der Straße, in Restaurants, im Foyer des Theaters, komische kleine Kerle mit Glatzen und großen Nasen – aber immer geht an ihrem Arm ein wunderschönes Mädchen. Das ist das große Geheimnis.«

»Aber was hat das mit Reverend Chuck Candy zu tun?«

»Seine Frau hat es dir gerade gesagt.«

»Ich konnte mir keinen Reim auf das machen, was sie sagte. Für mich klang es vollkommen hysterisch.«

»Hysterische Menschen haben nicht notwendigerweise nichts zu sagen. Das Geheimnis liegt in der Übersetzung. Zuerst einmal, diese Mrs. Candy spricht von ›ihr‹ – einer Frau im Leben ihres Mannes, die, wie sie sagt, ›seine Seele stiehlt‹. Sie spricht von einer Liebesaffäre – kann es da noch irgendwelche Zweifel geben?«

»Nein, ich glaube nicht. Allerdings, wenn ein Mann eine Affäre hat, erzählt er normalerweise seiner Frau nichts davon.«

»Wer behauptet das? Hab ich dir gegenüber jemals Seymour, meinen Cousin zweiten Grades erwähnt? Er hatte ständig irgendwelche Affären, jedes Jahr eine andere Frau. Und er ließ in Gegenwart seiner Frau, Lucille, ständig irgendwelche Bemerkungen über sie fallen. Die Wahrheit ist, Lucille von den anderen Frauen zu erzählen, machte ihm mehr Spaß als die anderen Frauen.

Wie auch immer, ich will damit nicht sagen, daß dieser Candy ein zweiter Cousin Seymour war. Es gibt viele Arten, wie eine Frau hinter das Techtelmechtel ihres Mannes kommen kann. Früher oder später, glaube mir, merkt eine Frau, was vor sich geht. Und dann wird sie verrückt, wie diese Mrs. Candy, und posaunt es überall in der Welt aus.«

»Wenn sie so verrückt ist, warum hat sie nicht den Namen ihrer Rivalin ausposaunt?«

»Weil in ihrer Brust zwei Personen vereint sind. Die eine Person ist die eifersüchtige Ehefrau, die mit einem Nichtsnutz verheiratet ist – also führt sie dich in ein privates Zimmer und gibt dir Informationen. Die andere Person ist die loyale Ehefrau, die mit einem Heiligen verheiratet ist – also gibt sie dir ein Mischmasch an Informationen, damit du nichts mehr verstehst.«

»Vielleicht hast du recht. Aber das bedeutet, Mrs. Candys tiefste Gefühle hängen eng mit ihrer Weigerung zusammen, mir den Namen ihrer Rivalin zu nennen. Sie wird uns den Namen *niemals* sagen.«

»Braucht sie auch nicht.«

»Mom! Glaubst du wirklich, du kannst erraten – «

»Wer rät hier? Willst du mich nach all diesen Jahren beschuldigen, ich würde rumraten? Sie hat uns gesagt, wer die Frau ist, Candys Liebesaffäre, ohne daß sie es wollte. Du brauchst nur ihre Worte gut zu überdenken.«

»Ich dachte, das hätte ich getan.«

»Erinnerst du dich, was sie über diese Frau gesagt hat? ›Tag für Tag schlingt sie ihre Netze um ihn.‹ Also muß es jemand sein, den Candy praktisch jeden Tag sah. ›Mit ihren bösen Symbolen und Zauberformeln und ihrer Hexensprache.‹ Also muß es jemand sein, der für seine Beziehung mit Candy besondere Symbole benutzte, eine Sprache, die seine Frau nicht verstehen konnte. Wie weit mußt du im Alltagsleben eines Menschen nach solchen Symbolen und solch einer Sprache suchen? Wie wär's mit Steno? ›Sie preßte seine Seele in ihrer eisernen Faust – oh, sie sind stark, ihre

Finger, sie arbeitet daran, daß sie stark bleiben, nicht?‹ Wie macht sie das? Indem sie sie jeden Tag emsig trainiert. Wie zum Beispiel auf eine Schreibmaschine einhämmern.«

»Du willst sagen, Candy hatte eine Affäre mit seiner Sekretärin? Mit Mrs. Connelly?«

»Warum nicht? Viele Männer haben das und hatten es immer, die Idee stammt nicht von ihm. Und du hast sie kennengelernt, diese Mrs. Connelly, als du heute morgen mit ihm sprechen wolltest. Du hast gesagt, sie sei eine attraktive junge Frau. Du solltest also zumindest mit ihr sprechen und dir darüber klar werden, ob an der Geschichte was Wahres dran ist.«

»Du hast recht, Mom. Ich werde mich sofort an die Arbeit machen.«

»Du kommst heute abend zum Essen, bevor ich in die Synagoge gehe. Dann wirst du mir erzählen, was du herausgefunden hast. Vielleicht gehst du nach dem Essen sogar mit zum Gottesdienst?«

Ich sagte ihr schnell, daß ich keine Zeit hätte, ich hätte bereits eine Verabredung.

Ich hörte ihr Brummen. Dann sagte sie: »Übrigens, ich habe über diesen Zeugen nachgedacht. Den, der gesehen hat, wie der Meyer-Junge gestern in das Haus des Opfers gegangen ist, erinnerst du dich?«

»Natürlich erinnere ich mich.«

»Ich hab's, ich glaube, ich weiß, wer dieser Zeuge sein muß.«

»Und wer ist es?«

»Das wirst du heute abend erfahren, wenn du zum Essen kommst.«

Das war typisch Mom, mir einen Leckerbissen unter die Nase zu halten und ihn genau in dem Augenblick wegzuziehen, in dem ich danach schnappen wollte. Mittlerweile wußte ich es besser und versuchte nicht mehr, ihn ihr durch gutes Zureden abzuluchsen. Das ließ sie das Spiel nur umso mehr genießen.

* * *

Nachdem Mom aufgelegt hatte, rief ich vom Drugstore aus in Candys Kirche an. Ich erkannte die Stimme seiner Sekretärin, Mrs.

Connelly, wieder. Sie hielt mir sofort einen Vortrag, daß die Kirche heute aufgrund des tragischen Todes von Reverend Chuck Candy geschlossen bleibe, daß aber Reverend Gabriel Candy so früh wie möglich zurückrufen würde, wenn ich Namen und Nummer nennen würde. Sie spulte das alles schnell und beinahe ausdruckslos ab – offensichtlich hatte sie diese Rede heute morgen bereits hundertmal gehalten –, aber ich glaubte herauszuhören, daß ihre Stimme zitterte und sie mühsam einen Schluchzer unterdrückte. Sie war erregt, vielleicht sogar in Trauer über den Tod ihres Bosses. Entschuldigung, ihres Bruders in Jesu.

Ich unterbrach sie und sagte ihr, daß sie diejenige sei, die ich zu sprechen wünschte. Dann nannte ich meinen Namen, und es entstand eine lange Pause am anderen Ende.

Schließlich sprach sie langsamer, als wähle sie ihre Worte mit Bedacht. »Ich glaube nicht, daß sie es gutheißen werden, wenn ich mit Ihnen spreche.«

»Wir könnten es so arrangieren, daß sie es nicht herausbekommen. Wir treffen uns zum Essen – haben Sie eine Mittagspause? Es gibt da einen netten Italiener, Pasquale's, im Einkaufszentrum direkt in der Nähe Ihrer Kirche.«

»Pasquale's!« Ich konnte die plötzliche Begeisterung in ihrer Stimme hören, aber einen Moment später konnte ich hören, wie sie beim Gedanken an den feierlichen Ernst des Tages die Begeisterung bei Seite schob. »Ich glaube, ich sollte lieber nicht. Reverend Gabe sagt, Sie versuchen, alles zu zerstören, wofür sich Reverend Chuck eingesetzt hat.«

»Ich versuche nur, die Wahrheit zutage zu fördern. Die Wahrheit kann dem nicht schaden, wofür Reverend Chuck sich eingesetzt hat, oder?«

»Hm –«

»Sehen Sie, damit Ihr Gewissen Sie deswegen nicht plagt, Sie sind dazu gezwungen. Der Pflichtverteidiger hat dieselben Rechte, Verbrechen zu ermitteln wie der Staatsanwalt. Wenn Sie sich also weigern, mit mir zu sprechen, könnten Sie im Gefängnis landen.«

»Sie werden doch nicht –«

»Nicht, wenn Sie mit mir sprechen«, sagte ich. »Und da Sie keine Wahl haben, können Sie ebensogut ein schönes Essen mitnehmen.«

»Gut, in Ordnung. Ich glaube, Sie haben mich überredet.«

»Bestimmt habe ich das. Aber noch eins. Ich habe ein paar Fragen an Gabe Candy, was bedeutet, ich komme in ein paar Minuten rüber zur Kirche. Aber ich werde glatt durch Sie hindurchsehen, niemand wird wissen, daß wir später verabredet sind.«

Sie stimmte dem zu, und ich legte auf.

* * *

Ich verließ den Drugstore und fuhr gen Norden zur Kirche der »Strahlenden Apostel«.

Sie war in Trauerkleidung. Schwarzer Krepp bedeckte die Eingangstüren und hing in den Fenstern. Auf einem Schild stand in großen Druckbuchstaben: »Trauergottesdienst Sonntag morgen, am Weihnachtstag. Unser geliebter Pfarrer geht in die Herrlichkeit ein. Alle sind herzlich willkommen.«

Der Parkplatz, fiel mir auf, war sehr viel voller als gestern morgen. Die Leiche mußte noch im Leichenschauhaus sein, die Autopsie war für heute morgen anberaumt. Wie groß würden die Menschenmassen werden, wenn die Frommen und die Neugierigen eine Leiche zum Anstarren hatten?

Ich ging in den Empfangsraum. Menschen liefen im Kreis herum und zeigten dabei auf die Großaufnahmen von Candy, die die Wände bedeckten. Streifen aus schwarzem Stoff hingen über jedem einzelnen Photo, reichten aber nicht so weit nach unten, daß sie auch nur einen winzigen Teil vom Gesicht des Märtyrers bedeckt hätten. Der Fernsehbildschirm über dem Schreibtisch war vollständig mit schwarzem Stoff zugehängt. Genau wie dann später der Sarg, dachte ich.

Connelly saß an ihrem Schreibtisch und versuchte, ein Telefongespräch zu führen und gleichzeitig Fragen abzuwimmeln. Ich bahnte mir meinen Weg zu ihr. »Ich würde gerne Mr. Gabriel Candy sprechen«, sagte ich. »Ich bin von der Pflichtverteidigung.«

Kaum hatte ich diese Worte ausgesprochen, wünschte ich, ich hätte ein wenig leiser gesprochen. Einige Leute trugen den *Republican-American* mit sich herum, und es kam mir vor, als würden sie mir sehr unfreundliche Blicke zuwerfen.

»Reverend Gabe empfängt heute niemanden«, sagte Connelly. »Er ist in der Sakristei, vertieft ins stille Gebet.«

»Wo geht's zur Sakristei?«

»Tut mir leid, er hat ausdrücklich angeordnet – «

Ich sah, daß sie der kreppverhangenen Tür, aus der Chuck Candy gestern gekommen war, einen verzweifelten Blick zuwarf, also ging ich darauf zu und hindurch. Ich fand mich auf dem Flur vor dem Büro, in dem ich mich mit Candy unterhalten hatte. Die Tür am Ende führte in die Sakristei, vermutete ich, und ich wollte gerade hinübergehen.

Da bemerkte ich, daß die Bürotür eine Spalt offenstand, und ich sah Gabe Candys dickliche Gestalt. Ich klopfte an die halbgeöffnete Tür und ging hinein, ohne ein Herein abzuwarten.

Gabe Candy saß hinter dem großen Mahagonischreibtisch seines Vaters. Sein Jackett hatte er ausgezogen, sein Hemdkragen war offen; er trug keine Weste. Die Hände lagen gefaltet über dem Terminkalender, als halte er etwas in den Händen und betrachte es nachdenklich. Der Ausdruck in seinem Gesicht kam dem von Verzweiflung fürchterlich nahe.

Er sah jäh auf, als ich eintrat, und zog die Hände vom Tisch auf den Schoß. Eine Art schwankende Verärgerung glitt über sein Gesicht. Als würde er am liebsten vor Wut aufspringen, war dazu aber einfach zu müde. »Ich hab denen da draußen gesagt, ich will nicht gestört werden.«

»Tut mir leid«, sagte ich. »Wenn man eine Ermittlung durchführt, muß man schnell handeln, bevor die Spur kalt wird. Man kann nicht darauf warten, daß die Leute Zeit für einen haben.«

»Was ist daran so schwer, *dieser* Spur zu folgen? Ich würde sagen, sie führt sicher zum Ziel.«

»Vielleicht ja. Aber trotzdem muß ich meine Arbeit tun. Je eher Sie meine Fragen beantworten, umso schneller bin ich wieder weg.«

Seine Hand fuhr mit einer schnellen Bewegung über seine Augen, und er sagte: »In Ordnung, in Ordnung, was kann ich schon dagegen tun? Stellen Sie Ihre Fragen. Aber machen Sie's nicht zu lang.«

Ich nahm ihm gegenüber Platz. »Das ist nett von Ihnen, Mr. Candy.«

»Dr. Candy«, sagte er.

»Oh, Sie haben einen Doktortitel?«

»Der Theologie.«

»Welches Priesterseminar haben Sie besucht?«

»Universität von Kansas, wenn Sie's wissen wollen. Ich bin seit zwei Jahren fertig. Hab später als die meisten angefangen – Ich habe Familie, das hat mich aufgehalten.«

Oder vielleicht hatte es eine Weile gedauert, bevor die Predigten seinem Vater genug einbrachten, daß er seinen Sohn auf ein Priesterseminar schicken konnte.

»Was haben Sie zwischen College und Seminar gemacht? Außer daß Sie Kinder bekamen, meine ich.«

»Ich habe für Daddy in der Kirche gearbeitet. Damals, unten in Arizona. Kurz vor Tucson.« Sein Gesicht verdüsterte sich etwas. »Das ist genauso wichtig wie Studieren und Doktortitel bekommen und all das. Ich habe in den Weinbergen gearbeitet. Das war Daddys Arbeit, und ich habe von ihm mehr gelernt als irgendeiner dieser Theologieprofessoren mir hätte beibringen können.«

»Sind das die Worte Ihres Vaters?«

Gabe lief rot an. Dann hob er das Kinn und versuchte, seiner Stimme einen festen und würdigen Klang zu verleihen. »Sie sind heute nicht hierher gekommen, um meine Lebensgeschichte zu hören. Sie sind gekommen, um nach Daddys Mord Fragen zu stellen. Na los, fragen Sie.«

Ich ließ ihn alles berichten, was er gestern getan hatte, und alles, was sein Vater getan hatte, soweit er das wußte. Dabei kam nicht viel heraus. Sein Vater hatte die Kirche kurz vor Mittag verlassen, wie an jedem Donnerstag, und war nach Hause gegangen, um die Hilfe des Herrn für seine Sonntagspredigt zu erflehen. Gabe war weiter in der Kirche geblieben und hatte sich um Verwaltungsangelegenheiten gekümmert. In der Hauptsache um Finanzen, sagte er.

Er hatte so viel zu tun gehabt, daß er nicht zum Essen gegangen war. Seine Frau hatte ihm morgens, als er das Haus verlassen hatte, ein Sandwich und einen Apfel in einer Tüte mitgegeben, und das hatte er an seinem Schreibtisch gegessen, während er die Bücher durchgegangen war. Danach, von ungefähr zwei bis vier Uhr war er die Bücher mit dem geschäftsführenden Kirchenvorstand durchgegangen, einem Buchhalter aus der Stadt, der Gemeindemitglied war und seine Dienste »zur Errettung seiner Seele« freiwillig angeboten hatte. Nachdem Mr. Perkins gegangen war, war Gabe noch ungefähr eine Stunde an seinem Schreibtisch sitzen geblieben, dann war er nach Hause gefahren und hatte seinen Haushalt in großer Erregung vorgefunden, seine Frau weinte, seine fünf Kinder schrien, und ein Polizist stand in seinem Flur. Seine Mutter hatte wenige Minuten zuvor angerufen und die Nachricht überbracht.

»Wieso hat sie Sie nicht hier in der Kirche angerufen?«

»Vielleicht hat sie's versucht. Die Schalttafel war ausgestellt. Ich hab Mrs. Connelly gestern früher gehen lassen. Um vier, als Perkins, der Buchhalter, ging.«

»Warum haben Sie das getan?«

»Sie hatte in dieser Woche mehrmals Überstunden gemacht, deshalb wollte ich das so wieder gutmachen.«

»Gehen Anrufe von draußen nicht direkt zum Telefon in Ihrem Büro?«

»Nur wenn ich es anschließe. Hab ich nicht, ich wollte nämlich meinen Schreibtisch leer arbeiten, ohne gestört zu werden.«

»Sie sagen, Sie verbrachten den Nachmittag damit, die Finanzen der Kirche zu überprüfen. Wie steht's denn damit?«

Einen Augenblick lang verdrehte er ein wenig die Augen. »Das ist nicht gerade ein Gebiet, das mir liegt. Aber Perkins sagt, das Wasser steht uns noch nicht bis zum Hals. Daddy hat immer gesagt: ›Die Religion ist kein Unternehmen, in dem man Profite machen kann, und so war sie auch nie gedacht, und wir wollen dem Herrn dafür dankbar sein. Aber so lange wir eine gottesfürchtige Herde hüten, die sich Jesus Christus nahe fühlt, wenn der Klingelbeutel rumgeht –‹ «

»Mein Boss möchte vielleicht morgen oder übermorgen jemanden herschicken, der sich Ihre Bücher ansieht.«

»Das müssen Sie tun, nehme ich an. In Ordnung, in Ordnung. Sagen Sie uns ein paar Stunden vorher Bescheid, und ich werde Perkins anweisen, daß er Ihnen alles zur Einsicht vorlegt.«

»Und Sie haben gesagt, Sie seien gestern nachmittag weiter im Büro geblieben, nachdem Ihr Buchhalter um vier Uhr gegangen war. Ungefähr eine Stunde, sagten Sie?«

»Muß eher eineinhalb Stunden gewesen sein. Es war viertel vor sechs, als ich zu Hause ankam, und das ist zehn Minuten von hier, selbst bei wenig Verkehr.«

»Sagen wir, Sie waren also eineinhalb Stunden hier. Sie waren aber doch nicht ganz allein im Gebäude, oder? Es muß doch einen Hausmeister oder eine Putzfrau geben.«

»Der Nachtwächter kommt nie vor sieben. Und tagsüber haben wir keinen festangestellten Hausmeister, und auch keine Putzfrau. Können wir uns nicht leisten, wir nehmen Freiwillige aus den Gemeindemitgliedern.«

»Die Kollekte reicht nicht für einen ganztägigen Hausmeister?«

»Daddy hat das nie zugelassen. Ihm gefiel der Gedanke nicht, Geld von einer wichtigeren Sache abzuzweigen. Vielleicht einer unserer guten Taten oder unser jährlicher Beitrag für die *Central Baptist Missionary Society.*«

»Sie sind den Baptisten angeschlossen? Davon steht nichts auf Ihren Plakaten oder Werbeanzeigen.«

»Wir *unterstützen* die Baptisten. Wir unterstützen jede Sache, die im Dienst an den Herrn geschieht. Aber wir sind nicht darauf aus, irgend jemandem *angeschlossen* zu sein. Daddy hat immer gesagt: ›Wir treffen Jesus von Angesicht zu Angesicht, wie brauchen keine Bürokratie zwischen Ihm und uns.‹ «

»Ihr Vater hat gestern nachmittag, während er allein zu Hause war, eine Predigt geschrieben. Ich höre, Sie haben diese Predigt.«

»Hab ich das?« Er kniff die Augen kurz zusammen. »Ja, ich glaube ja. Hier in meiner Aktentasche.« Seine Augen wurden schmal. »Woher wissen Sie, daß ich sie hab? Haben Sie mit – « Er brach mit einem Seufzer ab, es lohnte sich einfach nicht, der Empörung weiter nachzugehen. Er langte zum Boden hinunter nach seiner Aktentasche, eine alte braune, das Leder ziemlich abgestoßen, und zog ein paar gelbe linierte Bögen Papier heraus. »Sie können sie durchsehen, aber bitten Sie mich nicht, sie Ihnen zu geben. Ich halte diese Predigt zum Gedenkgottesdienst Sonntag morgen.«

»Ist es nicht unüblich, eine Beerdigung auf Weihnachten zu legen?«

»Es wird keine Beerdigung sein. Die Beerdigung an sich wird

erst Montag stattfinden. Wir halten Sonntag einen *Gedenkgottesdienst* ab. Daddy hat immer gesagt, daß er es so wollte. Ganz gleich, an welchem Tag er sterben würde, hat er gesagt, er wolle am Sonntag einen Gedenkgottesdienst, weil das der Tag ist, an dem Christus mit seinem Vater im Himmel vereint wurde. Natürlich ist es so, wie es tatsächlich gekommen ist, noch viel besser. Daddy ist Donnerstag gestorben, und Christus wurde den jetzt kommenden Sonntag geboren. Vier Tage. Genau die Zeit, die zwischen der Kreuzigung und der Wiederauferstehung liegt. Ich werde über dieses auffällige Zusammentreffen im Gottesdienst ein paar Worte verlieren.«

»Sie werden also auch eine Predigt halten, zusätzlich zu der Ihres Vaters?«

»Die Toten werden sprechen, und dann werden die Lebenden sprechen. Das beweist die Kontinuität. Christus ist gestorben, aber Seine Botschaft an die Menschheit lebt ewig.« Er senkte die Augen und hielt sich an der Schreibtischkante fest. »Daddy hat mich nie – ich habe nie eine Predigt gehalten, solange Daddy lebte. Aber wenn ich seine Arbeit fortführen will, muß ich gleich am Anfang beweisen – « Er konnte den Satz nicht beenden. Die Knöchel der Hand, die den Schreibtisch umklammerte, waren weiß geworden.

War »Kontinuität« das Schlüsselwort, fragte ich mich. Würde Gabe einen Mord begangen haben, damit er die Kirche erben könnte?

»Sie werden also die Arbeit Ihres Vaters fortsetzen?« fragte ich. »Sie werden Hauptpfarrer der Kirche sein?«

»Der Kirchenvorstand hat sich heute morgen zu einer kurzen Notbesprechung getroffen, und man hat mir die Stelle angeboten. Heute nachmittag werden sie es offiziell verkünden, wir haben schon eine Nachricht ans Fernsehen gegeben.«

»Sie haben die Ernennung angenommen, nicht wahr?«

»Ich war stolz, sie anzunehmen.« Wieder ein würdiger Ruck mit dem Kinn, aber der Ausdruck in seinem Gesicht ließ mich die Augen abwenden: noch nie hatte ich ein derartiges Elend im Gesicht eines Menschen gesehen.

»Und genau das tue ich hier in Daddys Büro«, sagte er und

strengte sich offensichtlich sehr an, um weitersprechen zu können. »Ich sehe seine Papiere durch, ob ich etwas finde, das nicht aufgeschoben werden darf. Briefe, an denen er gerade arbeitete, die er aber nicht beenden konnte, zum Beispiel.«

»Haben Sie etwas gefunden, das nicht aufgeschoben werden darf?«

»Noch nicht. Aber es gibt eine Menge Arbeit, Daddy war kein besonders systematischer Mensch. Er hat sich nicht groß mit Papierkram befaßt. Oder mit Lesen, ehrlich gesagt, oder mit Nachdenken über theologische Probleme und so weiter. Er war eine Art Volkspriester. Das ist der große Unterschied zwischen ihm und mir. Ich habe immer gerne gelesen, ich dachte eine Zeitlang daran, eines Tages fortzugehen und in ein Kloster einzutreten – es gibt Klöster, die nicht römisch-katholisch sind, vielleicht wußten Sie das nicht. Aber ich war damals ein dummer Junge, und Daddy hat mir klargemacht, was für eine verrückte Idee das war, wie ich damit meine Pflicht gegenüber dem Herrn und Seinen Kindern preisgeben würde –«

Gabe brach ab, und für einen kurzen Augenblick erschien in seinem rechten Auge eine Träne. Sie bekam allerdings nie die Chance, sein Gesicht hinunterzulaufen. Sie schwoll an, aber dann zog sie sich wieder zurück, aufgesogen von seinem Augenlid.

Ich duckte den Kopf und vertiefte mich in die Predigt.

Die Handschrift war ganz schön schwer zu entziffern, wie Mrs. Candy mich gewarnt hatte. Und meistens war das, was da hingekritzelt war, kein vollständiger Satz, bloß Fragmente, Stichpunkte, die er zweifellos auf der Kanzel ausschmücken wollte.

Es wäre eine äußerst emotionale Predigt gewesen, soviel wenigstens konnte ich sagen. Sie begann mit langen Passagen der Geschichte vom verlorenen Sohn aus dem Evangelium und erreichte ihren Höhepunkt mit dem Donnersatz: »Betet also, meine lieben Brüder und Schwestern im Herrn, für den verlohrenen Sohn, der den Fad der Sünde beschrit, verfürt von der großen Hure mit dem schalachroten Haar. Aber nun, unter großer Mühe und großem Leid, befreit er sich von dem bösen Einflus der großen Hure und kert zurück, ein gebrochener und gedemütigter Mann, in die Reihen der Gleubigen.«

Tja, wer eine innere Verbindung zu Gottes Ohr hat, was braucht der eine korrekte Orthographie?

»Er war ein machtvoller Redner«, sagte Gabe Candy, als ich aufsah. »Er hätte mit dieser Predigt eine Glanzleistung vollbracht.«

»Sie ist seinen sonstigen Predigten nicht sehr ähnlich, oder? Ich habe den Eindruck gewonnen, daß er für gewöhnlich positiver war. Viel mit Freude und Trost, und wer an Jesus glaubt, der wird von seinen Leiden geheilt werden und es zu Erfolg bringen.«

»Ja, ich glaube schon. Aber eigentlich konnte Daddy nie sicher sein, *wie* seine Predigt werden würde. Der Herr gab ihm die Worte ein, und er schrieb sie nur noch auf.«

Plötzlich lächelte er. Es war ein mattes Lächeln, auch ein wenig traurig, aber es war der erste nicht mehr ganz so elende Ausdruck, den ich auf seinem Gesicht sah, seitdem ich mit ihm in dem Zimmer saß. »Ich bin froh, daß wir miteinander gesprochen haben. Ich war gestern ein wenig kurz angebunden mit Ihnen, als ich Sie in meinem Haus antraf, und ich möchte mich dafür entschuldigen. In einer Zeit wie dieser steht man unter Druck. Ich schätze, Sie können das akzeptieren.«

Ich sagte, ich könnte. Und mir kam der Gedanke, daß Gabe Candy ängstlich und verwirrt war, und was das Schlimmste war, allein und einsam, und daß er ein freundliches Wort gut gebrauchen könnte.

Das Einzige, was ich ihm geben konnte, war »Auf Wiedersehen, und vielen Dank«, aber in diese Worte legte ich so viel Freundlichkeit, wie ich nur konnte.

* * *

Es war kurz vor zwölf, als ich bei Pasquale's im Einkaufszentrum ankam. Connelly würde erst um zwölf mit ihrer Arbeit fertig sein, also blieben mir fünfzehn Minuten, bis sie kam. Ich nutzte sie, um einen Tisch zu organisieren – in Kürze würde es in diesem kleinen Restaurant vor Mittagsgästen nur so wimmeln – und mir dann ein Glas Wein zu bestellen.

Connelly kam wenige Minuten später. Sie trug einen dunkelblauen Mantel, der wahrscheinlich Trauer andeuten sollte; er sah ein wenig schäbig aus. Allerdings hatte sie trotz des tragischen Anlasses etwas Lippenstift und ein klein wenig Puder aufgelegt – das ihr offensichtlich in der Kirche verboten war –, und das ließ sie jünger und viel attraktiver aussehen. Außerdem überraschten mich ihr großer Busen und ihre langen klassischen Beine: diese Vorzüge waren von der anderen Seite ihres Schreibtisches in der Empfangshalle nicht sichtbar gewesen.

Ich stand auf und half ihr aus dem Mantel.

»Danke, nett von Ihnen«, sagte sie, während sie ihn über die Stuhllehne warf. »Heutzutage tun die Leute das nicht mehr wie früher für einen. Ich bin für die Frauenbewegung, aber ich habe genug von diesen Typen, die einen hetzen, um zu sehen, wer als erster durch die Tür kommt.«

Sie setzte sich und sah sich um. Offensichtlich gefiel ihr, was sie sah, aber ihre Strategie war, Gleichgültigkeit an den Tag zu legen. »Nett hier. Kann mich nicht erinnern, schon mal hier gewesen zu sein. Reverend Chuck hat hier jeden Tag zu Mittag gegessen. Wenn er wieder in die Kirche zurückkam, roch sein Atem nach Knoblauch –«

Sie hielt plötzlich inne. Ihre Lippen begannen ein wenig zu zittern. »Hören Sie – meinen Sie, ich könnte etwas zu trinken bestellen? Etwas, das ein bißchen stärker ist? Ich werde nicht das Teuerste aussuchen –«

»Bestellen Sie, was immer Sie möchten.« Ich winkte die Bedienung herbei, und kurz darauf nippte Connelly an einer Margarita, der einzige Cocktail, der je erfunden wurde, den man mit Salz trinken muß. Mir hatte ich noch ein Glas Wein bestellt.

»Hm, ich schätze, Sie möchten nicht, daß ich hier mit Ihnen trinke«, sagte Connelly, »ohne Ihnen zu sagen, was ich über den Mord an Reverend Chuck weiß.«

»*Wissen* Sie denn etwas darüber?«

»Und am allerbesten wär's, wenn ich etwas wüßte, was für den Meyer-Jungen gut wäre, stimmt's?«

In dem Augenblick kam die Bedienung und reichte uns die Speisekarten. Connelly begann zaghaft und fragte dauernd, ob dies oder jenes zu unverschämt wäre, aber ich sprach ihr Mut zu, und am Ende bestellte sie die ganze Chose – Minestrone, Antipasta,

Spaghetti mit Fleischbällchen und als Beilage Knoblauchbrot. Ihre Figur ließ darauf schließen, daß sie normalerweise, wenn sie selber bezahlen mußte, nicht so aß.

»Für die Kirche arbeiten macht einen nicht gerade reich, oder?« fragte ich.

»Das stimmt. Aber ich beklage mich nicht, ist eine gute Stelle, nette Leute. Sie glauben an Gott, und das bedeutet, sie schreien einen gewöhnlich nicht an oder fluchen rum, und die Männer betatschen einen auch nicht dauernd. Ich hab Stellen gehabt! Ich könnte Ihnen Geschichten erzählen, das können Sie mir glauben!« Ihr Lächeln schwand. »Aber es stimmt schon, die Kirche bezahlt einen nicht besonders, da will ich Ihnen gar nichts vormachen. Sie hat kein Geld, denn sie arbeitet ohne Profite und muß keine Steuern zahlen. In manchen Wochen ist es eine gottverdammte Schufterei – Oh, Entschuldigung. Ist mir schon wieder passiert, daß ich Seinen Namen mißbrauche. Reverend Chuck hat mir gesagt, was für eine blöde Angewohnheit das ist, und meistens passe ich auch auf. Bloß manchmal muß man einfach – hm, so wie die Lebensmittelpreise heutzutage steigen –«

»Ist es nicht mit zwei Gehältern leichter?«

»Welchen zwei Gehältern?«

»Ihrem und dem Ihres Mannes.«

»Wer hat hier einen Mann?«

»Auf dem Schild auf Ihrem Schreibtisch steht Mrs.«

»Viele Mrs. haben heutzutage keinen Ehemann. Connelly hat mich vor fünf Jahren verlassen. Ich bin geschieden, und er sollte mir eigentlich jeden Monat Alimente überweisen. Glauben Sie, ich hätte je etwas davon gesehen? Inzwischen läuft seine neue Frau, diese alte Schachtel, die ihn besoffen gemacht und dann geheiratet hat, in einem Pelzmantel rum und fährt einen viertürigen Japaner. Eine Freundin von mir hat sie erst letzten Monat damit rumfahren sehen.«

»Warum wenden Sie sich nicht an die Polizei? Der Richter könnte ihn dazu verdonnern –«

»Was kümmert *den* ein Richter? Sie leben unten in Texas, er und seine alte Schachtel. Aus einem »Ex«, der in Texas ist, hat noch nie jemand auch nur einen Pfennig rausgeholt. Da unten haben sie keine Gerichte, ich könnte wetten, das haben Sie nicht gewußt.«

»Sie tragen trotzdem noch immer den Namen Ihres Exmannes.«

»Klar doch. Was zum Teufel hat er mir sonst hinterlassen? In meinem Alter ist man besser eine Frau. Wenn man ein Fräulein ist, denken alle, daß mit einem etwas nicht stimmt. Man ist entweder lesbisch oder eine Hure. Ich habe gegen beides nichts, aber ich bin's nun mal zufällig nicht, deshalb will ich nicht, daß man das von mir denkt.«

Die Bedienung kam mit unserem Essen. Meins war ein Salat – ich verbrauche mein Kalorienquantum lieber an Moms Eßtisch –, aber Connelly haute rein, als ob das Essen demnächst ausginge.

Ein wenig später, den Mund voller Antipasta, sagte sie: »Keine Möglichkeit, irgendwas wieder rückgängig zu machen, nicht wahr? Okay, ich will mich auf Ihre Bedingungen einlassen. Ich hab keine verdammte – kein bißchen Ahnung, was diesen Mord angeht. Ich kann Ihrem Klienten überhaupt nicht helfen.«

»Vielleicht können Sie's, ohne es zu wissen. Erzählen Sie mir von dem verstorbenen Reverend Candy. Wie genau sah Ihre Arbeit für ihn aus?«

»In der Hauptsache das Telefon in der Empfangshalle bedienen und die Kirchensachen tippen und Diktate für seine Briefe aufschreiben. Das hab ich eine Stunde am Tag gemacht, am Nachmittag.«

»Wer hat sich in dieser Stunde um den Empfang gekümmert?«

»Meistens einer von den freiwilligen Mitarbeitern. Davon gibt's immer genug. Witwen oder unverheiratete Damen, die zu Hause keinen Ehemann oder Freund haben, der auf sie wartet.«

»Welche Art Briefe hat Ihnen Reverend Chuck diktiert?«

»Die meisten gingen an Gemeindemitglieder. Die Leute, die sich nicht trauten, ihn persönlich zu treffen, die schrieben ihm und stellten ihm Fragen – wie sie in Frieden mit Gott leben könnten, wie sie ihre Hypothek abzahlen könnten, solche Fragen.«

»Und er war in der Lage, sie zu beantworten?«

»Er gab allen mehr oder weniger die gleiche Antwort. Wenn sie ihren Frieden mit Gott machen würden, dann würde sich die Hypothek schon von allein abzahlen. Materielle Dinge seien nicht wichtig.«

»Und um ihren Frieden mit Gott zu machen, was riet er ihnen dazu?«

»Sie sollten mehr beten und besser glauben. Das möchte Jesus von uns. Das ist der Weg für unsere Errettung.«

»Waren unter den Briefen, die er bekam, unfreundliche oder verärgerte oder ähnliche? Vielleicht Leute, die ihn bedrohten?«

»Solche Briefe hab ich nie gesehen. Nicht solange ich dabei bin. Aber ich arbeite erst ein wenig mehr als ein Jahr für ihn.«

»Und wie war es, für Reverend Chuck zu arbeiten?«

»Nicht schlecht. Ich hab Schlimmere gehabt. Immer höflich, und er hatte den ganzen Tag über ein aufmunterndes Wort für einen. Und immer einen Witz parat. Manchmal waren sie nicht so komisch, aber manche waren ganz schön gut. Und er glaubte, sie wären alle gut. Er hat nie versucht, mir Extraarbeit anzudrehen, indem er mir kurz vor Schluß noch eine große Sache hingeknallt hat. Den Trick kenn ich nur zu gut, aber er hat's nie versucht.«

»Wie steh's mit den anderen, die für ihn arbeiten? Hat er sie alle ganz gut behandelt? Irgend jemand, der was gegen ihn hatte?«

»Warum sollten sie? Die meisten sind ja diese religiösen Typen. Er gab ihnen das Gefühl, als ob sie für Jesus persönlich arbeiten würden.«

»Hat Reverend Candy auch *Sie* errettet?«

Sie senkte den Blick. Der gleichgültige Ton verließ sie für einen Moment. »Hm, nicht im offiziellen Sinn. Zum Beispiel bin ich nie zu den Treffen gegangen oder so. Ich bin ein ziemlich schwieriger Fall. Wo ich aufgewachsen bin, hatten meine Leute nicht viel fürs Beten und so übrig. Sind Sie mal in Newark gewesen? Okay, Sie wissen, was ich meine. Aber ich hab zugehört, was Reverend Chuck gesagt hat. Ich will nicht sagen, daß ich ihm alles abgekauft habe. Das meiste nicht. Aber ich denke drüber nach. Was ist Schlimmes am Nachdenken?«

»Und die Familie des Pfarrers? Wie ist sie mit ihm ausgekommen?«

»Er hat mich nie zu sich eingeladen.«

»Seine Frau und sein Sohn arbeiten beide für die Kirche. Sie müssen sie dort häufig sehen.«

»Nicht allzu häufig. Ich halte mich von ihnen fern.« Nichts war aus ihrem Gesicht abzulesen; es hätte eingefroren sein können.

»Warum wollen Sie mir nicht sagen, was Sie über sie denken«, drängte ich. »Bloß ein kurzer Eindruck. Fangen Sie mit seiner Frau an.«

»Ich hab gegen beide nichts. Keiner von beiden hat mir je irgendwas Böses getan. Sind wirklich nette Leute.«

»Aber welche Art Leute?«

Connelly konnte nicht antworten; sie hatte den Mund voll mit dem letzten Fleischbällchen. Dann, als sie aufgegessen hatte, nahm sie einen Schluck Wein. Und dann sah sie auf ihre Uhr. »Wir sitzen hier schon fast eine Stunde. Meine Mittagspause ist zu Ende, ich muß zurück – «

Die Gelegenheit war dabei, mir zu entgleiten. Ich mußte mich jetzt klar und unmißverständlich ausdrücken, oder ich würde sie endgültig verpassen. »Warum haben Sie Angst, irgend etwas Schlechtes über Candys Familie zu sagen? Wofür fühlen Sie sich schuldig?«

»Wer fühlt sich schuldig?«

»Wessen Idee war es, Ihre oder seine?«

»Welche Idee?«

»Die Affäre, die Sie und Chuck Candy hatten.«

Sie öffnete den Mund, aber es kam kein Ton heraus. Sie sah aus, als habe ich ihr mitten ins Gesicht geschlagen, was ich in gewisser Weise auch getan hatte. Als sie sprach, tat sie das mit heiserer Stimme. »Das ist schon lange vorbei. Wenn Sie *das* nicht wissen, wissen Sie überhaupt nichts.«

Ich ließ mir nicht anmerken, daß mir das neu war. »Wie fing's denn überhaupt an?«

»Nichts fing an. Was haben wir Falsches gemacht?«

Sie hob die Hände zu einer Was-zum-Teufel-soll's-schon-Geste. »In Ordnung, wir *haben* was gemacht. Aber mit Reverend Chuck war's anders als mit den anderen. Ich hab viel in meinem Leben gemacht – ich denke, das haben Sie sich schon gedacht –, aber mit Chuck war es immer, ich weiß nicht, war es schön. Es war wie beten oder so.«

»Haben Sie ihn geliebt?«

»Geliebt!« Das Wort platzte aus ihr heraus, verächtlich. »Warum reden immer alle von Liebe? Was zum Teufel hat *das* mit irgendwas zu tun? Können nicht zwei Menschen eine tolle Zeit miteinander haben – «

»Aber was hatte er, das Sie attraktiv fanden? Er muß zwanzig Jahre älter als Sie gewesen sein. Und er war ja nun nicht gerade – «

»Robert Redford? Nein, war er bestimmt nicht. Und er war auch nicht jung. Meinen Sie, ich wüßte das nicht alles selber? Aber das alles hatte ich schon mal – jung und Robert Redford, ich hatte es bei Connelly, und sehen Sie, was ich davon gehabt habe! Sie wollen wissen, was an Chuck dran war? Er hatte Interesse an mir, das war an ihm dran.«

»Na hören Sie, eine Menge Männer müssen Interesse an Ihnen haben, das muß Ihnen die ganze Zeit passieren.«

»Eine Menge Männer sieht mich von oben bis unten an, sie erzählen mir viel Mist darüber, wie schön und sexy ich bin. Ich bin kein Genie, aber man muß auch keins sein, um zu wissen, woran sie Interesse haben – nicht an mir, sondern daran, wie sie von mir kriegen können, was sie wollen. Reverend Chuck – der war anders.«

»Sie behaupten also, er liebte Sie wirklich?«

»Habe ich das gesagt? Mein Gott, Sie können nicht von diesem Wort lassen, was? Ich behaupte, er hat sich wirklich interessiert. Man wußte, wenn er mit einem sprach, man war für ihn das Wichtigste. Er wollte einen. Er wollte nicht nur 'ne schnelle Nummer, und egal, mit wem, er wollte einen.« Für einen Augenblick lag fast so etwas wie ein Lächeln auf ihrem Gesicht. »Und so einfach war's auch nicht für ihn, wenn man sich's richtig überlegt. Seine Frau war jeden Abend und an den Wochenenden mit ihm zusammen, und er hat den ganzen Tag in der Kirche gearbeitet.«

»Also wann haben Sie mit ihm – «

»Meistens nachmittags. Wenn in der Kirche nicht so viel los war. Wenn ich wegen der Diktate in seinem Büro war.«

»Während die Freiwilligen in der Empfangshalle hinter dem Schreibtisch Stellung hielten?«

»Warum nicht? Auf die Art waren wir sicher, daß uns niemand überraschte.«

»Erstaunlich, daß Sie mit seiner Post nachkamen.«

»Ich kam nie ins Hintertreffen mit seiner Post!« Sie hob das Kinn, als sei sie darauf besonders stolz. »An den Tagen, wo's zu viel war, hab ich die Extraarbeit mit nach Hause genommen. Hat mir nichts ausgemacht. Ich hab's gerne getan.«

»Eins noch, Sie sagten vorher – es sei schon lange aus zwischen Ihnen und ihm. Könnten Sie mir das erklären?«

»Was gibt's da zu erklären? Ich hab mir in der Hinsicht nie was vorgemacht. Ich wußte sofort, von Anfang an, daß es nicht lange gehen würde. Ein Mann wie Chuck, mit all der Liebe, die er zu geben hatte, er hatte nicht vor, sie nur einem Menschen zu geben. Er hat mir das gleich zu Anfang gesagt. Er sagte, wir würden unser geistiges Vergnügen finden und es würde bessere Menschen aus uns machen, und dann würden wir weiterziehen.«

»Und wann zog er weiter?«

»Vor ungefähr drei Monaten. Ungefähr letzten Herbst, direkt nach *Labour Day*. Er hat mir keine blöden Geschichten erzählt, er hat mir direkt gesagt, es gäbe eine Neue.«

»Wer, hat er das auch gesagt?« Ich spürte meine Neugier erwachen, obwohl ich sie aus meiner Stimme heraushielt.

»Wie soll ich das wissen? Er hat's mir nie gesagt, und ich hab ihn nie gefragt, da können Sie Gift drauf nehmen, denn ich dachte, es ginge mich nichts an. Alles, was ich weiß, er machte an dem Nachmittag Schluß und sagte, das war's dann.«

Sie legte ihre mit Spaghetti umwickelte Gabel auf ihren Teller, und Tränen kamen ihr in die Augen.

Ich saß da und wartete, und es dauerte nicht lange, und die Tränen hörten auf. Dann wischte sie sich mit der Serviette über das Gesicht und ließ wieder ihr sarkastisches Brummen hören. »Haben Sie diesen Rumkuchen gesehen, der gerade vorbeigegangen ist? Wenn Sie es wiedergutmachen wollen, was Sie mir an Seelenschmerz und Leid angetan haben – «

Ich bestellte den Rumkuchen für sie, und ich sah mit Vergnügen zu, wie sie ihn bis auf den letzten Krümel verspeiste.

* * *

Nachdem ich das Restaurant verlassen hatte, fuhr ich fast durch ganz Mesa Grande bis zu meinem Büro. Weihnachtsmusik bestürmte mich aus dem Radio, inklusive eines Diskjockeys, der auf Rockarrangements traditioneller Weihnachtslieder spezialisiert war. Man hat nie wirklich *»Adeste Fideles«* gehört, bis man die Version der Rolling Stones gehört hat.

Ich verbrachte den Nachmittag damit, möglichst viel von der Routinearbeit, die zu diesem Fall gehörte, zu erledigen, die reinste Knochenarbeit.

Ich trottete runter zum Büro des Staatsanwalts, nahm eine Kopie des Autopsieberichtes mit und ackerte ihn durch. Es stand nichts weiter drin, als was sowieso schon alle wußten. Ich telefonierte eine halbe Stunde mit Perkins, dem Buchhalter, der für die Finanzen der »Strahlenden Apostel« zuständig war. Er klang zu Tode erschrocken und gab dementsprechend ausweichende Antworten, aber das tun Leute oft, wenn sie es mit Ermittlungsbeamten in einem Mordfall zu tun haben; ich hatte an keiner Stelle während unseres Gesprächs das Gefühl, daß er etwas zu verbergen hatte. Bloß um ganz sicher zu gehen, besorgte ich einen gerichtlichen Befehl für das städtische Rechnungsamt, damit die jemanden schickten, der sich die Kirchenbücher ansah.

Ich rief Connelly an und bat sie, mir einen Ordner mit Chuck Candys Post rüberzuschicken, und zu meinem Entsetzen hatte ich ihn in weniger als einer halben Stunde auf dem Tisch. Das bedeutete, ich mußte sofort anfangen, sie durchzugehen. Nach ein paar Stunden war ich damit fertig. Viele Verrückte, die ich mir ohne große Mühe als Mörder oder schlimmeres vorstellen konnte. Aber kein Hinweis darauf, daß einer von ihnen einen Grund haben könnte, Chuck Candy zu töten. Trotzdem, würde ich einige, die vielleicht Erfolg versprachen, überprüfen müssen – ob sie Alibis hatten usw.

Ich rief im Polizeilabor an und fragte, ob schon Berichte über die Fingerabdrücke auf der Mordwaffe und die blutigen Schuhabdrücke im Flur vorlägen. Noch nicht, sagten sie mir. Ich nahm nicht an, daß sie mich auf Wolkowicz' Anweisung anlogen. Es war der Tag vor dem Weihnachtswochenende; niemand hatte es eilig mit der Arbeit.

Dann war es halb sechs, und ich verließ das Büro und fuhr raus zu Mom zum Essen. Meine Arme und Schultern waren steif, mein Kopf brummte, ich mußte dauernd gähnen. Was konnte ich auch anderes erwarten, nachdem ich in den letzten vier Stunden die Arbeit von drei Männern geleistet hatte?

Mom trug heute abend das Essen früher auf als sonst, denn sie wollte in die Synagoge zur Sabbatfeier. Wie der Rabbi mir zart angedeutet hatte, tat sie das nicht jeden Freitag, sie ging überhaupt nicht besonders oft in die Synagoge, aber hin und wieder überkam sie diese ganze Gehirnwäsche aus der Kinderzeit.

»Also, wer ist es, Mom?« waren meine ersten Worte, kaum daß ich zur Tür herein war. »Wer ist dieser Zeuge, auf den die Staatsanwaltschaft so stolz ist?«

»Du küßt deine Mutter nicht mehr?« fragte sie.

Ich küßte sie, aber noch immer ließ sie mich nicht über den Fall sprechen. Sie brachte Essen auf den Tisch, und wir setzten uns, es gab Schmorbraten; Moms Schmorbraten gehört seit meiner Kindheit zu meinen Lieblingsgerichten, vielleicht weil ich mich immer so erwachsen gefühlt habe, wenn ich etwas essen konnte, das mit Wein war.

»Ich gehe um Punkt sieben in die Synagoge«, sagte sie. »Ich möchte da nicht hinkommen, wenn der Gottesdienst schon angefangen hat. Der Rabbi sieht mich immer so schräg an.«

»Also, Mom. Ich bezweifele, ob er das überhaupt bemerkt.«

»Du bezweifelst es, tatsächlich? Dieser Mann hat Röntgenaugen. Er kann seine Nase in die Tora stecken, völlig versunken in irgendein langes hebräisches Lied, aber zur gleichen Zeit hat er jede Tür im Auge. Und er läßt es einen hinterher auch wissen. Man ist beim Oneg Sabbat und kaut gerade genüßlich an einem schönen Stück Apfelpfannkuchen, und plötzlich taucht er neben dir auf und sagt dir, wie leid es ihm tut, daß du dich mit dem Abendessen so beeilen mußtest, um herzukommen.«

»Ich fand ihn immer sehr nett. Die Leute hier mögen und respektieren ihn, er ist ein guter Repräsentant der Jüdischen Gemeinde.«

Mom zuckte die Achseln. »Er hat aber ein großes Problem, über das er nicht hinweg kann.«

»Welches wäre?«

»Daß er ein Rabbi ist. Also, was ist, schaffst du zwei große Kartoffeln?«

Ich sagte ja, und machte mich daran, es zu beweisen, und endlich gab Mom mir zu verstehen, daß sie jetzt bereit sei, über den Fall zu sprechen.

»Also das mit diesem Zeugen – «

»Über den Zeugen werden wir sprechen, wenn du mir erzählt hast, was beim Mittagessen mit dieser Sekretärin rausgekommen ist.«

Mom liebt es, die Leute in Spannung zu versetzen. (War Alfred Hitchcock in Wirklichkeit eine *Jewish Mom?)* Aber wenn sie in dieser Stimmung ist, kann man nichts weiter tun, als mitmachen. Also verhandelte ich unter Schlucken und Kauen die Einzelheiten meines Gesprächs mit Gabe Candy heute morgen und meines Mittagessens mit Connelly.

Ich kam zum Ende meiner Geschichte, und Mom sah zufrieden aus.

»Sehr interessant, was diese Sekretärin dir da erzählt hat. Glaubst du ihr, wenn sie sagt, sie sei seit drei Monaten nicht mehr die Freundin des Pfarrers? Daß es eine andere gibt, die ihren Platz eingenommen hat?«

»Ich wüßte nicht, warum sie lügen sollte. Indem sie zugibt, daß Candy ihr den Laufpaß gegeben hat, verschafft sie sich selbst ein perfektes Motiv für den Mord.«

Mom nickte. »Ein schönes Beispiel für logisches Denken. Ich stimme dir zu, sie lügt nicht. Trotzdem könnte sie ihn getötet haben. Sie könnte uns deshalb die Wahrheit über ihre Affäre mit ihm sagen, weil sie sich ausrechnen kann, daß du sie letztlich doch herausfinden mußt, die neue Freundin könnte auf den Plan treten, und würde es dann nicht schlecht aussehen für die alte Freundin, daß sie den Mund gehalten hat?«

»Hast du irgendeine Ahnung, wer die neue Freundin sein könnte?«

»Ahnungen habe ich immer. Aber Ahnungen, die ich, ohne rot zu werden, laut aussprechen kann, die überkommen mich nicht so leicht. Etwas, was diese Connelly dir gesagt hat – aber gib mir ein oder zwei Tage Zeit, um darüber nachzudenken.«

»In Ordnung, Mom, genug um den heißen Brei geredet. Selbst

Hitchcock muß auch einmal die letzte Filmspule einlegen.«

»Wer ist dieser Hitchcock? Jemand, der mit dem Mordfall zu tun hat, von dem du mir noch nichts erzählt hast?«

»Vergiß es. Was ist mit dem Zeugen, der behauptet, er habe gesehen, wie Roger Meyer ins Haus der Candys ging und wieder herauskam? Du hast mir versprochen, mir deine Theorie darüber mitzuteilen.«

»Bist du noch nicht von selbst darauf gekommen?«

»Würde ich dich dann fragen?«

»Es gibt nur eine Person, die dieser Zeuge sein kann. Der Anwaltsassistent hat dir gesagt, der Zeuge habe gesehen, wie Roger Meyer durch die Vordertür ins Haus der Candys gegangen und wie er fünf Minuten später zur gleichen Tür wieder herausgekommen ist. Und der Zeuge hat gesagt, daß davor oder danach niemand sonst rein oder rausgegangen ist. Was also hat das zu bedeuten, außer daß der Zeuge diese Tür für längere Zeit nicht aus den Augen gelassen hat? Es war also keiner, der in der Gegend etwas zu erledigen hatte – der Zeitungsjunge, der die Zeitungen austeilte, der Postbote, der die Post austrug, jemand, der einem Freund in der Nähe einen Besuch abstattete, ein Fahrer, der zufällig an dem Haus vorüberfuhr. Niemand von diesen Menschen würde längere Zeit anhalten und die Eingangstür dieses Hauses im Blick behalten. Wer also würde so etwas tun?«

»Vielleicht einer der Nachbarn. Jemand von gegenüber.«

»Aber du hast mir erzählt, es gäbe kein Gegenüber, nur ein Feld mit ein paar Bäumen und Büschen drauf.«

»In Ordnung, dann jemand aus den Häusern nebenan.«

»Davie, du bist nicht bei der Sache. Auf der einen Seite des Candy Hauses, hast du mir selber erzählt, ist eine große freie Lücke, das nächste Haus auf dieser Seite ist über einen Block entfernt. Wer könnte schon aus einer solchen Entfernung die Tür im Auge behalten und Leute erkennen, die rein und rausgehen? Und auf der anderen Seite wohnen die Meyers. Du willst ja wohl nicht behaupten, daß der geheime Zeuge gegen den Meyer-Jungen seine Mutter oder sein Vater ist.«

Ich schüttelte den Kopf. »Aber alles, was du beweist, ist, daß *niemand* dieser Zeuge sein könnte.«

»Niemand außer einem. Und du hast ihn selber gesehen. Du hast ihn am Abend vor dem Mord gesehen, als er auf der anderen Straßenseite stand und das Haus beobachtete.«

»Der Prophet!«

»Genau. Dieser verrückte alte Knacker, der immer in der Stadt rumhängt und den Leuten erzählt, das Weltenende rücke näher und sie sollten keine Eier mehr essen. Wer sonst hätte zehn Minuten übrig, ja in Wirklichkeit viel mehr als zehn Minuten, an der Straßenecke rumzustehen und die Eingangstür eines Hauses zu beobachten? Wer sonst hat nichts Besseres mit seiner Zeit zu tun? Irgendwas an dieser großen Show, die Candy abzog, muß seine Phantasie angeregt haben, und bei jeder Gelegenheit kam er her und hat geguckt. Also stand er auch gestern am späten Nachmittag da und hat gesehen, wie der Meyer-Junge rein und rausgegangen ist.«

Ich bin nicht so leicht optimistisch, aber diesmal mußte ich es einfach sein. »Wenn du damit recht hast, ist das eine sensationelle Nachricht. Ich muß Ann anrufen – «

»Was ist daran so sensationell?«

»Was glaubst du, was für einen Zeugen der Prophet abgeben wird? Alle in der Stadt wissen, daß er verrückt ist. Ganz zu schweigen davon, daß er die meiste Zeit betrunken ist. Was auch immer er gesehen zu haben meint, niemand wird ihm Glauben schenken.«

»Trotzdem«, sagte Mom, »ich hoffe, du wirst mit diesem Mr. Abernathy sprechen und dann aus seinen eigenen Worten schließen, was er gesehen hat.«

»Abernathy? Wer ist das?«

»Dieser verrückte alte Mann, der, den du den Propheten nennst. Er heißt Luke Abernathy. Er war früher so eine Art Lehrer, in irgendeiner High-school, aber das ist lange her. Er hat ein Zimmer in diesem dreckigen kleinen Hotel in der Stadt, sieht aus, als wär's schon hier gewesen, bevor die Stadt gegründet wurde, als hätten es die Indianer hinterlassen – «

»Das Hotel Cochran. Aber um Himmels willen, Mom, woher weißt du den Namen dieses alten Irren? Und wo er wohnt?«

»Er hat auch eine verheiratete Schwester, in New Orleans, Louisiana. Sie schickt ihm fünfzig Dollar die Woche, unter der Bedingung, daß er sie nie anruft oder zu sehen versucht. Genauer gesagt, schickt sie die fünfzig Dollar an das Hotel, das ist die Miete für sein Zimmer. Sie hat Angst, daß wenn sie es ihm direkt schickt, er alles für Alkohol ausgibt. Und er gibt selber zu, daß sie da recht hat. Was seine Ernährung betrifft, so ißt er in der Suppenküche der Heilsarmee.«

Ich wußte, daß ich sie während dieses Vortrags mit offenem Mund anstarrte. Sie wußte es auch und genoß jede einzelne Minute. »In Ordnung, in Ordnung«, fand ich schließlich meine Stimme wieder, »wie lautet die magische Erklärung? Wie hast du dieses Sherlock-Holmes-Kunststück geschafft?«

»Wär mir recht, wenn du glauben würdest, ich hätte ein Sherlock-Holmes-Kunststück vollbracht. Aber ich könnte dich nie anlügen, wie ich an diese Informationen über den alten Mann gekommen bin – ich habe mit ihm gesprochen, und er hat mir über sich erzählt.«

»Wann hast du mit ihm gesprochen?«

»Viele Male. Ich kaufe in der Stadt ein, ich stehe an der Ecke neben ihm, die Ampel wird rot, ich kann nicht über die Straße – da verbringen wir die Zeit mit einer kleinen Unterhaltung.«

Das hätte ich natürlich wissen sollen. Die Menschen sprechen mit Mom. Wahrscheinlich deshalb, weil sie wirklich das tut, was den meisten von uns schwerfällt: sie hört zu. Sie nickt ab und zu, sie sagt »Ja« oder »Was Sie nicht sagen!« oder »Und was war dann?«, und in kürzester Zeit kennt sie die ganze Lebensgeschichte. Ich könnte zwanzig Jahre lang mit Leuten Tür an Tür wohnen und würde nie so viel über sie erfahren wie Mom erfährt, wenn sie an ihre Tür geht und sich etwas Zucker ausleiht und sich zwanzig Minuten lang mit ihnen unterhält.

Ich glaube allerdings nicht, daß es daran liegt, daß sie so warmherzig und mitfühlend ist und »die Menschen liebt« oder etwas ähnlich Rührseliges oder Sentimentales. Eigentlich hat sie nur selten etwas Gutes über die Menschen zu sagen, die sich ihr so leicht öffnen. Was sie mit diesen Gesprächen anfängt, ist, sie in ihrem Kopf »abzulegen«, in einen dicken Ordner mit der Aufschrift »Die Schwäche und Torheit der menschlichen Natur«.

Fünfzehn Minuten später war sie bereit für die Synagoge. Sie schloß ihr Haus ab, sah noch einmal nach, ob das Verandalicht auch brannte, und dann begleitete ich sie zu ihrem roten kleinen Toyota, der auf dem Bordstein parkte. »Sehe ich dich irgendwann mal wieder?« fragte sie durch das Wagenfenster.

»Ich lad dich morgen zum Essen ein«, sagte ich. »In der Stadt gibt's ein neues japanisches Steakhouse, Rashomon's.«

»Du bist für Heiligabend nicht verabredet?«

Ich sah ihr direkt in die Augen. »Mit dir. Das ist meine Verabredung.«

Sie ließ ihr undefinierbares Brummen hören, dann rauschte sie los, um Gott zu lobpreisen, und ich fuhr nach Hause, um mir im Fernsehen einen Film anzuschauen.

* * *

Der Film handelte natürlich von Weihnachten. Um diese Zeit findet man im Fernsehen nichts, das nicht irgendwie mit Weihnachten zu tun hat, zumindest nicht in unserer Gegend. Dieser war ein alter, den ich damals gesehen hatte, als er rauskam, mit dem kleinen alten Mann, der als Kaufhaus-Weihnachtsmann arbeitet und dann anfängt zu glauben, er sei der echte.

Es ist ein lustiger Film, aber heute abend deprimierte er mich nur. Ich war nicht in der Stimmung für Geschichten über kahlköpfige alternde Käuze, die den Verstand verloren haben, weil ihre Frauen tot sind und sie ganz allein in der Welt stehen. Ich weiß, daß die Leute, die diesen Film gemacht haben, keineswegs die Absicht hatten, aber heute abend erregte er nur wilde sexuelle Phantasien in mir. Ich sah mich selber als Weihnachtsmann durch den Schornstein zu einer vollbusigen leidenschaftlich lüsternen Frau kommen, nicht zu jung, als daß sie mir vom Gesetz her unerreichbar wäre, und auch nicht zu alt, als daß sie unappetitlich wäre.

Ich spielte mit dem Gedanken, Virginia Christensen anzurufen. Sie war weit davon entfernt, ideal zu sein, wie mein letztes Treffen mit ihr zur Genüge bewiesen hatte. Seien wir ehrlich, sie hatte den Verstand einer Barbiepuppe und die dazugehörige Persönlichkeit, aber ihr Busen war echt –

Zum Glück klingelte mein Telefon.

Ich konnte gerade Hallo sagen und meinen Namen nennen, da unterbrach mich schon eine eindringliche Stimme, fast im Flüsterton. »Mrs. Swenson ist meine Anwältin, nicht wahr? Das bedeutet doch, Sie müssen mir helfen, nicht?«

»Wer spricht bitte?«

»Roger Meyer. Ich möchte – «

»Wo sind Sie um Himmels willen?«

»Tut mir leid, ich kann Ihnen nicht sagen, wo ich bin. Ich weiß, daß die Polizei mich sucht, ich möchte mich stellen.«

»Das ist klug von Ihnen. Aber wenn Sie mir nicht sagen, wo Sie – «

»Ich will sonst niemanden da mit reinziehen. Ich will mich *Ihnen* stellen, Ihnen und Mrs. Swenson. Ich will mit Ihnen beiden zur Wache gehen. Ich traue der Polizei nicht – sie könnten auf mich schießen und sagen, sie hätten mich gefaßt und ich hätte mich nicht ergeben. In den alten Gangsterfilmen machen sie das immer so.«

Ich kam zu dem Schluß, daß jetzt nicht die richtige Zeit dafür war, ihn daran zu erinnern, daß das wirkliche Leben kein alter Film war. Außerdem hatte Roger fast recht. War er erst einmal im Gericht, könnte es unserem geliebten Staatsanwalt leicht entfallen, daß der Gefangene sich freiwillig gestellt hatte.

»Okay, machen wir einen Treffpunkt aus«, sagte ich.

»Morgen abend«, sagte er. »Dann ist Heiligabend, in der Stadt veranstalten sie diese große Feier mit dem Weihnachtsbaumanzünden. Ich werde Sie dort treffen – um neun Uhr.«

»Wir könnten uns verfehlen, auf den Straßen wird viel los sein.«

»Ich *möchte,* daß es unter vielen Menschen geschieht. Dann kann die Polizei nichts unternehmen. Stellen Sie sich an die nordöstliche Ecke von San Luis und Kit Carson, ich werde Sie dort finden.«

»Wenn Sie sich sowieso ergeben wollen, warum einen ganzen Tag warten? Wir könnten uns heute abend treffen – «

»Heute abend geht nicht«, sagte er. »Morgen abend um neun, so lange brauche ich, um mich psychisch darauf einzustellen. Streiten Sie nicht mit mir – bitte –, oder ich könnte kalte Füße bekommen und meine Meinung ändern.«

»In Ordnung, morgen abend um neun. Mrs. Swenson und ich werden da sein.«

»Und hören Sie – Sie sollten meinen Eltern besser nichts davon erzählen. Ich weiß, daß sie sich bestimmt ängstigen, das tut mir wirklich leid. Aber es dauert ja nicht mehr lange, und sie würden es auch nie für sich behalten können.«

»In Ordnung, wir werden ihnen nichts sagen.«

Ich dachte, er würde jetzt aufhängen, aber statt dessen kam eine Pause. Danach klang der Ton seiner Stimme verändert, auf einmal hörte er sich nicht mehr so eindringlich und beunruhigt an.

»Da ist noch etwas anderes, das ich Sie fragen wollte.«

Er hielt inne, und ich vermutete, es läge jetzt an mir, ihm Mut zuzusprechen. »Klar doch, fragen Sie nur.«

»Ja, hm, wenn ich das alles hier hinter mir habe – wenn ich –, ich mache im Juni meinen Abschluß, und ich will danach nicht noch weiter studieren. Was ich gerne möchte, ist – Ja, ich möchte danach sofort irgend etwas Praktisches anfangen, Erfahrungen an der Front sammeln. Ich meine, ich finde, es ist Zeit, daß ich nicht immer nur über Kriminologie lese, sondern da richtig reinrieche und – ja, meinen Sie, es könnte sein, daß Sie vielleicht irgendwann einmal einen Assistenten brauchen?«

Das verschlug mir für einen Moment die Sprache. Ich habe im Laufe der Jahre mit vielen angeklagten Mördern zu tun gehabt, aber er war der erste, der mich um einen Job anhaute.

»Ich weiß, daß das jetzt nicht gerade der ideale Zeitpunkt dafür ist«, zwang er mich hastig zum Schweigen. »Ich erwarte auch keine Antwort jetzt sofort, ich dachte nur, Sie könnten es sich ja mal überlegen, das ist alles. Alle sagen, daß Sie bei der Pflichtverteidigung unterbesetzt sind, mehr Arbeit haben, als Sie bewältigen können, wenn Sie also jemanden hätten, der Ihnen die Routinearbeiten abnehmen könnte, der sich um die alltägliche Maloche kümmert und Ihnen Zeit gibt für – Und in der Zwischenzeit könnte ich Ihnen genau zusehen und lernen, wie's wirklich gemacht wird. Ja, für mich gibt es nichts, was ich in den nächsten paar Jahren lieber täte.«

»Selbstverständlich könnte ich Hilfe gebrauchen. Aber Sie müssen verstehen, wie diese Dinge laufen. Wir bekommen vom Stadtrat ein Budget. Da ist kein Geld für Hilfskräfte vorgesehen.«

Mein Gott, dachte ich, ich rede mit ihm so ruhig und vernünftig, als würde dieses Gespräch tatsächlich einen Sinn haben!

»Sie müßten mir nicht viel zahlen. Ich weiß, daß ich ohne jede Erfahrung bin, ich wäre eher sowas wie ein Praktikant.«

»Wir haben auch kein Geld für Praktikanten. Die Wahrheit ist, wir haben Nullkommanix.«

Eine lange Pause, und dann hörte ich mich sagen: »Mrs. Swenson hat tatsächlich daran gedacht, nächstes Frühjahr zum Stadtrat zu gehen, wenn das neue Budget fällig wird, und um einen Posten zu bitten, mit dem wir meine Seite des Unternehmens ein wenig aufpäppeln können.«

»Wenn sie das täte, glauben Sie, ich hätte dann eine Chance?«

»Wenn der Rat dem zustimmt. Aber machen Sie sich keine großen Hoffnungen. Der Stadtrat dieser Stadt ist bekannt für seine Knauserigkeit, besonders, wenn's nicht darum geht, ihre eigenen Gehälter aufzubessern. Außerdem wird der Bezirksstaatsanwalt wahrscheinlich dagegen sein. Nach seiner Philosophie ist es okay, das eigene Budget zu erhöhen, weil er ja darauf aus ist, die Verbrecher von der Straße zu holen, wir aber sind darauf aus, sie wieder dahin zu bringen.«

Eine erneute Pause, und dann sagte er: »Hm, wie immer es kommt, ich kann Ihnen nicht genug für alles danken, was Sie für mich getan haben. Und – ja, ich denke, wir treffen uns morgen abend.«

»Augenblick noch. Können Sie mir sagen, warum Sie sich aus dem Staub gemacht haben? Und was den Mord an Reverend Candy angeht –«

»Ich war's nicht«, sagte er. »Das ist alles, was ich jetzt dazu sagen möchte. Wenn ich dran denke, fühle ich mich so fürchterlich – also, ich kann jetzt am Telefon nicht darüber sprechen.«

Er hängte auf, und ich dachte einen Moment daran, was für ein netter Junge er war. Ich spürte, wie steif meine Gelenke geworden waren, wie erschöpft ich am ganzen Körper war, und ich stellte mir vor, wie es sein würde, wenn ich meinen eigenen Praktikanten hätte. Einen wißbegierigen jungen Geist, den ich kneten und formen könnte. Mein Lehrling, so könnte man ihn nennen. Wie Michelangelo oder einer von diesen alten Möbelbauern.

Und dann schüttelte ich ärgerlich den Kopf. Was war ich doch für ein Idiot! Machte wunderschöne Pläne für die Zukunft eines Jungen, der flüchtig war und möglicherweise den Rest seines Lebens hinter Gittern verbringen mußte! Oder noch schlimmer.

Ich rief bei Ann zu Hause an und erzählte ihr von Rogers Angebot, sich uns zu stellen. Ich fragte sie, ob wir rechtlich dazu verpflichtet seien, dem Staatsanwalt hiervon Bericht zu erstatten.

Ich wußte ihre Antwort im voraus. Sie war der ausdrücklichen Meinung, daß es unser verbürgtes Recht sei, Rogers Pläne für uns zu behalten. Wir waren Gerichtsbeamte. In gewisser Weise waren wir die Polizei. Deshalb waren wir ermächtigt, flüchtige Personen unter unseren Schutz zu stellen.

Und was das vorzeitige Warnen der Staatsanwaltschaft anging – wo im Gesetzbuch stand geschrieben, daß die rechte Hand die linke immer wissen lassen muß, was sie tut?

Ich erwähnte Ann gegenüber nicht, daß Roger mich nach einem Job gefragt hatte. Ehrlich gesagt, ich war nicht sicher, ob sie mir das geglaubt hätte.

Samstag, 24. Dezember

An den Wochenenden schlafe ich morgens gerne aus. Ich schlafe *jeden* Morgen gerne aus, und das werde ich bestimmt auch tun, sobald ich herausgefunden habe, wie ich für mein Essen, meine Kleidung und meine Unterkunft sorgen kann, ohne dafür arbeiten zu müssen. Bis dahin bleiben mir nur die Wochenenden, um auf der faulen Haut zu liegen.

Also kann ich auch nicht behaupten, ohne Stöhnen und Meckern aufgestanden zu sein, als an diesem besonderen Samstag morgen, einen Tag vor Weihnachten, mein Wecker klingelte. Aber es mußte einfach sein. Ich mußte mit dem Zeugen der Staatsanwaltschaft, diesem verrückten alten Propheten Luke Abernathy, sprechen, und die einzige Möglichkeit, ihn zu finden, war, ihn gegen neun auf seinem gewöhnlichen Rundgang zu erwischen, wenn er sich dem neuen Tag zeigte.

Ich hatte kaum Zeit, meinen Kaffee herunterzukippen und einen kurzen Blick auf die Titelseite des *Republican-American* zu werfen. Auf dem Candy-Mord wurde noch immer herumgeritten, der Staatsanwalt machte offene Andeutungen über einen »geheimen Zeugen«, und der Polizeiinspektor vertraute der Welt an, daß es »nur eine Frage der Zeit« sei, bis der flüchtige Mörder gefaßt und ins Gefängnis befördert werden würde.

Die Innenstadt war voller Menschen. Ich stieg aus meinem Auto und spürte eine schneidende Kälte in der Luft. Aber dieser schwarzblaue verschmierte Fleck war nicht mehr am Himmel, trostloses Grau war wieder angesagt. Sah ganz so aus, als würden wir doch keine weiße Weihnachten bekommen.

Ich ging zu der nächsten Ecke, von wo aus Abernathy gewöhnlich seine Runden drehte. Noch kein Lebenszeichen von ihm, also lungerte ich vor einem Schaufenster herum – *The British Tailor, Fine Clothes for Discriminating Men,* der Besitzer gehörte zum Vorstand der Synagoge – und sah mir die Auslagen an, bereit, auf den verrückten Propheten so lange wie nötig zu warten.

Während ich wartete, geriet ich in einen Strudel wilden Weihnachtsgeschehens. Es liefen mehr Weihnachtsmänner auf den Straßen herum als vor zwei Tagen. Leute, die ihre *Last-minute-*Einkäufe erledigten, eilten an mir vorüber, beladen mit Paketen und mit gequältem Gesichtsausdruck. Kinder, die sich an den Händen der Erwachsenen festklammerten, starrten den riesigen Weihnachtsbaum hinauf, der über Nacht aufgestellt worden war. Mir kam er dunkel und schwer und unheimlich vor, wie ein riesiger begriffsstutziger Schlägertyp, der allen den Weg versperrt.

Dann entdeckte ich den Propheten. Er kam durch die Menschenmassen auf meiner Straßenseite geradewegs auf mich zu. Mit seiner schrillen nuscheligen Stimme, so daß man nur die Hälfte verstehen konnte, übermittelte er der Welt seine übliche Warnung. »Hütet euch, ihr Eieresser! Der Herr sieht euch!«

Ich ging ihm entgegen und stellte mich ihm in den Weg. »Ich möchte mit Ihnen sprechen.«

Seine rotunterlaufenen Augen weiteten sich.

»Alles in Ordnung, Sie haben nichts zu befürchten, ich bin kein Bulle.« Ich griff nach seinem Arm und bemühte mich, nicht zu hart oder bedrohlich zuzufassen. »Hier draußen können wir nicht sprechen«, sagte ich. »Haben Sie schon gefrühstückt? Die Straße runter ist ein kleines Café, da gibt es einen guten Kaffee.«

Ich manövrierte ihn in die entsprechende Richtung und spürte, wie sein Widerstand nachließ. Ein leises Stöhnen kam jetzt von ihm. Hörten sich so Tiere an, wenn sie zum Schlachthaus geführt wurden?

Ich erinnerte mich selber daran, daß nicht er derjenige war, dem ein Gang ins Schlachthaus drohte. Es war der Meyer-Junge, und dieses Uraltwrack arbeitete mit den Schlächtern zusammen.

Ich bekam den alten Mann in den Coffee Shop. Die entsetzlich affektierte Chefin an der Tür blickte uns mit einer Mischung aus

Entsetzen und Erschrecken an. Aber sie konnte uns einen Platz nicht verweigern. Wir haben heutzutage Antidiskriminierungsgesetze. Eine positive Maßnahme für kaputte alte Herumtreiber.

Sie führte den Propheten und mich in die allerhinterste Nische, damit kein potentieller Kunde uns durchs Fenster sehen könnte. Ich mußte ihn praktisch an seinen Platz schieben und fragte mich, ob er sich selber aufrecht halten könnte, während ich mich ihm gegenüber setzte.

Irgendwie schaffte er dieses Bravourstück. Er blinzelte mich eine Weile an, und in seinen Augen kam etwas auf, daß an Klarheit des Bewußtseins grenzte. »Was soll das Ganze?«

Ich sagte ihm, wer ich war und daß ich ihm im Zusammenhang mit dem Mord an Reverend Chuck Candy ein paar Fragen stellen wollte.

»Darüber weiß ich nichts. Wer sagt, daß ich was darüber weiß?«

»Sie sind der Zeuge der Anklage, nicht wahr? Sie haben gesehen, wie der Meyer-Junge in das Haus der Candys reinging und wieder rauskam.«

»Wer sagt das? Gotteslästerer! Haben mir gesagt, keiner würde von mir was wissen, bis der Prozeß anfängt! Haben mir ihr Ehrenwort gegeben! Hurenböcke!« Er blinzelte noch ein wenig und produzierte dann ein Grinsen, das fast so etwas wie Schlauheit in sich barg. »Sie spendieren mir ein Frühstück?«

»Klar doch. Was soll's sein? Vielleicht ein paar gebratene – « Ich hielt gerade noch rechtzeitig inne.

Er schien nichts bemerkt zu haben. »Zum Frühstück hab ich nie viel gegessen«, sagte er. »Was ham se? Ham se *doughnuts*?«

»Alle Sorten.«

»Ich nehme ein *doughnut*. Ein einfaches, will nich, daß mir der ganze Puderzucker auf's Hemd fällt, die Flecken gehn nie mehr raus.«

Ich warf einen Blick auf sein Hemd und konnte mir nicht vorstellen, wo seiner Meinung nach noch Platz für einen Fleck sein sollte. Aber ich rief nach der Bedienung und bestellte Kaffee und für jeden von uns ein einfaches *doughnut*.

»Bringen Sie mir zwei *doughnuts*«, sagte er. Dann warf er mir einen schnellen ängstlich besorgten Blick aus den Augenwinkeln zu. »Ist das okay, zwei *doughnuts*?«

Ich sagte der Bedienung, es sei okay, und sie ging.

»Also dann man ran«, sagte ich. »Sie standen gestern nachmittag auf der gegenüberliegenden Straße von dem Haus der Candys – ist das richtig?«

»Und ob das richtig ist!« Seine Angst schien verflogen zu sein, und eine Art Angriffslust war an ihre Stelle getreten. »Und erzählen Sie mir ja nicht, ich bin ein Lügner!«

»Warum sollte ich Ihnen erzählen, Sie seien ein Lügner?«

»*Er* hat das behauptet. Der Typ von der Staatsanwaltschaft – kleiner Typ mit einer Menge Augenbrauen. ›Sie werden Ihnen erzählen, Sie wären ein Lügner‹, sagte er, ›aber Sie brauchen auf die überhaupt nicht zu hören. Niemand wird auf die hören.‹ «

»Stimmt genau. Alle werden auf Sie hören. Und genau das tue ich im Augenblick, auf Sie hören.«

»Ja. Stimmt. Das tun Se.« Ein breites unsicheres Lächeln kam über sein Gesicht.

»Also liefern Sie mir Stoff für mein Interesse«, sagte ich. »Was haben Sie gestern vor dem Haus gesucht?«

»Gucken, was sonst? Hab davon in der Zeitung gelesen. Sollten viele Lichter dasein, wunderschöne Musik, und Kühe und das Jesuskind. Wie früher, als ich klein war – wie der Weihnachtsbaum zu Hause. Hab mir gesagt: ›Das is was, was ich sehn muß. Hab sowas nich mehr gesehen seit früher, als ich klein war, zu Hause.‹ «

Er hielt inne, und ich sah aus seinen roten Augen ganz langsam eine winzige Träne hervorquellen und seine Wange hinunterlaufen.

»Wann also sind Sie zu dem Haus gegangen, um sich das alles anzusehen?«

»Als ich davon gelesen hab. In der Zeitung. Ich lese viel Zeitung. Hol sie mir aus den Abfalltonnen, die Leute lassen sie da für mich liegen. In der Zeitung stand, die Lichter würden um fünf angehen, also war ich um fünf da. Hab da die ganze Nacht gestanden, bis die Lichter ausgingen. Viele Leute da, viele Autos, aber keiner war da so lange wie ich.«

»Muß ganz schön kalt für Sie gewesen sein, wenn Sie die ganzen Stunden da vor dem Haus gestanden haben. Hat Sie denn niemand hereingebeten?«

»Mich hereingebeten?« Er kratzte sich am Kopf. »Mich bittet keiner herein. Werde nich mehr hereingebeten. Kenn ne Menge Leute – jeden in der Stadt, ich seh sie früher oder später, wenn ich ihnen die Botschaft des Herrn bringe –, aber herein bittet mich keiner. Vor Jahren vielleicht, als Sally noch da war.«

»Sally war Ihre Frau?«

»Frau?« Er schüttelte den Kopf und sah völlig durcheinander aus. »Wessen Frau? Wer hat hier ne Frau gehabt?«

Mein Instinkt sagte mir, daß ich das Thema lieber wechseln sollte. »In der Zeitung stand, sie würden um fünf die Lichter einschalten«, sagte ich. »Aber gestern standen Sie schon früher vor dem Haus – vor vier bestimmt schon, nicht wahr?«

»Ja?« Er legte nachdenklich die Stirn in Falten. »Vier, nicht? Ja, kann sein. Hab keine Uhr, wissen Sie. Hatte mal eine Uhr – was ist eigentlich mit ihr passiert? Wollte früh da sein, weil ich sehen wollte, wie die Lichter angehn. Wollte sicher sein, daß ich nichts verpasse – « Er stöhnte, und wieder kamen ihm ein paar Tränen. »Die Lichter sind nich angegangen. Hab gewartet und gewartet, bis die Polizei kam. Keiner hat se angemacht.«

»Und während Sie warteten, was genau haben Sie gesehen?«

Wieder kam dieser Funken Gewitztheit in seine Augen. »Was Sie wollen, das ich *nich* gesehn hab, das hab ich gesehn. Hab diesen Jungen gesehn. Großer Junge. Ganz dunkles Haar. Hatte eine Brille. Kam die Straße runter – «

»Aus dem Haus nebenan?«

»Hab ich nich gesehn. Hab ihn nur die Straße runterkommen gesehn. Ging die Treppe rauf, ging ins Haus – «

»Wer hat ihm die Tür aufgemacht?«

»Was?«

»Er muß doch geklingelt haben, jemand muß die Tür geöffnet und ihn hereingelassen haben.«

Er schüttelte energisch den Kopf. »Das hab ich nich gesehn. Hab so jemanden nich gesehn. Er ging einfach rein. Ich hab weitergeguckt. Wollte es nicht verpassen, wenn die Lichter angingen. Ganz plötzlich wird die Tür aufgerissen, der Junge kommt raus – er rennt diesmal, rennt richtig schnell. Er rennt die Straße runter – «

»In dieselbe Richtung, aus der er kam?«

»Stimmt.«

»Haben Sie gesehn, was er als nächstes tat? Ist er in dem Haus nebenan verschwunden, ist er in ein Auto gestiegen oder was?«

»Is in ein Auto gestiegen. Kleines Auto, altes Auto. Is schnell weggefahrn. Viel Kreischen von den Reifen.«

»Woher wissen Sie, daß es Roger Meyer war, den Sie gesehen haben? Sie hatten ihn vorher noch nie gesehen, oder?«

»Hab danach sein Photo gesehn. Die Polizei hat mir sein Photo gezeigt. Genau derselbe Kerl.«

»Na hören Sie mal, um diese Zeit wird es abends früh dunkel, gegen halb fünf wird es schon dämmrig. Wie also konnten Sie erkennen, daß – «

»So dämmrig auch nich.« Er grinste mich gerissen an. »Verstehen Sie – genau das haben sie mir gesagt. Sie werden sagen, ich bin ein Lügner. Sie haben mir gesagt, daß es so kommt, und so ist es gekommen. Aber keiner wird auf Sie hören.«

»Haben Sie sonst noch jemanden gesehen, der in das Haus ging, während Sie auf der anderen Straßenseite standen und alles im Blick hatten?«

»Na klar. Hab eine Frau gesehn.«

Als es das sagte, klopfte mein Herz ein klein wenig schneller. »Was für eine Frau?«

»Frau mit den Paketen. Große dünne Frau. Hat ihre Pakete auf der vorderen Veranda abgelegt, die Tür aufgemacht, is reingegangen. Das war – das war, nachdem der Junge weg war –, lange danach.«

Mein Herzschlag wurde langsamer.

»Hab auch die Männer gesehn«, fuhr Abernathy fort.

»Welche Männer?«

»Männer mit der Sirene. *Whee-whee-whee!* Großes schwarzes Auto, Lichter obendrauf gingen an und aus, dann sind sie die Treppen raufgelaufen, und die Frau hat sie reingelassen – «

»Mit anderen Worten, Sie haben gesehn, wie die Polizei ankam?«

»Genau. Dann, etwas später, kommt einer von denen zu mir hin, fragt mich, wie lange ich schon da stehe, was ich gesehn habe – «

»Haben Sie gewußt, daß es die Polizei war, als sie vorfuhren?«

»Klar hab ich das gewußt. Meinen Sie, ich erkenne die Polizei nicht? Ich hab jede Menge Erfahrung mit der Polizei!«

»Ich nehme nicht an, daß Sie ein großer Freund der Polizei sind, oder?«

»Hasse sie! Rücken einem die ganze Zeit auf die Pelle – «

»Als Sie also sahen, daß die Polizei vor dem Haus vorfuhr, wie kommt es, daß Sie dann nicht verschwunden sind, bevor Sie gesehen werden konnten?«

»Wie das kommt? Sie hatten die Lichter noch nich angemacht. Hatten die schöne Musik noch nich angemacht. Dachte, vielleicht ist die Polizei deshalb gekommen – um die Lichter und die Musik anzumachen.«

»Und wen haben Sie sonst noch gesehen? Ist irgend jemand vor der Polizei und der Frau mit den Paketen in das Haus gegangen oder herausgekommen?«

»Hab ich Ihnen doch gesagt. Der Junge. Dunkles Haar, Brille.«

»Außer dem Jungen?«

Er schüttelte den Kopf. »Keiner. Kein Mensch.«

»Was meinen Sie damit? Haben Sie ein Tier gesehen?«

Er schüttelte wieder den Kopf, und aus irgendeinem Grund sah er wieder ängstlich aus. »Der dunkle Betrüger kommt zu dem Haus.«

»Wer?«

»Der Satan mit dem flachen Kopf. Dem dreieckigen Ei. Deshalb weiß ich, daß er verflucht ist, der Junge mit der Brille.«

»Verstehe ich nicht. Warum sollte der Junge verflucht sein?«

»Der Satan mit dem flachen Kopf folgt ihm. Er kommt, er geht, er macht dem dunklen Betrüger Platz.«

»Meinen Sie den Teufel?«

Der alte Mann stopfte den letzten Bissen von seinem *doughnut* in den Mund und spülte ihn mit einem Schluck Kaffee runter. »Sprechen Sie seinen Namen nicht laut aus! Pscht!« Er stand auf. »Muß los. Muß mich beeilen.« Mit überraschendem Tempo lief er zur Tür des Restaurants.

Statt meine Kreditkarte zu benutzen warf ich ein paar Münzen auf den Tisch – ich konnte es später auf meine Spesenrechnung setzen – und folgte ihm auf die Straße. Er bewegte sich so schnell er konnte von dem Lokal fort, obwohl in seinen Beinen nicht mehr viel Kraft war.

»Warten Sie eine Sekunde«, sagte ich, als ich ihn eingeholt hatte. »Ich möchte Ihnen für Ihre Hilfe danken.« Ich zog einen Zehn-Dollar-Schein aus meiner Brieftasche und wollte ihn ihm in die Hand drücken.

Er zog seine Hand zurück, als sei der Schein verseucht. Ich merkte, daß er nicht Überraschung oder Verwirrung an den Tag legte, sondern Ärger. »Brauch Ihr Geld nich. Nehm kein Geld.«

Seine Hand schoß plötzlich vor, und ich spürte seinen knochigen Zugriff. »Muß was erledigen, muß jemanden treffen. Wenn mir nich gefällt, was ich hör, vielleicht red ich dann statt dessen mit Ihnen. Dann nehm ich vielleicht Ihr Geld.«

»Sicher, das wär schön.«

»Heute abend gehn die Lichter am Baum an.« Er winkte in Richtung des riesigen Weihnachtsbaums ungefähr einen Block weiter. Es überraschte mich, daß er ihn bemerkt hatte, ja sogar wußte, worum es ging. »Sie kommen auch?«

»Ja, ich werde kommen. Sie auch?«

»Lichter! Seh das so gerne, wenn die Lichter angehn! So wie's zu Hause war – « Er hatte einen Frosch im Hals, und ich hatte Angst, seine Tränen könnten wieder fließen. Taten sie aber nicht. Er griff fester zu, und seine Stimme klang plötzlich erstaunlich klar, beinahe im Befehlston. »Sie sind heute abend hier.«

Er ließ meinen Arm los und verschwand über die Straße. Zum Glück war die Ampel grün. Ich glaube nicht, daß er sich die Mühe gemacht hatte, zu gucken.

* * *

Ich fuhr nach Hause und spielte mit dem Gedanken, mich wieder schlafen zu legen und den Traum weiter zu träumen, den ich heute morgen unterbrechen mußte. In diesem Traum hatte ich im Bett die Hand ausgestreckt und neben mir etwas Sanftes und Weiches gefühlt und bemerkt, daß es diese wunderschöne Rundung ist, wo Shirleys Hals in ihre Schulter übergeht –

Keine Chance jedoch. Das Telefon klingelte, es war Ann.

»Sag für den heutigen Nachmittag alles ab«, sagte sie. »Wir haben zwei Verabredungen – um zwei Uhr und um vier Uhr.«

»Mit wem?«

»Den Großen Bösen Wölfen. Das hast du nicht gewußt, daß es zwei von ihnen gibt, was? Und beide können sie es kaum erwarten, uns zu verschlingen. Ich hole dich um zwanzig vor ab.«

Sie wollte mir nicht mehr verraten. Das Geheimnis zehrte an meinen Gedanken, und an Schlaf war jetzt nicht mehr zu denken. Also stellte ich das Football-Spiel an und verbrachte den Rest des Vormittags vor dem Fernseher. Es war ein ziemlich gutes Spiel, was zur Folge hatte, daß ich mir auf die Schnelle ein Thunfischsandwich machte und es im Stehen zwischen Küche und Wohnzimmer aß. Genau die Art Essen, die Mom dazu veranlaßt, den Kopf zu schütteln und düstere Voraussagen in bezug auf meinen Magen zu treffen.

Ann kam genau um zwanzig vor. Im Auto erzählte sie mir, daß wir zum Richelieu Hotel rausführen, warum, das wollte sie mir noch immer nicht sagen. Der Schlag sollte mich ganz unvorbereitet treffen.

Wir fuhren die breite Auffahrt entlang, perfekt angelegt, immer mit frischen Blumen eingefaßt, selbst im Dezember. Wie immer mußten wir erst eine Weile hin und herfahren, bis wir einen Parkplatz fanden. Das Richelieu läuft zu jeder Jahreszeit gut.

Jemand hat mal gesagt, man könne sich für Monate im Richelieu einquartieren, mit allem Komfort, ohne jemals das Grundstück verlassen zu müssen. Es gibt Schwimmbecken, drinnen und draußen, Tennisplätze, einen Golfplatz, mit achtzehn Löchern, ein eigenes Kino, Reitställe, einen künstlichen See mit echten Enten und Schwänen, vier verschiedene Restaurants mit vier verschiedenen Küchen, einen Schönheitssalon, einen Arzt rund um die Uhr und einen spektakulären Blick auf die Berge. Aus der ganzen Gegend kommen die Leute ins Richelieu, aber bei den großen Verschwendern aus Texas ist es besonders beliebt. An jedem gewöhnlichen Tag bekommt man in der Lobby ein Dutzend Cowboyhüte zu sehen, groß wie Wagenräder, und Diamantringe, groß wie Fliegenpilze.

Ann und ich fuhren mit dem Aufzug in den zweiten Stock und gingen den Gang hinunter in einen der kleineren Konferenzräume. In der Mitte stand ein runder Eichentisch, und darüber hing ein riesiger Kristallkronleuchter. Um diesen Tisch herum saßen drei Männer, wohlhabend aussehende Gestalten mit Krawatte und teuer geschnittenem Anzug.

Zwei von ihnen erkannte ich sofort – den Pfarrer der Episkopalkirche, in der all die reichen Familien der Stadt ihren Gottesdienst verrichteten; und unseren Bürgermeister Willard A. Butterfield höchstpersönlich. Den dritten Mann kannte ich nicht. Er war klein und drahtig, um die sechzig, trug einen grauen Haarkranz um den kahlen Kopf und hatte eine Nase so scharf und so schroff wie der Schnabel eines Adlers.

Er stellte sich als Arthur T. Hatfield vor, Besitzer und Verleger des *Republican-American.* Ich komme in Mesa Grande ganz schön rum, es gibt nicht allzuviele öffentliche Figuren, mit denen ich keinen Kontakt gehabt habe, aber den großen Hatfield hatte ich bis jetzt noch nicht getroffen; er sorgte dafür, daß sein Photo nicht in die Zeitung kam, und er erschien so gut wie nie bei öffentlichen Anlässen. Einige Leute sagten, er sei schüchtern, und andere Leute sagten, er sei ein derartig arrogantes Schwein, daß er es nicht ertrage, sich unter gewöhnliche Sterbliche zu begeben.

Er stellte sich als der Verantwortliche für dieses Treffen heraus. Er lud uns ein, Platz zu nehmen, weich und höflich, jedoch mit einem gefährlichen Kratzen in der Stimme. »Schön, daß Sie gekommen sind«, sagte er und nickte mir zu. »Mrs. Swenson sagte, sie würde mit uns nicht über die Angelegenheit sprechen, wenn Sie nicht auch anwesend seien. Schätze, sie hatte Angst vor dem, was wir bei einer schutzlosen Dame durchsetzen könnten.«

Hatfields dünner Mund verzog sich leicht, und das sollte offensichtlich ein Grinsen bedeuten. Bürgermeister Butterfield nahm das als Signal, daß soeben ein Witz gemacht worden war, und er zeigte nur zu gerne, daß er ihn genoß. Er gab sein kiesiges Lachen von sich, jedem Bürger von Mesa Grande vertraut, der einmal an einem Frühstück der Handelskammer teilgenommen hat oder bei dem alljährlichen Vierten-Juli-Konzert im Park dabei gewesen ist.

Hatfield warf schnell einen Blick auf den Bürgermeister und fixierte ihn. Das Lachen erstickte augenblicklich.

Hatfield wandte sich wieder Ann zu. »Ich weiß, Sie sind eine vielbeschäftigte Frau, Mrs. Swenson. Wir sind ebenfalls vielbeschäftigt. Deshalb komme ich direkt zur Sache. Wir machen uns Sorgen um Ihren Klienten, diesen jungen Mann, der den Pfarrer getötet hat.«

»Der den Pfarrer *nicht* getötet hat«, sagte Ann.

Hatfield nickte brüsk. »Verstehe. Das muß ein Anwalt wohl über seinen Klienten sagen. Beweist Ihre berufliche Integrität, und ich finde das sehr löblich.«

»Danke«, sagte Ann. Man könnte den ganzen Tag lang in ihrem Gesicht nach Ironie suchen und würde sie nicht finden.

»Wir sind hier jedoch ganz informell zusammengekommen«, fuhr Hatfield fort. »Alles, was hier gesagt wird, geschieht ganz im Vertrauen. Also ganz unter uns, Mrs. Swenson, die Wahrscheinlichkeit, daß der Junge es nicht war, ist nicht sonderlich groß, oder?«

»Es ist schwer, auf diese Frage eine intelligente Antwort zu geben«, sagte Ann, »da ich noch nicht die Gelegenheit hatte, mich mit meinem Klienten zu beraten und seine Seite der Geschichte zu hören. Ich finde immer, es ist wichtig, beide Seiten einer Geschichte zu hören – finden Sie nicht?«

Hatfield verzog erneut leicht die Lippen, und es schien, als sei er einem Lächeln nie näher gewesen. »Genau«, sagte er, »Sie haben soeben Ihren Finger auf eine wunde Stelle Ihres Problems gelegt. Der Junge ist nicht da, um seine Seite der Geschichte erzählen zu können. Er ist flüchtig. Macht es schwer, an seine Unschuld zu glauben. Wenigstens ist das *meine* Schlußfolgerung.«

»Genauso sieht es auch das Gesetz«, sagte der Bürgermeister. »Ich habe gestern abend mit dem Staatsanwalt darüber gesprochen. Wer vom Tatort flieht, sagt er, liefert damit den mutmaßlichen Beweis für seine Schuld. Der Staatsanwalt handelt ganz nach dem Gesetz, wenn er das vor Gericht geltend macht.«

»Wenn es sich denn tatsächlich um Flucht vom Tatort handelt«, sagte Ann. »Vielleicht gibt es eine vollkommen harmlose Erklärung dafür, warum Roger Meyer nicht auftaucht. Er weiß unter

Umständen sogar nicht einmal, daß ein Verbrechen geschehen ist.«

»Unter der Annahme, daß er keine Zeitung liest«, sagte Hatfield.

»Es gibt Menschen, die den *Republican-American* nicht lesen, Mr. Hatfield«, sagte Ann. »Nicht viele, gebe ich zu, da Sie das Monopol in der Stadt besitzen – «

»Also, also, also, wir kommen vom Thema ab, nicht wahr?« Das kam von Reverend Matthew T. Madison, unserem Episkopalpfarrer. Er war ein kleiner, runder, rötlicher Mann, der wie ein bartloser Weihnachtsmann aussah und das wußte; sein ständiges Augenzwinkern mußte das Ergebnis langer Übung vor dem Badezimmerspiegel sein. »Mrs. Swenson, wir haben Sie und Ihren Mitarbeiter heute nachmittag zu uns zu einem Gespräch gebeten, weil wir es mit einer ernsten Situation zu tun haben. Sie bedroht die Stabilität, die Beschaulichkeit, ja ich gehe nicht zu weit, wenn ich sage, die geistige Gesundheit unserer Gemeinde. Wir wissen, daß Ihnen das Wohl von Mesa Grande ebenso am Herzen liegt wie uns, und genau deshalb bitten wir Sie, uns zu helfen.«

»Ich bin nicht ganz sicher, ob ich verstehe, auf welche Situation Sie anspielen, Dr. Madison.«

Hatfield ergriff wieder das Wort. »Ein prominenter Geistlicher ist getötet worden, ein Mann, der in den Augen vieler Bürger das gottesfürchtige christliche Element unserer Stadt repräsentierte. Sein Mörder – in Ordnung, sein mutmaßlicher Mörder – ist ein junger Mann, der in den Augen eben jener guten Bürger sehr gut das Element repräsentieren könnte, das gegen die Religion steht, das antichristliche, atheistische, Ärger schaffende Element, das fremde Einflüsse einzuschleusen versucht und alles unterminieren – «

»Sekunde mal, Sekunde«, sagte Ann. »An Roger Meyer ist nichts Fremdes. Er wurde in den Vereinigten Staaten geboren, er ist ebenso Bürger wie Sie und ich.«

»Fremd für uns«, sagte Hatfield. »Fremd von Mesa Grande Standards aus gesehen.«

»Ich bin nicht sicher, ob ich diese Standards jemals schriftlich fixiert gesehen habe«, sagte Ann. »Wann hat die Stadt zum letzten Mal darüber abstimmen lassen? Und ich verstehe auch nicht, was

Sie mit Ihrer Bemerkung über den Atheismus gemeint haben. Was wissen Sie über Roger Meyers religiöse Überzeugungen?«

Hatfield ließ eine leises Schnauben hören. »Wir wissen, welche Schule er besucht, und wir kennen die vorherrschende Haltung dieser Institution zu religiösen Fragen. Wir kennen seine Feindseligkeit seinen Nachbarn gegenüber, bloß weil diese sich der Feier des höchsten christlichen Festes gewidmet haben. Wir wissen, daß der religiöse Hintergrund seiner Familie weit entfernt ist von dem allgemeinen – «

»Ich muß Sie mißverstehen, Mr. Hatfield. Sie wollen doch nicht sagen, daß Roger Meyer ein Mörder sein muß, weil er Jude ist.«

»Mrs. Swenson, bitte, bitte.« Reverend Madison goß wieder seine Milde über die Flammen. »Niemand behauptet so etwas. Ich versichere Ihnen, ich wäre heute nachmittag nicht hier, wenn ich auch nur einen Augenblick denken würde, einer von uns hier in diesem Raum könnte unter dem leisesten Verdacht stehen, antisemitische Gedanken zu hegen. Ja, der ganze Sinn dieses Treffens liegt darin, daß wir versuchen, derartige Regungen abzuwehren. Wir versuchen, das Schreckgespenst des Antisemitismus zu vertreiben, auf daß es nicht sein Haupt in unserer Stadt erhebt.«

»Warum bloß sollte es das tun?«

»Wenn Ihr Klient inhaftiert wird«, sagte Hatfield, »und ich vermute, es ist nur eine Frage der Zeit, werden sich viele Menschen in dieser Stadt entschieden gegen ihn stellen. Viele einfache Gemüter werden es so sehen: Er ist ein Jude, der einen heiligen christlichen Pfarrer getötet hat, weil dieser Pfarrer die Feier des Weihnachtsfestes verteidigt hat.«

»Das ist ungefähr die absurdeste – «

»Es mag absurd klingen, aber eine Menge Leute werden es so sehen. Ihnen wird es nicht viel anders erscheinen als damals vor zweitausend Jahren, als die Juden Christus umgebracht haben.«

»Solche Leute sind ignorant und engstirnig, das versteht sich von selbst«, sagte Madison. »Niemand beklagt solche Vorurteile mehr als ich, glauben Sie mir. Aber ich fürchte, Mr. Hatfield sieht die Sache realistisch. Entsetzliche Emotionen werden durch diesen Fall freigesetzt werden. Und wenn der Meyer-Junge vor Gericht kommt, mit der ganzen dazugehörigen Publicity, und wenn sich das Tage und Tage hinzieht, möglicherweise Wochen – «

»In Ordnung, dann werden eben diese Emotionen freigesetzt. Was soll's? Mutmaßliche Mörder sind nie beim Volk beliebt. Vielleicht werde ich den Richter um einen Wechsel des Gerichtsortes bitten. Auf jeden Fall aber wird der Prozeß seinen Lauf nehmen, ich bin zuversichtlich, mein Klient wird nicht für schuldig befunden werden, und früher oder später wird sich die ganze Chose beruhigen. Die Leute werden etwas anderes finden, über das sie sich erregen können.«

»Sie haben gut reden, früher oder später«, sagte Bürgermeister Butterfield. »Ihr gesamtes Einkommen stammt aus öffentlichen Mitteln. Sie haben kein Geschäfte zu tätigen.«

»Ich verstehe nicht, was Ihre Geschäfte mit Roger Meyers Prozeß zu tun haben.«

»Ich werde Ihnen was sagen. Natürlich, das Zetergeschrei wird sich schließlich beruhigen. Aber in der Zwischenzeit ist dies genau der richtige Fall für die Medien, sie greifen ihn auf, und die Publicity wird sich nicht allein auf Mesa Grande beschränken. Zeitungen im ganzen Staat, in der gesamten Gegend, werden ihn aufgreifen, Fernsehstationen – vielleicht sogar staatenübergreifend, wenn es richtig häßlich wird – «

»Sie werden überrascht sein«, sagte Hatfield, »wie häßlich die Medien werden können, wenn sie eine Sensationsgeschichte riechen.«

Mich kann nichts mehr überraschen, dachte ich. Ich habe den *Republican-American* gelesen.

»Mesa Grande wächst«, fuhr der Bürgermeister fort, »die gesamte Gegend wächst, wir haben gute Erfolgsaussichten, daß wir wichtige Geschäftsinteressen auf uns lenken können – ich bekomme die ganze Zeit vorsichtige Anfragen –, gerade kürzlich zum Beispiel habe ich von einer der größten Computerfirmen des Landes gehört, daß sie ein Büro planen, das den ganzen Westen und Südwesten abdeckt.«

»Und Sie meinen, wenn es in den nächsten Monaten zu einem Ausbruch von Antisemitismus kommt, werden sie sich möglicherweise für eine andere Stadt entscheiden?«

»Antisemitismus wäre das wenigste. Wie wollen Sie diesen Jungen vor Gericht verteidigen, ohne den Verstorbenen in den Dreck zu ziehen? Ohne eine Menge widerlicher sogenannter Skandale über ihn auszugraben – ich würde Ihnen das nicht übelnehmen, ich würde es selber tun, wenn ich an Ihrer Stelle wäre. Und dieser Dreck bleibt haften, welchen Eindruck wird das auf Einzelpersonen und Organisationen machen, die sich nach einer anständigen, gesetzestreuen, religiösen Gemeinde umsehen?«

»Mit anderen Worten«, sagte Ann, »diesen Geschäftsinteressen wird es egal sein, ob diese Stadt antisemitisch ist. Sie wollen nur sicher sein, daß die Christen in ihr einen guten Eindruck machen.«

»Sie verzerren die Dinge ständig, Mrs. Swenson«, sagte Reverend Madison. »Die geschäftlichen Aspekte des Falls bedeuten mir sehr wenig. Sie sind weit weniger wichtig als die Frage der geistigen Gesundheit von Mesa Grande. Sie wissen, in welcher Welt wir heute leben. Überall um uns herum wird der Glaube geschwächt und unterlaufen – Kirchenbesuchszahlen, der Respekt, der Vertretern der Geistlichkeit gewährt wird –, ich sympathisiere nicht mehr mit den religiösen Ansichten des verstorbenen Reverends Candy als Sie. Er stand für eine Richtung des Christentums, die ich offen zugegeben immer als ziemlich geschmacklos empfunden habe. Aber wenn es einen öffentlichen Skandal um einen Pfarrer aus unserer Stadt geben sollte, egal, welcher Sekte oder Glaubensrichtung er angehört, dann schaudere ich bei dem Gedanken, welche ungeheure Wirkung das auf den religiösen Glauben unserer Stadt haben wird.«

»In Ordnung, ich verstehe.« Ann sah einen nach dem anderen an. »Was ich nicht begreife ist, was Sie *von mir* in dieser Situation erwarten?«

»Sorgen Sie dafür, daß Ihr Klient für schuldig befunden wird«, sagte Hatfield. »Sobald er gefaßt ist, wird er noch am selben Tag oder am darauffolgenden Morgen dem Richter vorgeführt werden. Er bekennt sich des Mordes schuldig, der Richter gibt ihm ein strafmilderndes Urteil – aufgrund mildernder Umstände, er stand unter ungewöhnlichem emotionalen Druck, er war nicht voll zurechnungsfähig, was auch immer. Ihr Klient bekommt fünfzehn Jahre. Bei guter Führung ist er in fünf Jahren draußen, Maximum.«

»Und Mesa Grande steht nicht in aller Öffentlichkeit nackt und bloßgestellt da«, sagte der Bürgermeister.

»Gentlemen, es ist nett von Ihnen, uns dieses großzügige Angebot zu machen«, sagte Ann. »Aber mir war bisher nicht bewußt, daß Sie im Nebenjob als Richter oder Staatsanwälte fungieren.«

»Wenn Sie sich darum Sorgen machen«, Hatfield beugte sich vor, und sein großer Schnabel zitterte, »der Staatsanwalt wird mit uns zusammenarbeiten. Der Richter ebenfalls. Sie können mir glauben.«

»Sie sagen dem Staatsanwalt und den Richtern, was sie zu tun haben, Mr. Hatfield?«

»Natürlich nicht. Sie sind gewählte Beamte. Nur die Wähler können ihnen sagen, was sie zu tun haben. Aber ich besitze zufällig eine Zeitung, und wir geben den Kandidaten in Wahlen unsere Unterstützung, aber wir bekämpfen sie auch, und der Staatsanwalt und die anderen Herren stehen nächstes Jahr zufällig zur Wahl.«

Es entstand ein langes Schweigen. Schließlich sprach Ann, sehr ruhig und liebenswürdig. »Meine Herren, ich weiß das, was Sie versuchen, zu schätzen. Und ich stimme Ihnen zu, daß ein Prozeß mit allem Drum und Dran einen schrecklichen Makel auf der weißen Weste von Mesa Grande hinterlassen könnte. Lassen Sie mich also einen Gegenvorschlag machen – einen vielleicht noch besseren Weg, um diesen Skandal, der alles verderben könnte, zu vermeiden. Wenn Roger Meyer sich stellt, sorgen Sie dafür, daß der Staatsanwalt verkündet, es liege kein Beweis für seine Schuld vor. Lassen Sie alle Anklagepunkte gegen ihn fallen.«

Sie machte eine Pause, damit ihre Worte sich setzen konnten. Dann fuhr sie, ebenso liebenswürdig, fort: »Das ist die perfekte Lösung, meine Herren. Es wird keinen Prozeß geben. Keinen Ausbruch von Antisemitismus. Keine Bloßstellung. Keine öffentlichen Skandale, wirkliche oder sogenannte. Nichts, das auswärtige Geschäftsinteressen davon abhalten könnte, sich in Mesa Grande niederzulassen. Und das Beste von allem, Dr. Madison, die geistige Gesundheit unserer Stadt wird so stabil sein, wie sie es immer gewesen ist.«

Ann strahlte alle der Reihe nach an. Niemand strahlte zurück.

Schließlich erhob sich Arthur T. Hatfield. Er war nicht besonders groß, aber irgendwie machte er den Eindruck, als überrage er alle. »In Ordnung, Mrs. Swenson«, sagte er, seine kratzende Stimme ruhig und kontrolliert. »Lassen Sie mich Ihnen sagen, was nun geschieht. Wenn Ihr Klient vor Gericht steht, wird der Staatsanwalt die volle Gesetzesstrafe beantragen – wie Sie wahrscheinlich wissen, hat dieser Staat gerade die Todesstrafe wieder eingeführt –, und jeder verantwortungsvolle Mensch und Verein in Mesa Grande wird den Staatsanwalt in seiner Forderung unterstützen. Nebenbei bemerkt, Sie können sicher sein, daß auch der *Republican-American* mit dabei sein wird. Ja, mit ganzer Kraft und allem mir zur Verfügung stehendem Einfluß wird sich mein Blatt dafür einsetzen, daß dieser bösartige Mörder überführt und in die Gaskammer geschickt werden wird.«

Hatfield nickte den anderen kurz zu, wandte sich um und marschierte ohne ein weiteres Wort aus dem Raum.

Die beiden anderen standen auf, wenn auch nicht ganz so brüsk und entschieden, murmelten ihr auf Wiedersehen und eilten Hatfield nach.

Ann und ich blieben eine Weile sitzen. Der große Kristallkronleuchter fing das Licht und warf es fleckenartig über die Tischplatte. Wir hatten nichts weiter zu sagen.

* * *

Es war kurz nach drei, gerade noch Zeit für einen schnellen Kaffee vor unserer Vier-Uhr-Verabredung. Wir gingen in den Richelieu Coffee Shop, und während ich mit einem Stück Kuchen herumspielte, erzählte mir Ann von dem zweiten Großen Bösen Wolf.

Wir waren unterwegs, erklärte sie, zur Unitarierkirche. Ihr Pastor, Gene Morgan, hatte sie wenige Minuten nach Hatfield angerufen und gefragt, ob sie bereit wäre, sich mit ihm zu treffen, um die Sache, die sie bereits früher besprochen hatten, weiter zu diskutieren. Ann sagte ihm, sie habe ihre Meinung nicht geändert, sie habe noch immer nicht die Absicht, die Verteidigung Roger Meyers aus den Händen zu geben und ihn der ACLU zu überlassen.

»Das verstehe ich«, hatte Morgan gesagt und dabei nervös geklungen. »Tatsache aber ist, Mr. Kincaid ist noch immer in der Stadt – Victor Kincaid, der Anwalt. Ja, und er würde sehr gerne selber mit Ihnen sprechen. Er glaubt, ein Argument finden zu können, das Sie vielleicht überredet, Ihre Position neu zu überdenken.«

»Mit anderen Worten«, sagte Ann zu mir, »der große Mann nimmt an, er könne diesen armen, kleinstädtischen, weiblichen Winkeladvokaten soweit einschüchtern, daß er sich ihm unterwirft.«

»Warum aber treffen wir sie in der Kirche?« fragte ich. »Wäre es nicht die bessere Strategie, wenn du sie ins Büro bestellen würdest? Um den Heimvorteil ausnützen zu können?«

»Ich habe daran gedacht«, sagte Ann. »Aber ich bin zu dem Schluß gekommen, daß es etwas gibt, daß ich in ihren Gefilden tun kann, in meinem Büro aber nicht.«

»Was ist das?«

»Ich kann einen empörten Abgang machen.«

Wir tranken unseren Kaffee aus und fuhren wieder in die Stadt.

Die Unitarierkirche ist ein altes Steingebäude in einer Mittelklasse-Wohngegend, auf halbem Weg zwischen dem Mesa Grande College und dem Einkaufszentrum der Innenstadt. Sie hat einen weichen Farbton, irgendwie schimmelbraun, an den Mauern hängen Efeubüschel, und es gibt einen kleinen Glockenturm. Ja, dieses Gebäude ist durch viele fromme Hände gegangen. Vor hundert Jahren, kurz nachdem Mesa Grande gegründet worden war, wurde es von den Baptisten erbaut; vor fünfzig Jahren gehörte es den Methodisten; wenige Jahre, bevor ich in die Stadt kam, übernahmen es die Unitarier.

Auf dem Rasen vor der Kirche stand ein Schild mit den üblichen Bekanntmachungen, nach denen Kirchen ganz verrückt sind. In würdigen Druckbuchstaben war hinter Glas zu lesen:

UNITARIERKIRCHE
REVEREND EUGENE GRANT MORGAN
WEIHNACHTSGOTTESDIENSTE
REVEREND MORGAN SPRICHT ÜBER:
»IST WEIHNACHTEN IN UNSERER VIELGESTALTIGEN ZEIT
VERALTET?«

Wir gingen durch die hohen Eichentüren in eine Vorhalle mit Holzbänken. An der Wand hingen gerahmte Photographien. Ich hatte nicht die Gelegenheit, sie in Ruhe zu betrachten, aber sie schienen Morgan zu zeigen, an verschiedenen Tischen sitzend und ernst Berühmtheiten ins Gesicht starrend; darunter erkannte ich Senator Edward Kennedy, Shirley MacLaine und Bischof Desmond Tutu.

Eine Tür öffnete sich, und Francesca Fleming trat ein. »Danke fürs Kommen!« brüllte sie uns entgegen. »Ich fürchte, Sie werden ein oder zwei Minuten warten müssen. Victor spricht am Telefon, es ist ein Ferngespräch nach Washington. Ja, ich glaube, es ist jemand vom Obersten Gerichtshof. Setzen Sie sich, machen Sie's sich bequem.«

Sie wies auf die Bank, und Ann und ich setzten uns.

Francesca blieb stehen und redete weiter. »Kaum zu glauben, Weihnachten hat uns schon wieder erwischt! Scheint erst ein paar Tage her zu sein, daß wir uns vom letzten Schlag erholt haben. Ihr beiden, habt ihr irgendetwas Besonderes für Heiligabend vor?«

»Ich dachte daran, mir das Weihnachtsbaumanzünden anzusehen«, sagte Ann.

»Wirklich? So etwas macht Ihnen tatsächlich Spaß? Wenn unser geliebter Herr Bürgermeister Platitüden von sich gibt und all die Tölpel sie dann aufsaugen und sich vorkommen, als seien sie die Weisen an der Krippe!« Sie lachte, aber ein wenig nervös, dachte ich mir. »Na ja, ich sollte nicht so frech und überheblich reden. Ich habe auch meine schwachen Stellen. Ich werde heute abend vor meinem Fernseher sitzen und mir *It's a Wonderful Life* ansehen. Einmal im Jahr muß ich mich triefender Sentimentalität hingeben – «

Sie konnte nicht weiterreden, weil in diesem Moment Gene Morgan in der Tür erschien.

»Gut, daß Sie gekommen sind«, sagte er zu Ann und mir. »Mr. Kincaid hat sein Gespräch beendet, er würde Sie sehr gerne kennenlernen.«

Morgan führte uns in einen kleinen eichengetäfelten Raum, in dem es vier oder fünf Sessel gab. In einem saß jemand, mir von Hunderten von Zeitungsphotos und Talkshows im Fernsehen bekannt – die auffälligen Nasenlöcher, die tiefen brennenden Augen, der dicke weiße Haarschopf, der von der Stirn nach hinten in den Nacken fiel, wie Schnee von Skihängen. Sein Haar, erinnerte ich mich, war in seinen Dreißigern ebenso weiß gewesen wie jetzt in seinen Fünfzigern.

Er erhob sich, kam auf uns zu und schüttelte uns energisch die Hand, wobei sein Händedruck beachtlich war. Dann ließ er sich wieder in seinen Sessel fallen und deutete uns allen an, es ihm gleichzutun. Morgan saß als letzter; es dauerte immer etwas, bis er seinen langen schlaksigen Körper in einen Sessel zusammengefaltet hatte.

»Okay, packen wir die Sache an«, sagte Kincaid. »Ms. – Swanson, ja?«

»Swenson. Und Mrs.«

»Mrs. Swenson, schön. Werd's mir von jetzt an merken. Mrs. Swenson, der Herr Pfarrer hier und Mrs. Fleming berichten mir etwas äußerst Merkwürdiges. Sie sagen mir, Sie hätten Sie abblitzen lassen, als sie Ihnen anboten, sie wollten dafür sorgen, daß ich die Verteidigung Ihres Klienten in diesem Mordfall übernehmen würde. Offen gesagt, ich konnte ihnen nicht glauben. Ich nahm an, es müsse ein Fehler in der Kommunikation vorliegen. Also dachte ich, da ich mich heute sowieso hier in Mesa Grande aufhalten muß – wegen einer vollkommen anderen Angelegenheit –, wäre es das beste, wenn ich direkt mit Ihnen spräche. Ich habe – «, er sah auf seine Uhr, » – ungefähr eine halbe Stunde Zeit, bevor ich ins Hotel zurück und mich zum Abendessen umziehen muß. Es handelt sich um ein äußerst wichtiges Treffen mit einigen Leuten, mit denen ich hier Geschäfte abzuwickeln habe. Also bleibt uns genügend Zeit, dieses ganze Mißverständnis zu bereinigen.«

Er hielt inne, aber seine eindringlichen Augen blickten streng in Anns Gesicht. Es gelang ihr, seinen Blick ohne mit der Wimper zu zucken zu erwidern.

»Kein Fehler in der Kommunikation, Mr. Kincaid. Mr. Morgan und Miss Fleming haben mich vollkommen richtig verstanden.«

Kincaid lachte leise in sich hinein. »Mein Gott, genau das habe ich befürchtet! Ich habe ein paar kleine Nachforschungen über Sie angestellt, bevor ich herkam. Hab mit einer Menge Leuten gesprochen, die Sie kennen, entweder persönlich oder vom Hörensagen. Sie haben mir alle das gleiche gesagt. Sie ist eine lebhafte Dame, haben sie gesagt. Sie hat einen eigenen Willen. Und dazu einen starken Willen. Und, mein Gott, sie scheinen damit recht gehabt zu haben, nicht wahr?«

Ann senkte den Blick, ihre bescheidene zurückhaltende Pose. »Nett, wenn sie so über mich sprechen.«

»Okay, Sie haben es bewiesen«, sagte Kincaid. »Sie sind keine Transuse. Sie sind jemand. Sie sind jemand, mit dem man rechnen muß. Also, ich respektiere das. Glauben Sie mir. Ich will versuchen, Ihnen Ihren Entschluß auszureden – ich bin nicht dafür, Spielchen zu spielen, ich lege meine Karten offen auf den Tisch. Ich will Ihnen einen überzeugenden unwiderlegbaren Grund nennen, warum Sie Ihre Meinung ändern sollten.

Bevor ich allerdings dazu komme, ist da noch eine Sache, die wir von Anfang an klar sehen sollten. Es wäre der reinste Wahnsinn, wenn Sie und ich in dieser Angelegenheit nicht kooperieren würden. Wir stehen beide auf derselben Seite, nicht wahr? Wir haben dieselben Werte. Wir hassen dieselben Leute. Diese gottverdammten religiösen Fanatiker, diesen ganzen Höllenfeuer- und Schwefelquatsch, bei dem Menschen Kälber schlachten und tot sind und wieder zu neuem Leben erwachen und sich schuldig fühlen, weil sie mit Dirnen geschlafen haben und weiß Gott was sonst noch alles – mit dem Aberglauben armer unwissender Tölpel zu spielen –«

»Tut mir leid, Victor, hier kann ich nicht mit dir übereinstimmen«, unterbrach ihn Morgan. »Ich fühle mich nicht berechtigt, mich über diese armen Menschen lustig zu machen. Ihre religiöse Orientierung mag nicht die meine sein – das Christentum ist in erster Linie Vernunftreligion, es wäre eine Verzerrung seines Wesens, es auf Emotionalität zu reduzieren –, aber ihre religiösen *Gefühle* sind auf ihre Art ebenso echt wie deine und meine.«

Kincaid lachte und hob die Hände. »Friede, Gene, Friede. Das ist ein wunderschönes Ideal. Toleranz selbst den Intoleranten gegenüber. Wir können alle von dir lernen, was?«

»Sprich für dich selber«, sagte Francesca. »Wenn ich glauben würde, ich hätte auch nur irgend etwas mit diesen Schwachsinnigen gemein, würde ich mich erschießen. So wunderschöne hehre christliche Gefühle! Sie verbeugen sich alle vor einem Schwindler, einem Betrüger – «

»Mag das sein, wie es will«, wandte sich Kincaid wieder ruhig Ann zu, »ich bin zuversichtlich, Sie sehen die Stichhaltigkeit meines Arguments ein, Mrs. Swenson. Da Sie offensichtlich ein rationaler Mensch sind, und eine Anwältin, die die Interessen ihres Klienten über das eigene Ego stellt – «

»Woher wissen Sie, daß ich so bin?« sagte Ann und lächelte sanft.

»Neuer Angriff?«

»Sie kennen mich nicht, Sie haben mich noch nie vorher gesehen. Wer sagt, daß ich die Interessen meines Klienten über mein eigenes Ego stelle? Wer sagt, daß ich ein rationaler Mensch bin? Ich könnte ein Monster an Egoismus und Irrationalität sein. Tatsache ist, Sie haben mir all diese Dinge gesagt, weil sie dachten, ich sei anfällig für Schmeicheleien. Und wissen Sie was, Mr. Kincaid? Ich bin es nicht.«

Ann setzte sich zurück, ihr Lächeln sanft wie immer. Mit ihrer Vassar-Erziehung und ihrem Harvard-Examen konnte ihr niemand in der Stadt Unterricht darin geben, wie man sich ladylike benimmt und gleichzeitig seinem Gegner einen Schlag ins Kontor versetzt.

Kincaid, das sah ich, stand noch unter Schock. Er versuchte es wieder mit seinem In-sich-hinein-Lachen, bloß kam es diesmal nicht ganz so glatt raus wie zuvor.

Francesca ging dazwischen und versuchte, aus allem einen ausgelassenen Witz zu machen. »Was hab ich dir gesagt, Victor? Ihr aus dem Osten unterschätzt uns hier draußen ständig. Ihr denkt, wir wären alle Trottel, ohne Erfahrung, ohne Wissen von der Welt. Ihr denkt, westlich vom Hudson ziehen alle Coca-Cola einem Chardonnay und schmutzige Bilder einem Cézanne vor – «

Sie plapperte eine Weile weiter, aber ihre Bemühungen hatten keinen großen Erfolg. Kincaid lachte nicht; sein Gesicht war grau, er sah aus, als habe ihn jemand geschlagen.

Schließlich kam Francesca außer Puste, ließ ein paar leise Huster hören und war still.

Ann ergriff wieder das Wort. »Warum wenden wir uns nicht wieder unserem Thema zu, Mr. Kincaid. Was ist das für ein unwiderlegbarer Grund, den Sie mir geben wollten?«

Ich sah, daß Kincaid sich zusammenriß und wieder seine glatte zuversichtliche Haltung einnahm. »Zuerst will ich Ihnen sagen, was er *nicht* ist, Mrs. Swenson. Es ist nicht der, daß ich ein besserer Anwalt wäre als Sie. Ich bin sicher, Sie könnten diese Verteidigung ebenso erfolgreich handhaben wie ich, und ich weiß, Sie machen auf das Gericht einen hervorragenden Eindruck. Der Grund ist auch nicht der, daß es Ihnen an Personal und Mitteln für eine gute Arbeit fehlt. Aus dem, was ich höre, arbeitet Ihr Ermittlungspersonal so gut wie zehn Leute bei der Staatsanwaltschaft.« Er nickte in meine Richtung.

Ich machte ein vollkommen leeres Gesicht. Das kann ich recht gut.

Er wandte sich wieder Ann zu, eine Faust in die anderen Hand gedrückt. Ein Geste, die er bestimmt häufig vor Gericht benutzte. »Die wirkliche Frage ist die, wird das genug sein? Und die Antwort lautet, nein. Die Kräfte des religiösen Fanatismus haben in dieser Stadt die Oberhand. Sie sind fest entschlossen, diesen Jungen in die Gaskammer zu schicken. Sie haben gegen die nicht die geringste Chance, egal, wie gut Sie vor Gericht sein werden.«

»Wenn dem so ist«, sagte Ann, »sollte man annehmen, daß Sie ebenso ohnmächtig sind wie ich, um ihnen Einhalt zu gebieten.«

»Nein. Und zwar aus einem Grund. Es ist nichts, auf das stolz zu sein ich besonderen Grund hätte, es ist eigentlich eine Art historischer Zufall – aber es ist eine Tatsache, und man kann nicht um sie herum. Ich bin eine öffentliche Figur. Ich bin eine Berühmtheit. Was ich tue, kommt in die Schlagzeilen. Wenn ich den Fall des Jungen übernehme, kann diese Stadt ihren Dreck nicht mehr unter den Teppich kehren, kann sie ihm nicht ihre Daumenschrauben anlegen, ohne daß jemand etwas davon bemerkt, ohne daß jemand sich laut dagegen erhebt. Die Medien werden hellhörig, sobald ich ankündige, daß ich sein Verteidiger bin. Es wird großen Aufruhr im Land geben. Alle werden wissen, was in Mesa Grande vor sich geht. Das also ist mein Grund, und ich glaube nicht, daß Sie etwas finden können, um ihn zu widerlegen.«

Ann senkte den Kopf und beschattete ihre Augen mit einer Hand. Ich kannte diese Geste; sie dachte angestrengt nach.

Schließlich hob sie den Kopf und nickte. »Sie haben recht. Roger wird tatsächliche bessere Chancen haben, wenn die Publicity groß sein wird. Sie allein mag schon reichen, um ihn freizubekommen.«

Kincaid grinste breit und lehnte sich zurück in seinen Sessel. »Na also, das wär's dann.«

Ann fuhr fort: »Bleibt nur die Frage, wollen Sie denn tatsächlich, daß er freikommt?«

Kincaid wurde ein bißchen steif. Dann sagte er langsam: »Was zum Teufel soll das heißen?«

»Warum sollten unbedingt Sie diesen Fall übernehmen wollen, Mr. Kincaid? Was haben Sie damit zu gewinnen? Ein unbedeutender Schuljunge, angeklagt, einen zehntklassigen Evangelisten einer Stadt ermordet zu haben, die mitten im Niemandsland liegt. Warum sollten Sie sich überhaupt damit befassen?«

»Weil wir es hier nicht mit irgendeinem unbedeutenden Schuljungen zu tun haben. Er ist ein Symbol. Für jeden, der jemals von religiösem Fanatismus verfolgt worden ist.«

»Genau. Wenn Sie den Fall übernehmen würden, würden Sie keinen Jungen verteidigen. Sie würden ein Symbol verteidigen. Und verzeihen Sie mir, wenn ich mich irre, aber ich denke, Sie würden sich keinen Zwang antun und aus diesem Symbolismus soviel herausholen wie nur irgend möglich. Viel mit sprühendem Wortschwall, zornigen Reden, Interviews vor der Presse, Lachen über die Drohungen des Richters, Sie wegen Mißachtung festzusetzen, Beleidigungen, dem Gericht und der Stadt ins Gesicht geschleudert – der ganze dreifache Zirkus, den Sie bereits hundertmal inszeniert haben. Und was geschieht mit Roger? Am Ende wird er verurteilt, während die Welt vor Entsetzen aufschreit. Sacco und Vanzetti lassen grüßen.«

»Na hören Sie mal, Mrs. Swenson«, sagte Kincaid. »Sie übersehen einige wichtige Unterschiede. Unter anderem, Sacco und Vanzetti waren unschuldig.«

»Und Roger Meyer nicht?«

»Hm, also – «, Kincaid breitete seine Hände vor sich aus. » – Ich hab noch nicht die Gelegenheit gehabt, die Polizeiberichte einzusehen, aber ich habe die Zeitungsberichte ziemlich sorgfältig studiert. Sobald die Auswertungen der Fingerabdrücke und Schuhabdrücke vorliegen, wird es ein ganz simpler Fall sein.«

»Und Sie wollen ihn verteidigen, obwohl Sie glauben, er sei schuldig?«

»Natürlich will ich das. Jeder Angeklagte hat das Recht auf eine bestmögliche Verteidigung, unabhängig von Schuld oder Unschuld. Das ist ein fundamentales Prinzip. Lernt man das heutzutage nicht mehr in der juristischen Ausbildung? Außerdem, unsere Verteidigung wird auf dem Argument basieren, daß der Junge in einem tieferen Sinn gar nicht schuldig ist. Er wurde provoziert von dem Fanatismus der ganzen Stadt, den politischen Verhältnissen, der faschistisch kontrollierten Zeitung.«

»Und Sie glauben, mit einer solchen Strategie einen Freispruch zu erreichen?«

»Einen Freispruch?« Kincaids Lachen kam aus tiefstem Herzen.»Sie leben in einer Traumwelt, junge Frau! Es besteht überhaupt keine Chance, daß in diesem Fall ein Freispruch erwirkt werden könnte. Unsere Strategie muß darin bestehen, unentwegt Einwände zu erheben, mit unerhörten Argumenten daherzukommen, den Richter so wütend zu machen, daß er Dinge sagt, die uns Gründe für einen Prozeßfehler liefern.«

»Und was, wenn das nicht funktioniert?«

»Erst einmal, es wird funktionieren. Ich hab's immer geschafft, daß es funktioniert. Zweitens, wenn es nicht funktioniert, was soll's? Der Junge ist schuldig, um Gottes willen. Er hat den Mann getötet. Das Schlimmste, was passieren kann, ist, ein kleiner hitzköpfiger Niemand schmort eine Zeitlang im Gefängnis. Er ist weit weniger wichtig als die Gelegenheit, den Leuten das korrupte System vor Augen zu führen, in dem wir leben.«

Ann blieb noch einen Augenblick sitzen, dann erhob sie sich still. Ich verstand den Wink: Ich erhob mich ebenfalls.

»Guten Nachmittag«, sagte Ann.

»Hey!« Kincaid sprang auf und wollte hinter ihr her. »Sie können mich nicht so einfach sitzenlassen!«

»Ich scheine es zu können«, sagte Ann, und sie ging weiter, ohne sich nach ihm umzudrehen.

»Ich werde morgen früh aus der Stadt fliegen!« schrie Kincaid ihr nach. »Aber ich kann in einer Woche zurück sein, ich erwarte, daß Sie bis dahin Ihre Meinung geändert haben werden!«

Ann hatte den Raum verlassen, und ich folgte ihr.

Sie hatte recht, dachte ich. Der Abgang hätte nicht besser sein können. Und sie hätte ihn niemals hingekriegt, wenn wir in ihrem Büro gewesen wären.

* * *

Punkt sechs traf ich mich mit Mom vor dem *Rashomon's Japanese Steak House.* Wir gingen hinein, und der Ober führte uns an einen Tisch.

»Was soll das denn?« sagte Mom. »Wir essen in der Küche?«

Ich erklärte ihr, daß es in einem japanischen Steakhouse so üblich wäre: Man hat einen Grill vor sich, und der Ober ist gleichzeitig Küchenchef, der einem das Fleisch und das Gemüse zubereitet, während man ihm dabei zusieht.

»Vielleicht gar keine schlechte Idee«, sagte Mom. »Wenigstens kann man sehen, ob er schmutzige Hände hat und das Essen damit anfaßt. Bei den meisten Restaurants, in denen ich esse, möchte ich lieber nicht wissen, was sich in der Küche abspielt.«

Wir bestellten unser Essen beim Ober. Die Speisekarte, so fiel mir auf, war extra auf Weihnachten zurechtgemacht, mit kleinen Zeichnungen von Weihnachtsbäumen und Weihnachtsmanngesichtern. Und statt der sonst hier üblichen fernöstlichen Musik ertönten Weihnachtslieder.

Wir konnten nicht in Ruhe über den Fall sprechen, bevor unser Ober seinen großen Auftritt gehabt hatte, den er mit natürlicher Begabung und einem wahren Showtalent vollführte, indem er wie ein Zirkusjongleur Hähnchenstücke und Garnelen hoch in die Luft warf und Nudeln von einer Gabel auf die andere balancierte. Mom sah mit einem zufriedenen Lächeln zu, und als er fertig war, applaudierte sie.

Sie probierte, was man ihr vorsetzte, und nickte zustimmend. »Köstlich«, sagte sie. »Ein bißchen mehr Salz, und es wäre perfekt. Und jetzt erzähl mir alles, was du seit gestern getan hast.«

Ich begann chronologisch mit Rogers Anruf gestern abend.

Mom hörte aufmerksam zu, und dann sagte sie: »Wenn er sich euch gestellt hat, was kommt dann als nächstes?«

»Wir werden ihn der Polizei übergeben müssen.«

»Aber vorher werdet ihr mit ihm sprechen, ihr werdet ihn fragen, was er über den Mord weiß?«

»Natürlich werden wir das.«

»Sobald ihr damit fertig seid, wirst du mich anrufen und mir berichten, was er gesagt hat?«

»Wenn du willst. Kann aber ziemlich spät werden.«

»Ist mir egal, wie spät. Wir haben Heiligabend, ich werde also nicht früh zu Bett gehen.«

»Seit wann feierst du Heiligabend, Mom?«

»Sie bringen diesen alten Film im Fernsehen, er fängt um neun an. Weißt du, welchen Film ich meine? Den mit Jimmy Stewart, und er denkt daran, sich umzubringen, aber dieser alte Verrückte, der ein Engel ist, redet's ihm aus. Ich seh mir den Film immer wieder gerne an. Ich muß jedesmal wie ein Baby weinen.«

»Weißt du, was der Meyer-Junge mir außerdem noch erzählt hat, als er gestern abend anrief?« sagte ich. »Er möchte eine Karriere in Kriminologie machen. Er hat das auf dem College studiert, und wenn er dieses Jahr seinen Abschluß macht, möchte er einen Job, der ihm etwas praktische Erfahrung als Ermittler ermöglicht. Und er hat mich gefragt, ob ich ihn als meinen Assistenten anstellen würde.«

Mom strahlte, als sie das hörte; sie strahlt nicht oft, aber wenn sie es tut, dann tut sie es richtig. »Schön. Das beweist ja nur, welche hohe Meinung er über dich hat. Ein intelligenter Junge. Und er wird dir auch ein guter Assistent sein.«

»Mom, es steht hundert gegen eins, der Stadtrat wird mir niemals das Geld für einen Assistenten bewilligen. Und selbst wenn, wer sagt, daß dieser Junge verfügbar sein wird? Es gibt da gewisse Probleme, mit denen er rechnen muß, wie z.B., daß er vielleicht des Mordes schuldig gesprochen wird.«

Mom schob dieses kleine Problem mit einer Geste fort. »Er hat keinen Mord begangen, nicht wahr? Also, deshalb wird es auch keinen Schuldspruch geben.«

»Ich bin froh, daß du dir dessen so sicher bist. Aber selbst wenn er aus dieser Sache heil rauskommt, qualifiziert ihn das für den Job? Mit ein bißchen Reklame könnte ich für dasselbe Gehalt jemanden finden, der jahrelange Erfahrung – «

»Was besonders schön daran wäre«, sagte Mom, »er könnte mit seinen Eltern in derselben Stadt leben. Für alte Leute ist das eine herrliche Sache, wenn sie auf ihre alten Tage ihre Kinder nahe bei sich haben. Und heutzutage, wo alle so viel hin und herziehen, ist das selten geworden.«

Ich wußte, es hatte keinen Zweck, weiter zu diskutieren. Also kam ich wieder auf den Mordfall zu sprechen. Ich berichtete ihr in allen Einzelheiten über mein Frühstück mit Luke Abernathy.

Als ich geendet hatte, sah ich, daß sie betrübt aussah. »Gefällt mir nicht«, sagte sie, »wenn Leute, die keinen Funken Verstand haben, glauben, sie seien schlau.«

»Was genau meinst du?«

»Diesen verrückten alten Mann. Weiß Gott, was für ein Leben er hinter sich hat, aber eins ist sicher, nach diesem Leben all diese Jahre lang hat er in seinem Kopf nur noch gehackte Leber. Mittlerweile ist es für ihn unmöglich geworden, einen einfachen logischen Schritt von A nach B zu machen. Solche Leute sind gefährlich.«

»Du meinst doch nicht, daß er der Mörder ist, oder?«

»Wann hab ich das behauptet?«

»Aber warum nicht, wenn man sich's richtig überlegt? Er gibt selber zu, daß er zur Mordzeit vor dem Haus der Candys stand. Er sagt, er habe von der gegenüberliegenden Straßenseite zugesehen, aber das sagt nur er.«

»Und was soll sein Motiv gewesen sein?«

»Er ist ein religiöser Irrer. Vielleicht hat er sich entschlossen, alle falschen Priester der Stadt zu eliminieren, die die Leute in die Irre führen, indem sie ihnen Eier zu essen geben.«

»Und wie ist er in das Haus der Candys gelangt, ins Wohnzimmer, so daß er sich die Pistole schnappen und ihn erschießen konnte?«

»Er hat geklingelt, und Candy hat ihn reingelassen, vermute ich.«

»Hast du ihn dir heute morgen angesehen? Du hast mir gesagt, sie wollten ihn nicht in den Coffee Shop lassen, in den du ihn zum

Frühstück eingeladen hast. Obwohl du mit ihm kamst. Candy war allein im Haus, er muß also selber an die Tür gegangen sein, und was sieht er vor sich stehen? Einen besoffenen alten Trunkenbold, dessen Haare aussehen, als seien sie von einem Erdbeben getroffen! Und Candy sagt: ›Kommen Sie herein, kommen Sie herein, ich freue mich, Sie zu sehen!‹ und lädt ihn höflich in sein Wohnzimmer ein?

Außerdem, wenn der alte Mann den Mord begangen hat, wie kommt es, daß er weiter vor dem Haus wartet, bis die Polizei anrückt, damit sie ihn am Tatort sehen kann?«

»In Ordnung, ich gebe zu, es klingt nicht sehr plausibel. Aber was hast du gemeint, als du sagtest, er wäre gefährlich?«

»Für sich selber, habe ich gemeint. In seinem Kopf ist eine Wolke, und die verhindert es, daß er die Dinge so sieht, wie sie tatsächlich sind. Du hast es selber gesagt, er hat die Straße überquert, ohne zu gucken, ob die Ampel grün oder rot war. Im Augenblick überquert er eine andere Straße, und ich wäre überrascht, wenn er auf die Ampel sieht.«

»Welche Straße, Mom?«

»Wer weiß? Wenn ich dir die Antwort sagen könnte, wäre es nicht mehr so gefährlich. Meine große Sorge ist: woher bekommt er Geld?«

»Er hat kein Geld. Nur das, was du herausgefunden hast, seine Schwester bezahlt ihm die Miete. Aber sie schickt ihren Scheck direkt an sein Hotel, alles andere hat er durch Betteln.«

»Das Bettelgeschäft muß in der letzten Zeit sehr gut laufen. Du hast ihm einen Zehn-Dollar-Schein angeboten. Du hieltest ihn in deiner Hand und hast ihn ihm hingestreckt. Und er hat ihn nicht genommen. Warum nicht?«

»Aus einer Art falschem Stolz?«

»Er bekommt seine Miete von seiner Schwester, er bekommt sein Essen von der Heilsarmee, er sammelt Zeitungen aus den Abfalltonnen, er bettelt auf den Straßen um Geld, damit er sich seinen Schnaps kaufen kann. Stolz!«

»Ich gebe auf. Warum hat er das Geld abgelehnt?«

»Weil heute kein gewöhnlicher Tag für ihn ist. Weil er es sich heute leisten kann, stolz zu sein. Wenn er deine zehn Dollar ablehnen konnte, dann muß das deshalb sein, weil er von jemand anderem Geld bekommt. Und ich frage, von wem?«

»Hast du irgendeine Antwort?«

»Noch nicht. Ich muß eine Weile darüber nachdenken.«

Mom hielt eine Gabel mit Garnelen vor ihrem Mund, als sie plötzlich etwas tat, das ich bisher noch nie an ihr gesehen hatte. Sie hielt ihre Gabel mit zitternder Hand mitten in der Luft an.

»Bist du in Ordnung?« fragte ich.

»Ja, mir geht's gut.« Das Zittern hörte auf, und ihre Gabel fuhr in ihren Mund. Sie kaute ein paar Sekunden auf ihrer Garnele und sah dann zu mir auf. »Entschuldige. Ich hatte dieses Gefühl, als sei er mir nahe.«

»Wer war dir nahe?«

»Der Fanatiker. Der, den ich in diesem Mordfall riechen kann. Irgendwo versteckt er sich, jede Minute kann er aus seinem Hinterhalt gesprungen kommen.«

»Aber du weißt noch immer nicht, wer er ist?«

»Ich weiß nur, daß er näher kommt. Wenn ich die Augen schließe, kann ich fast sein Gesicht sehen.« Sie schloß die Augen, und ich hielt den Atem an. Aber dann öffnete sie die Augen wieder und seufzte. »Ist weg.« Sie schüttelte den Kopf und lächelte dann. »Hast du sonst noch was über diesen Fall herausgefunden?«

Ich erzählte ihr von unseren beiden Sitzungen heute nachmittag – mit Hatfield und später mit Kincaid. Mom lachte, als sie hörte, was Ann zu ihnen gesagt hatte.

»Eine wunderbare Person, dein Boss. Wann lädst du sie zum Essen ein?«

»Du weißt, daß sie einen wirklich guten Ehemann hat. Er ist Hals-Nasen-Ohren-Spezialist und verdient gut –«

»Natürlich weiß ich das. Was glaubst du, wer ich bin, jemand der ständig versucht, Leute miteinander zu verkuppeln? Du wirst ihren Ehemann mit einladen und dazu eine nette ungebundene Dame aus deinem Bekanntenkreis. Und vielleicht lade ich mir einen Mann ein.«

Die Aussicht auf dieses erfreuliche Zusammentreffen bekam meinem Magen nicht sonderlich gut. Ich beeilte mich, das Thema zu wechseln. Ich fragte sie, ob sie Lust hätte, heute abend zu der

Weihnachtsbaumfeier zu kommen und dabei zu sein, wenn Roger sich stellte.

»Nett von dir, mich zu fragen«, sagte sie, »aber ich glaube nicht, ich hab mehr davon, wenn ich's mir in den Nachrichten ansehe.«

Zehn Minuten später verließen wir das Restaurant. Es war beinahe acht Uhr, schon dunkel und frisch. Auf den Straßen waren mehr Menschen als sonst um diese Zeit.

Ein Weihnachtsmann kam auf uns zu, hielt uns einen Kasten unter die Nase und wollte Geld für »die armen Kinder«.

»Welche armen Kinder?« sagte Mom. »Meiner Meinung nach geht es um Ihre eigenen Kinder. Und da Sie seit den letzten drei Wochen an dieser Ecke stehen, können Sie es sich mittlerweile leisten, sie in den Ferien nach Miami Beach, Florida zu schicken. Okay, hier sind fünf Dollar für Sie. Aber Sie sollten begreifen, daß Sie mich nicht eine Minute lang zum Narren halten können.«

Sie wandte dem Weihnachtsmann den Rücken zu und marschierte zu ihrem kleinen roten Auto. »Egal, wie spät!« rief sie mir über die Schulter zu, und dann fuhr sie los.

Heiligabend

Ann und ich hatten uns für Viertel vor neun vor dem riesigen Weihnachtsbaum verabredet. Wir wollten uns zusammen am Rand der Menschenmenge aufhalten, an der Ecke San Luis und Kit Carson, und aller Voraussicht nach würde Roger Meyer dann während der Feier erscheinen, und wir könnten ihn in Gewahrsam nehmen.

Mir blieb noch eine Dreiviertelstunde, und ich schlug die Zeit mit einem Bummel durch das Geschäftsviertel tot. Alle Schaufenster waren hell erleuchtet, und einige Geschäfte hatten noch geöffnet. Normalerweise sind die Läden in Mesa Grande nicht bis spät abends geöffnet, aber die Verlockung, noch in allerletzter Minute Weihnachtsgeschäfte machen zu können, war offensichtlich zu groß, als daß man ihr widerstehen konnte.

Während ich mich von Schaufenster zu Schaufenster schob, bemächtigte sich meiner ein schwer depressives Gefühl. Egal, was die einzelnen Geschäfte verkauften – Kleidung oder Eisenwaren, Jagdgewehre oder Alkohol –, überall dieselbe grelle Botschaft: *Unsere Ware ist besser als jede andere.* Eine mörderische Zeit im Jahr.

Um Viertel vor neun begab ich mich zu der Stelle, an der die Feier stattfinden sollte. Man hatte den Verkehr abgeriegelt, und eine ziemlich große Menschenmenge hatte sich bereits vor dem riesengroßen Weihnachtsbaum versammelt. Auf einer erhöhten Plattform stand ein Mikrophon; der Bürgermeister würde eine Rede halten, bevor er dann auf den Knopf drückte.

Immer mehr Menschen kamen, und ich ließ die Neuankömmlinge vor mich. Dann spürte ich eine Hand auf meinem Arm, und da war Ann, in einem roten Mantel und mit einer Pelzmütze, und sie sah blaß und besorgt aus. »Wenn er nicht kommt – «, sagte sie.

»Er wird kommen, er wird kommen«, sagte ich und bemerkte, wie sehr ich mich wie Mom anhörte. Immer wenn ich als kleiner Junge beruhigenden Zuspruch brauchte, wandte Mom ihre Standardtechnik an und sagte alles zweimal. (»Sie werden dich mögen, sie werden dich mögen!« – »Du wirst rechtzeitig ankommen, du wirst rechtzeitig ankommen!«)

Ich wünschte, meine Gefühle wären so optimistisch gewesen wie meine Worte. Den ganzen Tag war es mir immer wieder durch den Kopf gegangen, daß Roger sehr gut kalte Füße bekommen könnte. Was würde ich an seiner Stelle tun? Wenn ich die Zeitung lesen und mitbekommen würde, wie die Menge aufgewiegelt wurde, um sich auf den irren Killer zu werfen und ihn dann in Stücke zu zerreißen? Selbst wenn ich unschuldig wäre –

Knackende Geräusche kamen von der öffentlichen Sprechanlage und unterbrachen den Lärm der Menge. »Meine Damen und Herren! Meine Damen und Herren!«

Ein kleiner Mann in einem riesengroßen Mantel stand auf dem Podium und schrie in das Mikrophon. Die Menge wurde etwas leiser, und der kleine Mann sagte: »Es ist mir ein großes Vergnügen, meine Damen und Herren, Ihnen unseren Bürgermeister vorstellen zu dürfen, den ehrenwerten Willard A. Butterfield, der ein paar Worte zu Ihnen sprechen wird, bevor wir den diesjährigen Weihnachtsbaum unserer Stadt offiziell erleuchten werden!«

Ich war mir sicher, daß die Leute nicht wußten, wer der kleine Mann war, aber jedenfalls spendeten sie ihm Applaus, während er errötete und von dem Podium stolperte. An seine Stelle trat nun der Bürgermeister, dem gegenüber sich die Menge viel weniger enthusiastisch verhielt. Jemand rief: »Setz dich, Butterball!« Dessen ungerührt hob der Bürgermeister die Arme hoch in die Luft und sagte: »Danke, danke«, und dann nahm er sich lange Zeit, bis er begann, so als ob ihn der Applaus übertönte.

»Meine Damen und Herren«, sagte er schließlich, »Weihnachten gibt es nur einmal im Jahr – «

Ich will nicht den gesamten Text seiner Rede wiederholen. Ehrlich gesagt, ich habe nicht richtig zugehört. Ich habe mich überall unter den Menschen umgesehen und über die Schulter rüber zu den Schaufenstern und in die dunklen Gassen geschaut und habe mich gefragt, wo und wie und wann Roger Meyer in Erscheinung treten würde. Ich entdeckte eine Reihe bekannter Gesichter in der Menge. Ziemlich weit vorne war Reverend Eugene Grant Morgan. Auf der anderen Seite, auch ziemlich weit vorne, war Dwayne McKee, der Immobilienmakler. Ein wenig hinter ihm, umgeben von dicken Ohrenschützern und schweren Schals, war das dickliche ängstliche Gesicht von Gabriel Candy.

»Und während ich diesen Weihnachtsbaum entzünde«, sagte jetzt der Bürgermeister, »in der Hoffnung und dem Glauben, daß das Licht des Friedens und des Wohlstands in der ganzen Welt entzündet werden und allen Völkern sein Licht bringen möge, lassen Sie mich ein kleines persönliches Gebet hinzufügen – mit den unsterblichen Worten des Sängers, ›Gott segne uns, jeden einzelnen von uns!‹ «

Er hielt einen Schalter in der Hand, und er drückte den Knopf. Dann kam der Augenblick, in dem jedes Auge auf dem Weihnachtsbaum ruhte und jedes Herz, so vermute ich, sich ängstigte, daß die verdammten Lichter nicht funktionierten.

Aber der Augenblick ging vorüber, alles funktionierte prima, der Himmel erstrahlte in Rot und Grün und Gelb, und die Menge schrie auf.

In diesem Augenblick zupfte Ann mich am Ärmel und wies hinter sich. In einer Tür, nur wenige Schritte von uns entfernt, den Kragen hochgeschlagen, um das Kinn zu verbergen, und die Hände tief in den Manteltaschen vergraben, stand Roger Meyer.

Wir gingen zu ihm, schnell und gleichzeitig unauffällig.

»Entschuldigung«, sagte er und klang ganz außer Atem. »Ich war um neun hier, ich hab versucht, Sie auf mich aufmerksam zu machen. Aber ich wollte nicht, daß mich jemand sah.«

»Machen Sie sich deshalb keine Sorgen«, sagte Ann. »Mein Auto steht nur einen Block weiter, wir bringen Sie zum Polizeipräsidium.«

Sie nahm ihn bei einem Arm, und ich nahm ihn bei dem anderen. Ihn so flankierend und vor Blicken schützend gingen wir die Straße hinunter. Die Menschenmenge stand mit dem Rücken zu uns, die meisten ergingen sich noch in ihren Ooohs und Aaahs angesichts der Weihnachtsbaumbeleuchtung. In ein paar Minuten würden wir sicher in Anns Auto sein, und auf dem Weg zum Polizeipräsidium könnten wir die Geschichte des Jungen hören, und vielleicht würde sich irgend etwas Ermutigendes daraus ergeben –

»Hey! Wo zum Teufel wollen Sie hin?«

Es war ein Polizist, ein muskulöser junger Mann in Uniform, und er stand an der Ecke, fünf oder sechs Schritt von uns entfernt, und sah uns direkt an.

»Das ist der Meyer-Junge!« schrie er. »Hab ich mir gedacht, daß ich ihn erkannt – Hey, das ist der Junge, der den Pfarrer umgebracht –«

Ann trat schnell vor, Roger noch immer fest untergehakt, und sprach laut und fest: »Ich bin die Pflichtverteidigerin, und das ist Roger Meyer. Er hat soeben erfahren, daß ein Haftbefehl gegen ihn vorliegt, und er hat sich mir freiwillig gestellt, damit ich ihn ordnungsgemäß den Behörden ausliefern kann.«

»Ich bin Mrs. Swensons Ermittlungsbeamter«, sagte ich und trat ebenfalls vor, »und ich möchte bestätigen, was sie Ihnen soeben gesagt hat. Roger Meyer hat sich Mrs. Swenson freiwillig gestellt, und wir übergeben ihn jetzt offiziell –«

Mittlerweile jedoch blies der Polizist auf seiner Pfeife und schrie: »Hier ist der Meyer-Junge! Ich habe den Meyer-Jungen gefaßt!«

Der Aufruhr erregte Aufmerksamkeit. Mehr und mehr Menschen drehten sich nach uns um, um zu sehen, was los war. Dann kamen sie langsam auf uns zu. Dann tauchten mehrere Polizisten auf, und sie schrien Roger ebenfalls zu. »Okay, keine Bewegung, Hände hinter den Kopf –«

»Der Angeklagte steht unter meinem Schutz«, sagte Ann, der Lärm um uns herum erstickte jedoch ihre Stimme.

Und wer anders als Anwaltsassistent George Wolkowicz erschien jetzt auf der Bildfläche, ein breites Grinsen auf dem häßlichen Gesicht. »Gute Arbeit«, sagte er zu dem Polizisten, »sieht ganz so aus, als hätten wir den Mann zu fassen gekriegt, den wir gesucht haben!«

»Der Angeklagte hat sich freiwillig gestellt«, sagte Ann und schob Roger und sich selber zu Wolkowicz heran. »Ich übergebe ihn hiermit Ihrem – «

»Sekunde, Sekunde«, sagte Wolkowicz. »Dieser Herr hier hat den Jungen in Gewahrsam genommen. Er ist flüchtig, Sie können nicht einfach daherkommen und so tun als ob – «

»Er hatte vor, freiwillig zum Polizeipräsidium mitzukommen«, sagte Ann, »aber da Sie zufällig hier sind, kann er sich den Weg ja sparen.«

Immer mehr Menschen drängten heran, getrieben von wachsendem Interesse. Ich hörte hinter mir Stimmen wie: »Ist das der Junge, der den Pfarrer umgebracht hat?« – »Warum legen sie dem verdammten Kerl nicht Handschellen an?«

»Verdammt noch mal, George«, sagte Ann laut, »Sie wissen ganz genau, daß wir nicht hier mitten auf der Straße mit dem Jungen wären, wenn er sich nicht freiwillig gestellt hätte!« Sie wandte sich der Menge zu und redete noch lauter. »Sie sehen doch selbst, der Junge leistet seiner Verhaftung keinerlei Widerstand! Sie sehen doch selbst, wir waren gerade dabei, ihn auf friedlichem Wege abzuführen, nur diese Polizisten versuchen, mit großem Aufheben – «

»Ann, Sie lassen die Polizei ihm lieber Handschellen anlegen«, sagte Wolkowicz und versuchte, genauso laut zu sprechen wie sie, »oder Sie werden sich wegen Behinderung der Justiz schuldig machen! Ich würde Sie nur ungern ebenfalls festnehmen!«

»Ich behindere gar nichts! Ich versuche, Gerechtigkeit herzustellen! Wissen Sie, was das Wort Gerechtigkeit bedeutet? Schon mal davon gehört?«

Ihre beiden Stimmen überschnitten sich wütend, und die Menschenmasse spielte jetzt auch mit, feuerte die eine oder die andere Seite an, wie Zuschauer bei einem Footballspiel. Und dann schob sich plötzlich eine kleine Gestalt in einem engsitzenden grauen Mantel, das übliche Stückchen schwarzen Stoff oben auf dem Kopf, durch die Menge und hastete direkt auf Wolkowicz zu.

»Entschuldigen Sie«, sagte Rabbi Loewenstein, »aber ich habe alles mitangesehen. Ich habe gesehen, wie dieser junge Mann geradewegs auf diese beiden hier zugegangen ist. Ich habe gehört, wie er gesagt hat: ›Ich möchte mich stellen.‹ Ich habe gehört, wie sie gesagt haben: ›Wir werden dich dem nächsten Polizisten übergeben.‹ Und kaum hatten sie den Polizisten dort gesehen, hat die junge Frau gesagt: ›Das hier ist Roger Meyer, und er stellt sich.‹ Das hat seine absolute Richtigkeit, und ich will es nur zu gerne unter Eid beschwören, wenn Sie es für notwendig halten.«

Er war der kleinste Erwachsene in der ganzen Menge, allerdings der Art nach, wie er Wolkowicz und den Polizeibeamten gegenüber auftrat, hätte er größer als alle sein können. Und seine Stimme übertönte auch alle – die wenigen Male, die ich in der Synagoge gewesen war, hätten mich nie vermuten lassen, daß er ein großer Redner sein könnte, aber offensichtlich war dieses Kanzeltraining doch zu etwas gut.

Wolkowicz hatte den Rabbi erstaunt angestarrt, jetzt endlich fand er seine Stimme wieder. »Wer zum Teufel sind Sie?«

»Ich bin Eli Loewenstein. Ich bin der Rabbi der Synagoge hier in der Stadt. Sie sind Anwaltsassistent Wolkowicz, nicht wahr? Wir sind vor einem Jahr einander vorgestellt worden, bei einem Essen der Handelskammer. Ich glaube, ich war der Gastredner.«

Wolkowicz öffnete den Mund, aber es dauerte einige Augenblicke, bis Worte daraus hervorkamen. Es war nicht weiter schwierig, sich seine Gedanken vorzustellen. Wem würde das Gericht Glauben schenken, diesem muskulösen Polizisten, der aussah, als habe er den Intelligenzquotienten eines Zehnjährigen, oder diesem ruhigen überzeugenden kleinen Mann der Geistlichkeit, der bei Handelskammeressen Reden hielt?

Der Rabbi stand einfach da, lächelte freundlich und wartete auf das Unvermeidliche.

»In Ordnung, in Ordnung«, sagte Wolkowicz, »soll der Bericht eben lauten, daß der Verdächtige sich freiwillig den Behörden gestellt hat.« Er wandte sich an die Polizisten neben sich. »Legen Sie ihm Handschellen an. Unterrichten Sie ihn von seinen Rechten. Bringen Sie ihn zum Polizeipräsidium.«

»Und wir kommen mit«, sagte Ann.

»Den Teufel werden Sie tun«, sagte Wolkowicz. »Niemand fährt bei einer Verhaftung in einem Polizeiwagen mit, nur der Gefangene und die verantwortlichen Beamten.«

»Dann folgen wir ihnen«, sagte Ann. »Damit wir mit dem Gefangenen sprechen können, sobald Sie das Protokoll aufgenommen haben.«

Roger war jetzt in Handschellen. Ich sah sein weißes angstvolles Gesicht, als die Polizisten ihn abführten. Wolkowicz blieb noch eine Sekunde da und sagte Ann direkt ins Gesicht: »Das wird Ihnen vor Gericht nichts nützen. Flüchtig oder nicht flüchtig, wir haben dieses Miststück auf jeden Fall gefaßt.«

Dann folgte Wolkowicz den Polizeibeamten, und Ann wandte sich an Rabbi Loewenstein. »Wir wissen Ihre Hilfe zu schätzen, Rabbi«, sagte sie.

Er zuckte leicht die Achseln. »Schien mir das einzig Richtige zu sein«, sagte er. »Tja, ich muß jetzt aber gehen. Irgend jemand muß sich ja um die Eltern dieses armen Jungen kümmern. Ich möchte nicht, daß sie das hier aus dem Fernsehen erfahren.« Er seufzte. »Und vielleicht bin ich dann, wenn ich Glück habe, heute abend rechtzeitig zu Hause, um mir den letzten Teil von *It's a Wonderful Life* anzusehen. Meine Familie und ich, wir sehen uns das Heiligabend immer an.«

* * *

Als das neue Gericht und Gefängnis vor einigen Jahren gebaut wurden – zwei schöne bräunlich rote Gebäude, durch eine Untergrundpassage miteinander verbunden, von außen einander so sehr ähnlich, daß man nicht erkennen kann, welches für die Anwälte und welches für die Verbrecher ist –, war eigentlich auch ein neues Polizeipräsidium mit vorgesehen. Aber der Stadt ging das Geld aus, und so mußte sich die Polizei mit ihrem alten Gebäude auf der anderen Straßenseite begnügen. Es war gedrungen, grau, häßlich, die Installation brach ständig zusammen, und es gab keine Klimaanlage. Der Polizeioberinspektor wurde nie müde, seiner Verärgerung darüber Ausdruck zu verleihen, sowohl in Zeitungsinterviews als auch im Fernsehen: »Es ist unwürdig. Die Zuchthäusler haben bessere Bedingungen als wir.«

Es war beinahe zehn, als Ann und ich im Präsidium ankamen. Wir standen uns im Wartezimmer eine halbe Stunde lang die Beine in den Bauch, und dann sagte uns einer der uniformierten Lakaien, daß Roger nicht da sei. Man hatte bereits alles aufgenommen und ihn rüber in eine Zelle geschickt. Wenn wir mehr Information wollten, müßten wir uns mit Anwaltsassistent Wolkowicz in Verbindung setzen.

Ann rief sein Büro von der Polizei aus an, und der Nachttelefondienst teilte ihr mit, er sei schon nach Hause gegangen. Unter leisen Flüchen rief Ann Wolkowicz zu Hause an. Einigermaßen gereizt sagte er ihr, er wolle sich gern mit seiner Familie *It's a Wonderful Life* ansehen. Es habe bereits um neun angefangen, so daß er schon die Hälfte verpaßt habe.

»Und ich möchte auf keinen Fall, daß Sie noch einen weiteren rührseligen Augenblick verpassen«, sagte Ann. »Rufen Sie nur einfach das Gefängnis an und sagen Sie Bescheid, ich wäre in zwei Minuten dort, und sie sollten mich mit meinem Klienten sprechen lassen.«

»Sicher doch, warum nicht?« hörte ich Wolkowicz sagen.

»Und wo ich Sie schon mal dranhabe«, sagte Ann, »könnten wir die Kautionsfrage besprechen.«

»Die Staatsanwaltschaft ist vollkommen gegen eine Kaution«, sagte Wolkowicz. »Es handelt sich um ein Schwerverbrechen, und Ihr Klient war bereits einmal flüchtig.«

»Er hat sich freiwillig gestellt, erinnern Sie sich? Ich will also nicht hoffen, daß Sie vor dem Richter wieder mit diesem Fluchtargument ankommen.«

»Niemand wird in den nächsten Tagen mit irgendwas vor dem Richter ankommen. Morgen ist Weihnachen, und Montag ist auch ein offizieller Feiertag. Die meisten Richter der Stadt werden sich in ihre eigenen vier Wände verkriechen oder in ihre Berghütten und keinen Telefonanruf beantworten.«

»Ich habe große Ausdauer im Telefonieren«, sagte Ann. »In der Zwischenzeit können Sie das Gefängnis anrufen, nicht wahr? Zwei Minuten.«

Im Gefängnis gibt es einen kleinen schalldichten Raum, wo sich die Anwälte mit ihren eingekerkerten Klienten unterhalten können. Dort stehen ein Tisch und ein paar Stühle, und es gibt eine Eisentür und ein vergittertes Fenster, vor dem ein uniformierter

Wächter sitzt, der eine auffällige Pistole trägt. Eine halbe Stunde später saßen Ann und ich mit Roger Meyer in diesem Raum.

Sein Gesicht war abgesehen von den dunklen Ringen unter den Augen sehr weiß. Er sah aus, als habe er tagelang nicht geschlafen. Er trug dieselben Jeans, die er angehabt hatte, als er sich stellte – ja, er hatte sie auch Donnerstag angehabt, als er verschwand –, und er war in Strümpfen. »Sie haben mir die Schuhe weggenommen«, sagte er. »Sie haben gesagt, sie wären Beweismaterial.«

Wegen der blutigen Schuhabdrücke auf dem Fußboden in Candys Eingangsflur, dachte ich. Aber natürlich hatte das niemand Roger erklärt. Steht man erst einmal auf der Seite hinter den Gitterstäben, befindet man sich plötzlich in einer Welt, die einen als niedere Spezies tierischen Lebens betrachtet; der Seelenfrieden eines Menschen muß nicht länger berücksichtigt werden. Mir war das häufig aufgefallen, als ich in New York bei der Polizei gearbeitet habe. Damals hatte ich mir deswegen nie groß Gedanken gemacht.

»Wie geht es meinen Eltern?« fragte Roger. »Werden sie mich hier besuchen können?«

»Es geht ihnen den Umständen entsprechend«, sagte Ann. »Du hast ihnen zwei fürchterliche Tage beschert.«

Er senkte den Kopf wie ein kleiner Junge, der bei etwas Ungezogenem erwischt worden war. Aus irgendeinem Grund sah er, abgezehrt und zerzaust wie er war, und dazu noch in diesem schmuddeligen Raum, jünger aus als vor ein paar Tagen. »Ich weiß. Es tut mir leid. Aber ich wußte mir nicht anders zu helfen. Werde ich sie sehen können?«

»Wir werden dafür sorgen«, sagte Ann. »Also, ich weiß, daß du dich nicht so besonders fühlst, aber das mußt du vergessen, du mußt dich zusammennehmen und meine Fragen beantworten. Klare, vollständige Antworten – davon kann viel abhängen. Glaubst du, du schaffst das?«

Er befeuchtete sich die Lippen. »Okay. Ich werde mein Bestes tun. Ich werde irgendwie so tun, als wäre alles nur ein Film – ich bin dieser Typ im Film, der fälschlicherweise eines Verbrechens angeklagt wird. Und es gibt wirklich nichts, um das man sich Sorgen machen müßte, denn jeder weiß, daß er am Ende des Films freigesprochen wird. Wie Paul Muni in *I Am a Fugitive from a Chain Gang*.

Ich erinnerte mich an den Film. Ich unterließ es aber, ihn darauf hinzuweisen, daß Paul Muni niemals freigesprochen wurde.

»*Bist* du fälschlicherweise angeklagt?« fragte Ann, ohne den sachlichen ausdrucklosen Ton in ihrer Stimme zu ändern. »Du hast Reverend Chuck Candy nicht getötet?«

»Nein! Ich schwöre, ich war's nicht!«

»Du kennst die Version der Staatsanwaltschaft?«

»Sie haben mir ein wenig erzählt, als sie mich festnahmen. Jemand hat gesehen, wie ich ins Haus gegangen bin.«

»*Bist* du denn in das Haus gegangen?«

»Nein, ich habe nie – « Er senkte wieder den Blick. »In Ordnung, ja. Aber ich habe ihn nicht getötet! Ich habe ihn noch nicht einmal angefaßt! Er war schon tot, als ich – «

»Von Anfang an«, unterbrach Ann. »Warum bist du überhaupt in sein Haus gegangen?«

»Er hat mich angerufen. Er hat mir gesagt, ich solle rüberkommen.

»Du behauptest, Candy habe dich persönlich eingeladen?«

»Ich weiß, es hört sich verrückt an, aber es stimmt. Ich war bei meinen Eltern, so gegen halb fünf. Ich bekam diesen Telefonanruf. Haben sie Ihnen nicht gesagt, daß ich einen Anruf bekam? Es war Mr. Candy. Er sagte, alles, was er getan habe, täte ihm leid. Wie er meine Eltern behandelt habe, wie er diese Pistole auf mich gerichtet habe, und wie er der Polizei gegenüber gelogen habe. Er hat mich gefragt, ob ich rüberkommen könnte, damit er sich entschuldigen könne, und dann wollte er die Polizei anrufen und die Sache mit der Anklage gegen mich regeln.«

»Hat er gesagt, wie er zu diesem plötzlichen Gesinnungswandel kam?«

»Er hat gesagt, es sei Weihnachten, und daß die Menschen Weihnachten einander freundlich und milde begegnen sollten. Ah ja, und er hat gesagt, ich sollte weder meinen Eltern noch sonst jemandem erzählen, wo ich hinginge, weil er nämlich erst sicher sein wollte, daß alles mit diesem Prozeß in Ordnung käme.«

»Und das wolltest du mit der Bemerkung ausdrücken, die du deinen Eltern gegenüber gemacht hast – ›Wenn die Christen es zu dieser Zeit tun können, dann sollten die Juden es auch können?‹ «

»Ich glaube, etwas Ähnliches habe ich gesagt.«

»Also bist du aus dem Haus deiner Eltern die Straße hinunter zu dem Haus der Candys gegangen«, sagte Ann. »Was dann?«

»Ich habe ein paarmal geklingelt. Er kam nicht an die Tür. Aber dann bemerkte ich, daß sie gar nicht ganz zu war, sie stand ein paar Zentimeter offen. Ich dachte, er habe die Tür für mich offen gelassen, also ging ich rein. Ich blieb ein paar Sekunden lang im Flur stehen – derselbe Flur, in dem ich vorher den Ärger mit ihm gehabt hatte – und rief seinen Namen. Als er nicht antwortete, ging ich den Flur hinunter bis zu diesem Bogengang, der ins Wohnzimmer führte – jedenfalls denke ich, daß es das Wohnzimmer war. Ich ging durch diesen Bogengang und sah den Weihnachtsbaum, über und über geschmückt und voll mit diesem Silberzeug. Und darunter lagen Päckchen, und dann hab ich – «

Er hielt inne, preßte die Lippen aufeinander und zwang sich dann zum Weitersprechen. »Zuerst dachte ich, es wäre nur ein Päckchen unter dem Weihnachtsbaum. Ein ganz schön großes Päckchen. Und dann bemerkte ich, daß er es war – also, ein Mensch, ich wußte nicht sofort, wer – er lag da, die Beine angezogen und die Arme ausgestreckt. Ich dachte, ich könnte vielleicht etwas für ihn tun, also kniete ich mich neben ihn, und in dem Augenblick wußte ich, wer es war, und ich wußte auch, daß er tot war.«

»Woher wußtest du das?« fragte Ann. »Hast du seinen Puls gefühlt? Dein Ohr an sein Herz gelegt?«

»Nein, das hätte ich nie – ich wußte es einfach. So wie sein Kopf so verdreht dalag und das ganze Blut aus ihm rausfloß. Und die Pistole war auch da – «

»Wo? Nahe bei der Leiche?«

»Nein, sie lag ein Stück weiter im Zimmer. Auf dem Teppich, da hab ich sie liegen gesehen.«

»Du bist nicht dorthin gegangen, nicht? Um sie aufzuheben oder so?«

»Nein. Ich hab sie nur da gesehen, und bin dann wieder aufgestanden. Und dann hab ich angefangen nachzudenken. Man wollte mich wegen versuchten Mordes vor Gericht bringen, und das war die Mordwaffe. Würde es also nicht so aussehen, als sei ich in dieses Haus gestürzt und hätte es wieder versucht, und diesmal hätte es geklappt? Dann habe ich dieses Jesusbild über dem Kamin gesehen, und es hat mich daran erinnert, daß ich Jude bin – darüber denke ich eigentlich, ehrlich gesagt, nicht sehr häufig nach –, niemand in der ganzen Stadt würde mir also meine Geschichte glauben. Deshalb bin ich weggelaufen!«

»Hast du die Eingangstür hinter dir zugemacht?«

»Ich weiß nicht. Ich glaube nicht.«

»Wo bist du dann hingegangen?«

»Die Straße hinunter. Zum Haus meiner Eltern. Ich bin nicht reingegangen. Mein Auto stand davor, also bin ich eingestiegen und losgefahren.«

»Als Candy dich anrief, wie konntest du wissen, daß er es war?«

»Er hat mir gesagt, wer dran war.«

Ann beugte sich ein wenig vor. »Aber wie konntest du sicher sein, daß es nicht jemand anders war, der seinen Namen benutzte? Wie oft hast du überhaupt schon seine Stimme gehört?«

»Hm, ehrlich gesagt, nur einmal. Als ich zu ihm rüberging, um ihm zu sagen, was er meinen Eltern antut – und er diese Pistole auf mich gerichtet hat.«

»Zu welcher Zeit du nicht richtig hinhören konntest, weil du erregt warst und er nicht deutlich sprechen konnte, weil er auch erregt war. Also, wie klang seine Stimme am Telefon? Schien er dir natürlich und unbekümmert zu sprechen, wie Leute in einem gewöhnlichen Gespräch reden?«

»Jetzt wo Sie es erwähnen, seine Stimme war ziemlich leise, fast wie ein Flüstern. Als wäre er unter großem Druck und zwinge sich, zu sprechen. Ich dachte, das käme daher, daß es ihm nicht leicht fiel, sich zu entschuldigen und zuzugeben, daß er unrecht gehabt hatte und so.«

»Hast du diese Botschaft gesehen, die er auf den Teppich geschrieben hat, bevor er gestorben ist, diese Wörter in roter Kreide?«

»Ich hab davon in der Zeitung gelesen. Aber ich hab auf dem Teppich keine Buchstaben gesehen. Ich schätze, ich hab sie einfach nicht bemerkt. Ich muß zu viel Angst gehabt haben und in einer Art Schock gewesen sein. Ich mußte immer wieder seinen Kopf ansehen, und das ganze Blut.«

Ein skeptischer Ausdruck kam in Anns Gesicht. »Wenn er nur ein oder zwei Wörter hingekritzelt hätte, hättest du sie vielleicht übersehen können. Aber er hat vier Wörter geschrieben. ›Gold, frankincense and myrrh.‹ Sie haben viel Platz eingenommen. Findest du nicht auch, daß es komisch ist, daß du sie da nicht gesehen hast?«

»Ich weiß nicht, warum ich sie nicht gesehen habe. Ich hab sie einfach nicht gesehen, mehr kann ich nicht sagen. Warum sollte ich deshalb lügen?«

Ann machte mit ihrer Zunge das leichte Schnalzgeräusch, das sie immer macht, wenn sie wegen einer Sache skeptisch oder argwöhnisch ist. »Nachdem du vom Haus deiner Eltern weggefahren bist, wo bist du hingefahren? Wo bist du die letzten beiden Tage gewesen?«

»An keinem bestimmten Ort. Ich bin nur so durch die Gegend gelaufen.«

»Wo hast du geschlafen? Wie hast du dein Essen bekommen?«

»Ich – ich hab mir ein Zimmer in einem Motel genommen. Ich hab mir Essen aus einem Schnellimbiss besorgt.«

»Welches Motel? Welcher Schnellimbiss? Name und Ort.«

»Ich verstehe nicht, warum das wichtig sein soll.«

»Weil die Leute dort dich gesehen haben müssen. Ihnen ist vielleicht dein Verhalten aufgefallen, wie du dich benommen hast, ob so wie jemand, der einen Mord auf dem Gewissen hat.«

»Ich erinnere mich einfach nicht, wo das war. Ich hatte so große Angst und war so durcheinander –«

Seine Stimme schleppte sich dahin. Spiel ja nie Poker, Junge, dachte ich. An dir könnte man reich werden.

»Ich bin deine Anwältin«, sagte Ann. »Alles, was du mir sagst, ist streng vertraulich. Es wäre gegen das Gesetz, wenn ich der Polizei etwas davon sagen würde, selbst wenn ich es wollte. Du bringst niemanden in Schwierigkeiten, glaube mir.«

»Es gibt niemanden, den ich in Schwierigkeiten bringen könnte«, sagte Roger, aber seine Augen waren überall.

Ich entschied, daß es an der Zeit war, mich einzumischen. »Was soll das ganze Gerede um den heißen Brei?« sagte ich. »Wir wissen, wo du warst. Du hast dich die beiden letzten Tage bei Rabbi Loewenstein versteckt gehalten.«

Roger machte große Augen. Ann warf mir einen erstaunten Blick zu. Es gelingt mir nicht jeden Tag, eine derartig spektakuläre Wirkung zu erzielen, und ich gebe zu, es machte mir gewissen Spaß. Ich konnte verstehen, wie Mom sich immer fühlte.

»Es liegt eigentlich auf der Hand«, sagte ich. »Was hatte der Rabbi heute abend in der Stadt zu tun? Er sagte, er bleibt Heiligabend immer bei seiner Familie zu Hause und sieht sich *It's a Wonderful Life* an. Es hat um neun Uhr im Fernsehen angefangen. Er hat sich nicht um dieses Vergnügen gebracht, bloß um dabei zu sein, wenn der Bürgermeister ein paar Lichter einschaltet und sich anzuhören, daß nur einmal im Jahr Weihnachten ist. Also war er in der Stadt, weil er etwas Besonderes erwartete, etwas, an dem er ein persönliches Interesse hatte, und er wollte ganz sicher gehen, daß alles ein gutes Ende nahm.«

Roger war den Tränen nahe. »Er bekommt deswegen doch keine Schwierigkeiten, oder? Können Sie dafür garantieren – «

»Von uns bestimmt nicht«, sagte Ann. »So viel kann ich garantieren. Wenn allerdings die Staatsanwaltschaft von anderer Seite erfährt – «

»Bist du sofort zu dem Rabbi gegangen«, fragte ich, »nachdem du Candys Leiche gefunden hast?«

»Ja. Er war der einzige Mensch, der mir einfiel. Er war so nett zu mir und meinen Eltern, während wir auf den Prozeß warteten.« Er errötete plötzlich. »Ich meine, Sie beide waren auch nett zu uns – aber ich dachte nicht – , ich meine, Sie als Vertreter des Gesetzes und so – «

»Bist du zu dem Rabbi nach Hause gegangen?«

»Nein, ich wollte seine Familie da nicht mit hineinziehen. Ich bin in die Synagoge gegangen. Ich wußte nicht, ob er da sein würde, aber ich dachte, ich könnte auf ihn warten, wenn er nicht da sein sollte, und wenn mich jemand dort sehen würde, könnten sie denken, ich würde beten. Aber der Rabbi war in seinem Zimmer, und zum Glück war niemand sonst da.«

»Und wo hat er dich versteckt?«

»Im Keller gibt es einen kleinen Raum. Sie benutzen ihn als Abstellkammer, hauptsächlich für Sachen, die sie bei besonderen Anlässen brauchen – den Schofar für das Neujahrsfest und die Tora, und solche Sachen. Er sagte, ich könne da schlafen, und er werde die Tür abschließen, damit der Hausmeister nicht über mich stolpern würde. Und er hat mir selber das Essen gebracht. Hauptsächlich Brote und Kekse. Es war wie Sir Cedric Hardwicke und Frederick March – dieser alte Film, wo Hardwicke der Bischof ist und March der entflohene Häftling –«

Ein Ausdruck der Bestürzung kam in Rogers Augen. »Verstehen Sie mich bitte nicht falsch! Das erste, was er sagte, nachdem ich ihm erzählt hatte, was passiert war, er sagte, ich solle mich der Polizei stellen. Er sagte das immer wieder, wenn er mich in den letzten beiden Tagen sah. Deshalb habe ich Sie auch schließlich angerufen, weil der Rabbi mich überzeugt hatte, durch ihn habe ich verstanden, daß je länger ich mich versteckt hielt, es umso schlimmer für mich werden würde. Sind Sie *sicher*, daß er keine Schwierigkeiten bekommt –«

Ann gab ihm erneut ihr Versprechen, und wir hatten keine weiteren Fragen mehr an ihn, also war das Interview beendet. Der uniformierte Beamte führte Roger hinaus, und der Junge hatte einen Blick im Gesicht, als ginge es direkt von diesem Raum in die Gaskammer.

Ann und ich gingen hinauf in die Eingangshalle des Gefängnisses und fanden Rogers Eltern dort vor. Rabbi Loewenstein saß bei ihnen.

Die Meyers stürzten auf uns zu, bombardierten uns mit Fragen, ob es Roger gut ginge und ob sie ihn sehen könnten und ob die Chance bestünde, daß man ihn gegen Kaution freiließe. Ann beantwortete alle Fragen so klar und geduldig, wie sie nur konnte, und dann ging sie zu dem Schreibtisch und bat den diensthabenden Beamten, sofort dafür zu sorgen, daß Rogers Eltern ihren Sohn sehen konnten. Bevor er nein sagen konnte – es liegt in der Natur von Bürokraten, nein zu sagen, auch wenn sie keine Ahnung haben, was man von ihnen will –, sagte Ann: »Anwaltsassistent George Wolkowicz gibt seine Zustimmung. Lassen Sie also die beiden hier den Jungen sehen, oder soll ich Wolkowicz sofort anrufen und ihm mitteilen, daß Sie für die Störung am Heiligabend verantwortlich sind?«

Der Beamte willigte ein, Rogers Eltern mit ihrem Sohn reden zu lassen.

Während dieser kleinen Aufregung hatte der Rabbi mit einem höflichen Lächeln im Gesicht an der Seite gestanden. Sobald ich konnte, schob ich mich an ihn heran und sprach mit leiser Stimme. »Ich fürchte, Rabbi, Sie werden *It's a Wonderful Life* verpassen.«

Er zuckte die Schultern. »Ich weiß, wie es ausgeht.«

»Das ist der Film über diesen jungen Typ, der in Schwierigkeiten steckt, nicht?« sagte ich. »Aber zum Glück hat er einen Schutzengel, der sich um ihn kümmert und ihn vor Unheil bewahrt.«

»So geht die Geschichte.«

»Ein richtiges Märchen, meinen Sie nicht auch? Im wirklichen Leben, was kann ein Schutzengel da schon für jemanden tun? Außer ihm vielleicht ein paar Brote und Kekse bringen und etwas moralische Unterstützung geben?«

Der Rabbi sagte kein Wort. Er lächelte sanft weiter.

* * *

Es war nach halb zwölf, als ich aus dem Gefängnisgebäude kam. Ann war erschöpft und machte sich sofort auf den Nachhauseweg. Ich hatte große Lust, es ihr gleichzutun, aber irgend etwas quälte mich; es beschäftigte mein Unterbewußtes schon seit Stunden. Etwas, das sich heute abend ereignet hatte.

Nein, das war nicht ganz richtig. Was mich beunruhigte, war etwas, das sich heute abend nicht ereignet hatte. Der alte Abernathy, dieser verrückte Prophet von der Straßenecke, hatte er mir nicht heute morgen beim Frühstück gesagt, daß er mich heute abend treffen würde? Hatte er nicht gesagt, er würde mich in der Menschenmenge schon finden, wenn der Weihnachtsbaum beleuchtet würde, und er wolle mir dann etwas mehr von dem erzählen, was er wußte?

Wo also war er? Warum hatte er mir heute abend *nichts* erzählt? Warum hatte ich heute abend während der Weihnachtsbaumfeier nicht das Geringste von ihm zu sehen bekommen?

Mir fielen viele vollkommen plausible Antworten ein. Er konnte sturzbetrunken in seinem Hotelzimmer gewesen sein. Er konnte mich vollkommen vergessen haben. Er war ein solcher Irrer, wie konnte man da von ihm erwarten, daß er auch nur irgend etwas von dem zu Ende führen würde, was er vorher angekündigt hatte? Trotzdem, ich wußte, ich konnte noch nicht nach Hause fahren, nicht, bis ich nach diesem alten verrückten Mann gesehen hatte.

Ich fuhr schneller als erlaubt, was sehr merkwürdig war, sagte ich mir doch immer wieder, daß es keinen Grund gäbe, mich zu beunruhigen. Drei Blocks vor dem Hotel fand ich mich hinter einem großen Umzugslaster, der im Schneckentempo vorwärtskroch und so breit war, daß man nicht an ihm vorbeikam.

Auf seiner Stoßstange der vertraute Aufkleber: *»Honk Twice if You Love Jesus.«*

Ich hupte vier oder fünfmal, und zwar so wütend wie ich nur konnte.

Eine große Hand erschien aus dem Fahrerfenster des Lastwagens. Der Mittelfinger war in klassischer Manier hochgestreckt, die in der ganzen westlichen Welt wohl dieselbe Bedeutung hat. Jedenfalls *nicht* »Fröhliche Weihnacht«.

Endlich erreichte ich das Hotel Cochran, ein fünfstöckiges Gebäude auf der anderen Seite des verwahrlosten kleinen Stadtparks, Manitou Park, der um die Statue von General William Henry Harrison Wagner hoch zu Roß angelegt ist; der General hat gegen Ende des neunzehnten Jahrhunderts Mesa Grande gegründet. Schwer vorstellbar, was der General wohl gedacht hätte, wenn er von der Drogendealerei und den anderen ruchlosen Geschäften gewußt hätte, die sich hundert Jahre später zu Füßen seines Pferdes abspielten.

Ich parkte vor dem Hotel, dessen Neonschild der Welt verkündete, daß hier das »HO EL COC RA » war. Solange wie ich in Mesa Grande bin, war es schon immer ein Wanzenquartier gewesen, obwohl behauptet wird, es habe früher bessere Tage gekannt. Die Steinstufen, die zur Eingangstür hinaufführten, waren überall abgebrochen, ein absolutes Sicherheitsrisiko im Dunkeln. Die Glühbirne über der Tür half wenig; sie hatte eine derart niedrige Wattzahl, daß sie es kaum schaffte, sich selbst zu beleuchten.

Wenn man herein kam, war das, was das Management hoffnungsfreudig die »Lobby« nannte, ein dunkler, nach Schimmel riechender kleiner Raum, an dessen einem Ende ein paar Stühle standen und an dessen anderem Ende sich ein schäbiger Schreibtisch befand. Der alte Mann dahinter sah aus wie ein Opfer aus einem Dracula-Film. Nachdem sie ihm sein ganzes Blut ausgesaugt hatten, hatten sich die Vampire offensichtlich in einem Anfall von Hunger über die Stühle hergemacht; beide Armlehnen hatten tiefe Risse, und die Polsterung quoll hervor.

Ich ging zu dem Schreibtisch und fragte den Angestellten, ob Mr. Abernathy da sei.

»Der alte Jesus?« fragte der Mann mit einer derartig heiseren und erschöpften Stimme, daß sie aus dem Nebenraum hätte kommen können. »Hab ihn heute abend noch nicht gesehen.«

»Er ist noch nicht nach Hause gekommen?«

»Ist nie weggegangen. Ist gegen vier heute nachmittag auf sein Zimmer gegangen, ist seitdem dageblieben.«

»Er ist nicht zum Essen rausgegangen?«

»Nichts Komisches daran. Geht oft abends nicht zum Essen. Trinkt sein Essen da oben, wenn Sie verstehen, was ich meine. Das Zimmer ist auch ein verdammter Saustall!«

»Rufen Sie durch und bestellen Sie ihm, ich möchte ihn sehen«, sagte ich.

»Glauben Sie, wir haben Zimmer mit Telefon? Glauben Sie, das ist hier das Richelieu?« Ein trockenes kratzendes Lachen packte ihn. »Ich werde hinaufgehen und an seine Tür klopfen.«

»Das kann ich auch selber. Welche Zimmernummer hat er?«

Eine Sekunde lang sah der alte Mann so aus, als wollte er sie mir nicht sagen. Vage Gedanken über den Rang dieses Etablissements und das Eigenleben seiner Klientel mögen ihm wild durch den Kopf geschossen sein. Bevor er sich derartigen Selbsttäuschungen über dieses Grandhotel hingeben konnte, zückte ich meine Dienstmarke. Ja, ich habe eine Dienstmarke, und sie gibt mir das Recht, überall dort hinzugehen, wo jeder gewöhnliche Polizeibeamte hingehen kann. Das gehörte zur Übereinkunft, als der Stadtrat ein Büro der Pflichtverteidigung einrichtete.

Der alte Mann warf einen kurzen Blick darauf und murmelte. »Zimmer dreiundzwanzig, zweiter Stock, an der Treppe.«

Ich stieg die Treppe hoch, der Aufzug des Hotels Cochran war seit dem Ende des Zweiten Weltkrieges kaputt. Ich fand mich auf einem Flur, der noch trüber als die Lobby war. Er hatte einen süßlichen beißenden Geruch, wie das Zeug, mit dem man Moskitos tötet. Sie versprühten das in diesen Fluren alle paar Wochen, vermutete ich, gemäß der Theorie, daß es billiger war als die Teppiche abzusaugen, die Wände neu zu streichen und alle Gäste, die sich weigerten, entlaust zu werden, zu vertreiben.

Ich klopfte an der Tür von Zimmer dreiundzwanzig. Ich bekam keine Antwort. Irgendwo in der Mitte zwischen Bewußtsein und Unbewußtsein habe ich das, glaube ich, auch nicht erwartet.

Ich drückte die Türklinke. Die Tür war nicht verschlossen, was mich ebenfalls nicht überraschte. Ich lehnte mich gegen die Tür, und sie öffnete sich quietschend. Das Deckenlicht brannte – das Licht schien blaß durch eine von Fliegendreck starrende Glaskugel –, und der Mond warf ein paar Strahlen durch das einzige Fenster. Es reichte, um drei oder vier Zeitungshaufen auf dem Fußboden und ein Lumpenbündel auf dem Bett entdecken zu können.

Dann ging ich näher heran und sah, daß das Lumpenbündel Luke Abernathy war, und es sah ganz so aus, als würde er nie wieder aufstehen.

Ich hörte ein ganz leises Rascheln hinter mir, und bevor ich mich umdrehen konnte, brach das ganze Gewicht des Jammers dieser Welt und des Leids der Menschheit über meinem Kopf zusammen.

Ich war nicht bewußtlos geschlagen. Allem zum Trotz, was man im Fernsehen sieht und in Detektivromanen liest, ist es gar nicht so leicht, bewußtlos geschlagen zu werden. Ich fiel hin, ich lag auf den Knien, aber mir wurde nicht schwarz vor Augen, wie es so schön heißt. Tatsächlich sah ich viel zu viel Licht, das mir aus allen Richtungen entgegenflackerte und hauptsächlich aus dem Inneren meines Kopfes kam. Und ich spürte einen Schwindel, alles drehte sich, so daß ich mich am liebsten übergeben hätte. Ich brauchte eine Zeitlang, diesen Drang unter Kontrolle zu bekommen. Dann hörten die Lichter auf, mich zu bombardieren, das Karussell in meinem Kopf wurde langsamer, und schließlich erkannte ich die Decke über mir, die ich anstarrte.

Der Schlag auf meinen Kopf hatte mich zwar nicht bewußtlos gemacht, aber er hatte seinen Zweck ebenso gründlich erfüllt. Bis ich mich hochrappelte und auf den Flur lief, war weit und breit niemand mehr zu sehen und von weglaufenden Schritten nichts mehr zu hören. Ich stützte mich auf das Treppengeländer und schrie mir nach dem alten Mann die Lunge aus dem Leib.

Die ersten beiden Schreie kamen als Krächzer heraus, aber dann bekam meine Stimme wieder ihre alte Resonanz. Der alte Mann kam die Treppe hoch gelaufen.

»Wer ist gerade weggegangen?« rief ich ihm zu, und vielleicht habe ich ihn dabei sogar bei den Schultern gepackt.

»Niemand! Ich habe niemanden gesehen!« Sein Gesicht war schmerzverzerrt. Meinetwegen, wurde mir klar. Ich mußte wie der Teufel ausgesehen haben.

»Gibt es hier einen anderen Ausgang als den durch die Lobby?«

»Die Feuerleiter. Jeder Flur hat am Ende ein Fenster, und von da aus geht eine Feuerleiter runter.«

Ich lief den Flur hinunter zum Fenster und wußte genau, was ich dort vorfinden würde. Ein offenes Fenster und, was für eine Überraschung, eine leere Feuerleiter. Und auf der Gasse unten nichts.

Als ich wieder im Hotel war, hatte der alte Mann gesehen, was es durch die Tür von Zimmer dreiundzwanzig zu sehen gab.

»Er ist tot, nicht? Endlich hat er's getan. Sie tun's alle früher oder später. Eine Erlösung, sage ich immer. Die Welt ist ohne sie besser dran. Sie sind besser dran ohne sich selber.«

Er plapperte weiter, während ich noch einmal in das Zimmer ging und nahe an das Bett heran, um mir die Leiche genauer anzusehen. Die blutunterlaufenen alten Augen standen weit offen und starrten, der Mund war verzerrt. Das knochige Handgelenk fühlte sich kalt und steif an. Auf dem wackligen Nachttischchen stand ein Glas mit ein wenig blaßgelber Flüssigkeit. Auf dem Boden lag eine Weinflasche.

Ich sagte dem alten Mann, er solle hinuntergehen, und die Polizei anrufen und danach sofort wieder zu mir kommen. Als er aus dem Zimmer war, holte ich mein Taschentuch hervor und benutzte es, um das Glas anzufassen. Ich schnupperte daran. Ich erkannte den Geruch sofort. Dann beugte ich mich hinunter und machte dasselbe mit der Flasche. Sie war noch halb voll, und der Geruch war sogar stärker. Auf dem Etikett stand »Chablis«, von irgendeinem Weingut in Kalifornien. Ganz schön teures Zeug.

Der alte Mann kam zurück, ging aber nicht durch die Tür. Ich war nicht in der Stimmung, Leute zu quälen, deshalb ging ich zu ihm auf den Flur. »Sonst noch Gäste auf diesem Flur?« fragte ich.

»Drei, vier andere.«

»Irgendeiner von denen jetzt auf seinem Zimmer?«

»Sind alle raus gegangen. Hab sie alle gehen gesehen, früh am Abend. Verschiedene Zeiten.«

»Wo sind sie hingegangen, wissen Sie das?«

Er zuckte die Schultern. »Paar haben irgendwo Familie. Paar sind einen trinken gegangen. Heute ist Heiligabend, Samstag abend, viele Kneipen haben lange auf.«

Ich stieß mit dem Daumen gegen das Bett. »Irgend jemand heute abend für ihn hier gewesen?«

»Nur Sie.«

»Seit wann haben Sie hier Dienst?«

»Seit drei Uhr. Ich hab gesehen, wie er reinkam, niemand war für ihn hier. Wollen Sie mich einen Lügner schimpfen?«

Er sagte das weder böse noch verteidigend. Es war mehr oder weniger eine schlichte Aussage, etwas, das ihm so häufig widerfuhr, daß er es als selbstverständlich ansah.

»Als er reinkam – gegen vier, sagten Sie? Haben Sie vielleicht zufällig bemerkt, trug er eine Flasche bei sich?«

»Kann sein«, sagte er. »Er trug eine weiße Papiertüte bei sich. Ja, der Form nach hätte eine Flasche drin sein können.«

»Wenn jemand über die Feuerleiter verschwinden konnte, könnte auch jemand über denselben Weg hereinkommen?«

»Die Fenster haben Innenschlösser, damit keiner reinkommt. Aber es ist lange her, daß sie funktioniert haben. Die meisten sind verrostet, und man kann sie nicht verschlossen halten.«

Ich ging zurück in das Zimmer und sah mich gründlicher als vorher um. Ich schritt es der Länge und der Breite nach ab, guckte unter das Bett, stocherte in den Haufen alter Zeitungen, untersuchte den winzigen Schrank, wühlte im Papierkorb. Ich entdeckte nichts Ungewöhnliches, nichts, das ich mit dem Mord in Zusammenhang bringen konnte.

Ich hörte Sirenen die Straße herunterkommen und sah mich noch einmal schnell in dem Zimmer um; das war meine letzte Chance, bevor die Büffelherde hereinbrach. Wieder nichts, das meine Aufmerksamkeit erregte. Ich hörte von der Treppe her lautes Getrampel. Ich stand wieder draußen auf dem Flur und summte leicht vor mich hin, als sie erschienen.

Der Rest war Routine. Ich wurde hinunter in die Lobby geschoben, und sie bombardierten mich mit einer Unmenge Fragen, die ich alle drei oder viermal beantwortete. Zum letzten Mal Anwaltsassistent George Wolkowicz, der triefäugig und wütend aussah, weil man ihn aus seinem Weihnachtsschlaf gerissen hatte. Aber alle Welt hatte vernommen, daß der Tote sein Hauptzeuge in dem Meyer-Fall war, wie konnte er sich also auf die andere Seite drehen und ihnen sagen, es hätte bis zum Morgen Zeit?

»Was denken Sie, hat sich hier abgespielt?« bequemte sich Wolkowicz schließlich, mich zu fragen.

»Sie haben an dem Glas und der Flasche gerochen? Legen Sie mich nicht drauf fest, aber Ihr Gerichtsmediziner wird einen erstklassigen Fall von Cyanidvergiftung ans Licht bringen.«

»Und es gibt tausend Möglichkeiten, sich das Zeug zu besorgen. Die Leute wenden es an beim Gartenbau, der Photographie, beim Drucken, Töten von Mäusen – « Er nahm die Flasche in Augenschein. »Sieht nicht aus wie der übliche billige Fusel, den diese Saufbrüder sonst immer trinken.«

»Vielleicht hat ihm das jemand zu Weihnachten geschenkt.«

»Wir werden es ins Labor schicken, vielleicht gibt es Fingerabdrücke. Allerdings sehr unwahrscheinlich. Der Mörder muß sie abgewischt haben, bevor er sie dem alten Mann gab.«

Dann verhärtete sich Wolkowiczs Gesicht. »Äußerst bequem, daß er so starb. War er doch unser Hauptzeuge für den Candy-Mord gegen Ihren Klienten.« Seine Augen wurden schmal. »Was zum Teufel tun *Sie* eigentlich hier? Wir haben es ja noch nicht öffentlich bekannt gegeben, wer unser Zeuge war.«

»Die Dinge sprechen sich rum«, sagte ich.

»Wenn es in meinem Büro irgendeine undichte Stelle geben sollte -«

Seine Augenbrauen nahmen einen boshaften Zug an, deshalb wechselte ich schnell das Thema. »Unser Klient kann es nicht gewesen sein, er war die ganze Nacht im Gefängnis. Es sei denn, er ist entwischt, als Ihre Wachen nicht aufgepaßt haben.«

»Der Aufenthaltsort Ihres Klienten bis neun Uhr abends ist unbekannt. Der alte Mann hat diese Flasche um vier mit ins Hotel gebracht.«

»Und unser Klient hat sich den ganzen Tag lang nicht von der Polizei erwischen lassen. Meinen Sie, er ist in einen Laden gegangen und hat eine Flasche Wein gekauft? Und ist das Risiko eingegangen, erkannt zu werden?«

»Vielleicht ist Ihr Klient nicht gerade der Hellste«, sagte Wolkowicz. »Die Ivy Leagues sind voller brillanter Genies, die Schwierigkeiten damit haben, ihre Bankauszüge zu lesen und ihre Schuhgröße zu behalten. Außerdem, selbst wenn ihn niemand identifiziert, so will das gar nichts heißen. In dieser Stadt gibt es Hunderte von Geschäften, die Alkohol verkaufen, und viele davon gehen ausgezeichnet, und einen Tag vor Weihnachten verkaufen sie besonders viel Wein, wie groß also sind die Chancen, daß der Verkäufer sich an einen Kunden erinnert? Was hinzukommt, er kann die Flasche ja schon vor langer Zeit gekauft haben, er kann sie aus dem Osten mitgebracht haben, als er in die Ferien fuhr, seine Familie kann sie im Haus stehen gehabt haben.«

»Und was ist mit Abernathy – glauben Sie, er hat so einfach eine Flasche Wein von dem Mann angenommen, gegen den er in einem Mordprozeß aussagen soll? Wer immer ihm das Zeug geschenkt hat, es muß jemand gewesen sein, dem er vertrauen konnte.«

»Er war ein alter Saufbold. Jedem, von dem er umsonst was zu saufen bekam, hat er vertraut.«

»Was ist dann mit dem Typ, der mir einen übergezogen hat?« sagte ich. »Das war nicht Roger Meyer, das wenigstens müssen Sie zugeben.«

»Tu ich«, sagte Wolkowicz. »Roger Meyer hat Ihnen mit Sicherheit keinen übergezogen.« Er hielt inne, und mir gefiel sein Grinsen kein bißchen. »Wenn es überhaupt jemand war.«

Kurz darauf ließ er mich gehen. Auf dem Nachhauseweg bekam ich fürchterliche Kopfschmerzen. Ich hatte diese Schmerzen schon die ganze letzte Stunde in Schach gehalten, wurde mir klar, weil ich mich auf dringlichere Sachen konzentrieren mußte. Aber jetzt überwältigten sie mich, und ich konnte kaum geradeaus sehen, als ich durch meine Haustür stolperte.

Mein letzter Gedanke, während ich mich auf mein Bett fallen ließ, war, daß Mom wütend sein würde, daß ich sie nicht angerufen hatte.

Weihnachten, tagsüber

Der Weihnachtsmorgen begann hell und klar. Ich sah ihn nicht hell werden, ehrlich gesagt, aber ich erfuhr davon in den Radionachrichten gegen zehn. Zu dieser Zeit weckten mich zwei Telefonanrufe, einer direkt nach dem anderen, so daß, sollten also nach dem ersten noch irgendwelche Fetzen von Schlaf in mir hängen geblieben sein, der zweite sie gründlich beseitigte.

Der erste Anruf kam von Ann. »Was lese ich da in der Zeitung über dich, du findest Leichen? Und noch dazu Leichen von Zeugen? Meinst du nicht, daß du solche aufregenden Erfahrungen mit den Leuten in deinem Büro teilen solltest?«

»Ich war mit dieser aufregenden Erfahrung um zwei Uhr nachts fertig«, sagte ich. »Wolltest du da noch angerufen werden? Ich werd's mir für die Zukunft merken.«

»Entschuldigung, ich wollte mich nicht als Boss aufspielen. Aber es ist schon eine Art Schock, am Weihnachtsmorgen wach zu werden und den Namen des eigenen Klienten in den Schlagzeilen zu finden und dazu deutliche Hinweise, daß ihm eventuell ein zweiter Mord angelastet wird. Nicht gerade das, was ich sonst immer in meinem Strumpf finde.«

Ich berichtete ihr alles, so gut ich konnte, und fragte sie, ob sie sich im Laufe des Tages mit mir treffen wollte. Sie sagte, das wäre nicht nötig. Sie hatte vor, diesen gloriosen Weihnachtstag damit zu verbringen, einen Richter ausfindig zu machen, der sich ihren Wunsch nach einer Kaution für Roger Meyer anhörte. Dieser neue Mord gab ihr allerdings wenig Hoffnung. »Frag gegen sechs noch mal nach«, sagte sie, »ich bin entweder zu Hause oder im Büro. Ich sag dir Bescheid, falls es Arbeit gibt.«

Ich hatte kaum aufgelegt, als das Telefon wieder ging. Es überraschte mich nicht, Moms besorgte und mütterliche Stimme zu hören.

»Du solltest dir keine Schuld geben, mein Sohn«, sagte sie. »Nach dem, was die Zeitung schreibt, war er schon vor der Weihnachtsbaumfeier gestern abend tot. Also hättest du nichts für ihn tun können, selbst wenn du früher daran gedacht hättest.«

»Ich hatte nicht vor, mir deswegen schlaflose Stunden zu verschaffen, Mom«, sagte ich.

Und das wollte ich wirklich nicht. Ich hatte schon vor langer Zeit damit aufgehört, mich für die Verbrechen schuldig zu fühlen, die ich vielleicht hätte verhindern können, wenn ich nur früher am Tatort erschienen wäre. Ich sage mir immer, die Verbrecher sind diejenigen, die die Verbrechen begehen, nicht ich. Wie hätte ich ohne diese Einstellung in meinem Job all diese Jahre überleben können?

»Also gut«, sagte Mom. »Wenn es dich nicht belastet, warum erzählst du mir nicht genau, was passiert ist? Und nebenbei, bevor du damit anfängst, hattest du mir nicht versprochen, mich gestern abend anzurufen, egal wie spät?«

»Ich wußte, daß du nicht um zwei Uhr nachts von mir geweckt werden wolltest, Mom.«

»Jetzt entscheidet er schon für andere, was sie wollen und was nicht! In Ordnung, ich bin eine Mutter, ich verzeihe. Was also war gestern nacht, bitte schön?«

Ich ging für sie alle Einzelheiten durch. An der Stelle, als ich den Schlag auf den Kopf bekommen hatte, unterbrach sie mich: »Bist du in Ordnung? Bist du beim Arzt gewesen? Hat er Röntgenaufnahmen gemacht?«

»So schlimm war es nicht«, sagte ich. »Ich spüre heute morgen kaum noch etwas. Ich brauche keinen Arzt und keine Röntgenstrahlen.«

»Das sagst du immer. Immer mußt du beweisen, was für ein harter Bursche du bist! Schon als kleiner Junge wolltest du ohne Gummistiefel in den Regen –«

»Laß mich weitererzählen, was passiert ist, Mom.« Ich erzählte die Geschichte schnell weiter.

Als ich fertig war, sagte sie nach einer langen Pause: »Also, ich bin sicher, dir ist aufgefallen, was komisch an der ganzen Sache ist?«

»Daß der alte Mann umgebracht worden ist? Aber der Grund dafür liegt doch auf der Hand, nicht? Er hat vor Candys Haus etwas gesehen, von dem er dem Bezirksstaatsanwalt und mir nichts erzählt hat. Vielleicht hat er außer Roger noch jemanden gesehen, der zur Tür hinein und wieder herausgegangen ist, und vielleicht hat er diese Person ein bißchen erpreßt – du selber hast gesagt, er bekäme Geld von irgendwoher. Also hat er gestern nacht versucht, noch ein bißchen mehr zu bekommen, und diese Person hat sich entschlossen, ihn ein für allemal auszuzahlen und hat ihm eine Flasche Wein zu Weihnachten geschenkt.«

»Unbedingt, das ist klar. Aber es gibt da etwas, das nicht so klar ist.«

»Und das wäre?«

»Warum hast du den Schlag auf den Kopf bekommen?«

»Ich verstehe nicht, was daran so besonders ist. Ich habe den Mörder überrascht –«

»In Ordnung, ich frage ja nur. Erzähl mir also, was früher am Abend passiert ist. Ich hab in den Fernsehnachrichten gesehen, wie sie den Jungen verhaftet haben. Er hat nicht gerade glücklich ausgesehen.«

Ich erzählte ihr alle Einzelheiten der Verhaftung, und dann wiederholte ich die Unterredung, die Ann und ich mit Roger im Gefängnis geführt hatten. Mom hörte aufmerksam zu, und ihr einziger Kommentar kam an der Stelle, als ich beschrieb, welchen Anteil Rabbi Loewenstein gehabt hatte, Roger vor der Polizei zu verstecken.

»Sieh an, der Rabbi!« Ich hörte Freude und Überraschung in Moms Stimme. »Das beweist, man sollte niemanden auf dieser Welt vorschnell beurteilen. Selbst ein Rabbi kann sich als ein Mensch erweisen!«

»Aber wie denkst du über den Mord, Mom?«

»Da gibt es zu viele verschiedene Dinge zu bedenken«, sagte sie.

»Ich habe im Augenblick nicht die Zeit, sie alle einzeln durchzugehen. In zehn Minuten werde ich beim YMCA erwartet, sie veranstalten für die armen Kinderchen eine Weihnachtsfeier, und ich bin der Weihnachtsmann.«

Ein unglaubliches Bild schoß mir durch den Kopf. »Mom, du willst doch nicht damit sagen, daß du dir einen langen weißen Bart anklebst und dir ein Kissen unter den Mantel steckst – «

»Glaubst du, ich bin meschugge? Ich nehme etwas Essen und ein paar Spielsachen mit zu der Feier. Genau wie viele andere. Das meine ich mit Weihnachtsmann. Ich sag dir was. Wir treffen uns heute nachmittag, wir gehen zusammen zu dem Nußknacker, bis dahin hab ich vielleicht ein paar Gedanken in meinem Kopf.«

»Welchem Nußknacker?«

»Dem Nußknacker-Ballett. Von Tschaikowsky. Mit den kleinen Kindern und den Schneeflocken. In dieser Stadt geben sie jedes Jahr zu Weihnachten eine Nachmittagsveranstaltung. Ist Tradition, wußtest du das nicht? Ich habe zwei Karten, es fängt um zwei an, aber wir treffen uns um Viertel vor, damit wir genug Zeit haben, uns auf unsere Plätze zu setzen und die Geschichte im Programm zu lesen.«

»Woher hast du eine Extrakarte?«

»Mrs. Archuleta von nebenan wollte eigentlich mit mir gehen, aber sie hat mich heute früh angerufen, sie hat die Grippe, also verbringt sie Weihnachten mit Aspirinschlucken und Dampfinhalieren. Ich wollte die Karte erst an der Kasse zurückgeben, aber wer will schon neben einem Fremden sitzen? Vielleicht ist das dann einer, der schwer atmet oder einer, der mit dem Programm herumfächelt. Es ist schöner, wenn ich neben dir sitze, meinem Sohn, der keine schlechten Angewohnheiten hat.«

»Ehrlich gesagt, ich hatte nicht vor, mir heute nachmittag das Nußknacker-Ballett anzusehen. Im Fernsehen wird ein Footballspiel übertragen.«

»Du ziehst ein Footballspiel einem anregenden kulturellen Erlebnis vor? In Ordnung, in Ordnung, es ist deine Wahl. Wenn es dir mehr Spaß macht, einer Horde Affen zuzusehen, die sich gegenseitig die Zähne ausschlagen, statt gemeinsam mit deiner Mutter wunderschöne Musik und Tanz zu genießen und danach vielleicht deinen Mordfall mit ihr zu besprechen! Diesen Mordfall, der, wenn ich dich richtig verstehe, dich und deinen Boss ziemlich ratlos läßt, wie eurem Klienten zu helfen ist.«

»Kannst du uns raten, was wir tun können?«

»Das Ballett, um Viertel vor zwei«, sagte Mom und legte auf.

Also las ich die Morgenzeitung und knirschte bei dem jüngsten Hatfield-Artikel mit den Zähnen. Er erwähnte die Polizei lobend, die einen gefährlichen Flüchtigen ergriffen hatte, dann deutete er vage an – allerdings nicht mit ganz so vielen Worten –, daß es zu bedauerlich sei, daß er nicht ein wenig früher gefaßt worden sei, bevor es ihm gelungen war, ein zweites Mal zuzuschlagen.

Ich merkte, daß ich für das Footballspiel nicht in der richtigen Stimmung war. Mich beschäftigte etwas anderes, etwas, das ich tun wollte. Es war halb elf, ich hatte noch genügend Zeit, um hinzukommen.

* * *

Eine halbe Stunde später, um elf Uhr am ersten Weihnachtstag, saß ich in der letzten Reihe der Kirche der »Strahlenden Apostel Christi« und hörte und sah, wie der Heilige Chuck Candy mit guten Wünschen in den Himmel geschickt wurde.

Seine Beerdigung sollte Montag morgen stattfinden, eine private Familienangelegenheit, aber dieser Gedenkgottesdienst war für die breite Öffentlichkeit, und es sah so aus, als sei ein großer Teil der Öffentlichkeit der Einladung gefolgt. Candys Gemeinde war natürlich in voller Stärke vertreten, und ebenso viele andere auch, getrieben von religiösem Eifer oder vielleicht auch ganz gemeiner Neugier. Wo liegt da der Unterschied? Die Leute, die sich um ein blutendes Opfer auf der Straße scharen, sind sie getrieben von dem mitfühlenden Impuls, dem armen Kerl moralische Unterstützung zu gewähren, oder erleben sie ein gewisses Hochgefühl, wenn sie Blut sehen und Stöhnen hören? Höchstwahrscheinlich wissen sie selber nicht, was von beiden auf sie zutrifft.

Auf jeden Fall hatte die Kirche der »Strahlenden Apostel« noch nie in ihrer Geschichte eine derartige Menschenansammlung gesehen. Der Raum war groß wie eine Scheune, unelegant, und verkam so langsam, obwohl das Gebäude noch nicht einmal zehn Jahre alt war; aber jeder Platz war besetzt, und viele quetschten sich noch dazwischen. Dutzende hatten hinten Stehplätze eingenommen, und auch die Seitenschiffe waren voller Menschen.

Ich reckte mir während des Gottesdienstes den Hals aus und versuchte zu sehen, wer alles da war. Die meisten Gesichter in der Menge gehörten zu diesem hageren, eingefallenen, vergrämten Menschentyp, der eine Spezialität dieser Gegend ist: dünnlippige, schmaläugige Menschen, die aussahen, als habe man ihnen im Laufe des Lebens allen Saft ausgequetscht. Es waren Alte da und Junge, und viele Babies auf Armen und Kleinkinder an der Hand, aber irgendwie sahen sie alle aus, als hätten sie dasselbe Alter. Oder, als hätte man ihnen das Alter auch mit ausgequetscht. Und der Eindruck wurde durch die Kleidung der Menschen noch verstärkt – hauptsächlich dunkle Anzüge und dunkle Kleider, zu eng oder zu weit, weil sie seit Jahren nicht mehr getragen worden waren. Jeder fummelte nervös an sich herum und sah fehl am Platze aus, und die Männer schienen besonders unglücklich zu sein; sie zupften an ihren Krawatten herum, als seien es Schleifen.

Die Vorstellung war ebenso leblos wie das Publikum. Es gab einen kleinen Chor von zwölf ältlichen Damen und drei ältlichen Herren, und sie taten noch nicht einmal so, als versuchten sie, den gleichen Ton zur gleichen Zeit zu treffen. Im Publikum tat niemand das, was das Publikum sonst immer tut, wenn Erweckungsgottesdienste im Film gezeigt werden. Niemand schrie oder bekam Anfälle, niemand sprang unter wilden Zuckungen in die Seitenschiffe oder auf den Altar.

Gabriel Candy war ebenfalls eine Enttäuschung. Er hob die Arme in die Luft und beschwor den Namen seines Vaters, als glaube er fest daran, daß seinem Tod ein zweites Leben folgen würde. Er rief »Hallelujah!« und »Jesus liebt uns!«, und die Gemeinde rief ihm alles gehorsam nach. Aber viel davon litt unter der unglücklichen Tendenz von Gabes Stimme, auf der Höhe seiner Crescendos in ein Quieken überzugehen. Und obwohl er die Menge um alle entsprechenden Gefühsregungen ersuchte, schien doch niemand mit ganzem Herzen dabei zu sein.

Er hielt die Predigt seines Vaters, mehr oder weniger so, wie ich sie vor wenigen Tagen in seinem Büro gelesen hatte. Ich konnte nicht bemerken, daß sie mehr als ein paar mechanische »Amen« aus den Leuten hervorlockte.

Dann hielt er seine eigene Predigt. Sie begann damit, daß er viel Aufhebens von dem Verstorbenen machte und Gott und Jesus zu verstehen gab, wie sehr sie sich freuen könnten, von dem Neuankömmling beehrt zu werden, der demnächst zweifellos die Dreifaltigkeit in eine Vierfaltigkeit verwandeln würde. Dann senkte er die Stimme und sagte, er wolle »einige persönliche Gefühle angesichts dieses tragischen Geschehens« ausdrücken.

Die persönlichen Gefühle ergingen sich in weitschweifigen Erinnerungen an die Zeit, als ihn sein Vater zum ersten Mal befahl, sich zum Gebet hinzuknien. »Und in meinem unschuldigen fünfjährigen Herzen wußte ich in diesem Augenblick – Freunde, Brüder und Schwestern, in diesem Augenblick wußte ich einfach –, daß Gott bei mir war! Seine rechte Hand lag auf meiner Schulter, und seine linke Hand lag auf meinem Kopf, und er liebte mich, und ich liebte ihn, und Daddy liebte uns beide, und wir liebten – «

Ich schaltete für den Rest dieser Orgie ab.

Sie endete schließlich damit, daß Gabe schrie: »Gott segne euch zu dieser heiligen Weihnachtszeit, meine Mutter und ich danken, daß ihr gekommen seid, liebet Jesus, und wir sehen euch nächsten Sonntag wieder hier in der Kirche!«

Aber er würde nicht so viele von ihnen sehen wie sein Vater gesehen hatte.

Ich schritt mit dem Rest der Gemeinde durch die Eingangstür und fand vor dem Portal eine lange Reihe vor. Die Menschen gingen langsam an Gabe Candy und seiner Mutter vorüber, die neben ihm stand und einen Kopf größer war. Jeder sich verabschiedende Trauergast bekam von Gabe einen Händedruck und von Mrs. Candy ein Kopfnicken, obwohl ein schwarzer Schleier ihr Gesicht bedeckte und man nichts darin lesen konnte. Von Zeit zu Zeit drückte Gabe eine Hand etwas länger als die anderen.

Vor mir in der Reihe entdeckte ich Mrs. Connelly. Sie trug ein schwarzes Kleid, und ihr blondes Haar wurde von einem grauen Band zurückgehalten. Ihr Gesicht war rot; ich war sicher, daß es vom Weinen kam.

Schließlich gelangte ich an die Spitze der Reihe. Es kam mir so vor, als schreckte Gabe bei meinem Anblick etwas zusammen und flüsterte seiner Mutter einige Worte zu. Aber er schüttelte mir die Hand, ohne mehr als sein übliches höfliches Gemurmel von sich zu geben.

Ich ging die Kirchentreppe hinunter und über den Rasen, als ich eine Stimme nach mir rufen hörte. Es war Gabe; er hatte seinen Posten unter den Trauergästen verlassen und kam mir nachgelaufen.

»Will Ihnen nur was sagen«, rief er außer Atem und blieb vor mir stehen. »Es ist nett von Ihnen, Daddy die letzte Ehre zu erweisen. Sie brauchten das eigentlich nicht. Ich weiß diese nette Geste aufrichtig zu schätzen.«

Ich murmelte nervös eine Antwort. Ich hatte tatsächlich nicht die geringste Ahnung, warum ich gekommen war. Wohl in erster Linie aus gemeiner Neugier, vermutete ich.

»Und ich – «, Gabe zögerte, und ich sah, daß er ein wenig errötete. »Ich wollte Sie etwas fragen. Ihre Meinung. Ich kann mir nicht vorstellen, daß Sie zu vielen Feierlichkeiten dieser Art gehen. Also denke ich, daß Sie mir eine unvoreingenommene Meinung geben können. Was halten Sie von der Predigt? Sagen Sie mir ehrlich Ihre Meinung.«

»Sie hat mich sehr gerührt«, sagte ich. »Sie war sehr ernst.«

»Ja, *das* stimmt wohl. Ich habe sie so ernst gemacht wie ich konnte.«

Er lächelte, aber dann geriet sein Lächeln ins Schwanken. »Das Problem ist, sie wollten nicht, was ich ihnen gegeben habe.«

Ich fühlte mich jetzt langsam verlegen. Mir fiel absolut nichts ein, was ich sagen könnte.

»Die Sache mit Daddy – er war kein gebildeter Mann. Er mußte mit dreizehn die Schule verlassen, sie brauchten ihn auf der Farm. Er hat nie die High-school zu Ende gemacht. Er hatte Glück, daß er für das Bibelcollege keinen High-school-Abschluß brauchte. Aber eins konnte man auf jeden Fall von ihm behaupten – er hat den Leuten das gegeben, was sie wollten. Er wußte einfach, was das war, immer. Ohne Bücherwissen und diese Sachen.«

Er gab sich Mühe, sein Lächeln wieder zurückzugewinnen. »Ich muß noch lernen, wie man das macht. Darin liegt die große Herausforderung, der ich entgegensehe. In meiner Amtsdauer. Das werde ich noch lernen.«

Nach einer noch größeren Kraftanstrengung gelang ihm ein Lachen. Freudig und überzeugt. »Und ich werde es schaffen. Christus ist mit mir. Wie kann ich da fehlgehen?«

Er stand noch etwas länger da und lächelte, und dann wandte er sich abrupt um und ging zurück zu dem Portal und den Trauergästen, die darauf warteten, dem Sohn seines Vaters die Hand zu schütteln.

* * *

Ich war kurz nach zwölf zu Hause und sah mir das erste Viertel des Footballspiels an, während ich ein Wurstsandwich als Mittagessen zu mir nahm. Mom wäre entsetzt gewesen, also würde ich es ihr nicht erzählen, um sie nicht aufzuregen. Ich spülte es mit einem Glas Bier hinunter, und dann war es Zeit, zum Ballett zu gehen.

Jede mittelgroße Stadt in den Vereinigten Staaten führt über Weihnachten den Nußknacker auf, also brauche ich die Geschichte nicht nachzuerzählen oder das Geschehen auf der Bühne zu beschreiben. In unserer Stadt wurde die Aufführung – am Weihnachtsnachmittag und immer ausverkauft – von der örtlichen *Symphony Guild* gesponsert, und der Stadtrat überließ ihnen das Auditorium unentgeltlich. Es war das Auditorium der General Wagner High-school, ein scheunengroßer Raum mit mittelmäßiger Akustik und Sicht, aber es gab keinen anderen Ort, wo die Vorstellung hätte stattfinden können; die Wähler lehnen jeden Vorschlag des Baus eines zeitgemäßen Kulturzentrums aus Steuergeldern immer wieder ab.

Im Orchestergraben würde das Mesa Grande *Symphony Orchestra* unter der Leitung von Maestro Ludwig Mandelbaum sitzen, der gerade eine vielversprechende Karriere als junger Dirigent in Österreich begonnen hatte, als die Nazis ihn 1937 aus dem Land vertrieben. Auf der Bühne würde es ein Aufgebot einheimischer Tänzer geben, angeführt von dem Vorsitzenden der Tanzgruppe am Mesa Grande College und seiner Frau, die ebenfalls am College unterrichtete; sie waren früher einmal zweite Solotänzer am Theater gewesen. Mit ihnen auf der Bühne würden ein Dutzend umwerfend süßer tanzender Kinder sein, die man nach etlichen Probevorstellungen ausgesucht hatte, in denen die Konkurrenz fürchterlich war und die jedes Jahr für ewige Feindschaft unter den Müttern der ganzen Stadt sorgten.

Ich kam gerade rechtzeitig an, aber natürlich war Mom bereits im Foyer; sie ging unruhig auf und ab und sah dabei ständig auf ihre Uhr. Ich war nicht zu spät, das wußte ich – warum also *fühlte* ich mich zu spät?

»Irgendwelche genialen Einfälle?« fragte ich, während ich auf sie zuging und ihr einen Kuß gab.

»Ich komme der Sache näher«, sagte sie. »Da ist nur noch eine Kleinigkeit, die ich bisher noch nicht unterbringen kann. Ich werde meinen Kopf ganz leer machen, ich werde mir das Tanzballett ansehen, und vielleicht wird es sich dann von selber finden. Einige Dinge, Davie, kommen nur zu dir, wenn du nicht nach ihnen suchst.«

Das mußte mir genügen, also schlug ich mein Programmheft auf und las die Geschichte – die nicht viel Sinn ergibt, aber wer geht schon ins Ballett, um eine sinnvolle Geschichte zu sehen? – und freute mich jetzt auf die Aufführung. Shirley hatte mich in New York oft zu Veranstaltungen dieser Art geschleppt, und ich hatte mich immer bitter beklagt; es war eine Frage der Selbstachtung, denn die Jungs von der Mordkommission durften nie herausfinden, daß ich langsam Geschmack an solchen Sachen fand.

Maestro Mandelbaum erschien, ein runzliger gebeugter Mann mit strähnigem grauem Haar, aber vor sein Orchester trat er mit dem federnden Schritt eines jungen Mannes. Die Aussicht, jetzt gleich Musik zu machen, schien ihn zu beleben, und sein Anblick belebte alle anderen. Wir gaben ihm eine Runde Applaus, den er beendete, indem er seinen Taktstock erhob und denjenigen einen strengen Blick zuwarf, die noch immer applaudierten. Dann klopfte er auf sein Notenpult vor sich, erhob erneut den Taktstock, und die Ouvertüre zum Nußknacker begann.

Da ich weit davon entfernt bin, ein Ballettexperte zu sein, werde ich hier keine Direktübertragung der Vorstellung liefern. Ich will nur sagen, daß ihr etwas Zähes anhaftete, sowohl ein Ergebnis mangelnder Geldmittel als auch mangelnder Talente, aber irgendwie genoß ich sie. So wie ein Baseballspiel unter Kindern manchmal aufregender sein kann als ein Spiel unter Profis, und zwar nicht trotz, sondern gerade wegen der leidenschaftlichen Fehler, die gemacht werden.

Ein Beispiel für das Amateurhafte dieser Nußknacker-Aufführung: der alte Spielzeugmacher, der dem kleinen Mädchen den magischen Nußknacker schenkt, wurde von unserem Versicherungsmann gespielt, der diese Rolle seit zehn Jahren innehatte. Das Stück sah vor, daß seine Figur ein Käppchen trug, und zwar im Stil eines Bürgers des neunzehnten Jahrhunderts, aber die ungeeignete Beleuchtung entzog es gänzlich den Blicken der Zuschauer und – eine respektlose Kicherei setzte ein – ließ den alten Spielzeugmacher aussehen, als sei der obere Teil seines Kopfes sauber abgeschnitten.

Ein anderes Beispiel: einer der kleinen Jungen, die im ersten Akt in St. Petersburg des neunzehnten Jahrhunderts auf der Weihnachtsfeier sind, kaute die ganze Zeit, die er auf der Bühne stand, Kaugummi, und hin und wieder kamen aus seinem Mund große rosa Blasen. Die Kicherer liebten auch dieses Detail.

Und dann kam nach ungefähr zwanzig Minuten des ersten Akts die Szene mit dem großen Weihnachtsbaum, und das kleine Mädchen stand davor und stellte sich auf die Zehenspitzen, und auf ihrem Gesicht erschien ein verzückter Ausdruck, und der strahlende Weihnachtsbaum fing an zu wachsen und wurde größer und größer. Und die Musik schwoll an zu einem Crescendo, dessen Höhepunkt – eine plötzliche Explosion von Mom kam. »Oioioi!«

Alle drehten sich nach ihr um. Sie errötete und senkte den Kopf.

Der Akt endete eine halbe Stunde später, und Mom und ich gingen während der Pause ins Foyer.

»Fühlst du dich wohl?« fragte ich sie. »Ein paar Sekunden lang schien es da drin, als hättest du eine Art Anfall.«

Mom antwortete nur: »Habe ich dir nicht gesagt, dieses Ballett würde eine Inspiration sein? Dieser Tschaikowsky, welch ein Genie! Hundert Jahre ist er schon tot, und aus seinem Grab steigt die Wahrheit empor?«

»Die Wahrheit über was?« sagte ich.

»Wir sehen uns den Rest des Balletts an«, sagte Mom. »Wir müssen noch die Stelle mit dem Zuckerwerk sehen. Und wenn es zu Ende ist, kommst du mit mir nach Hause, und ich werde dir eine schöne Tasse Kaffee und Schnecken servieren, und wir werden entscheiden, wer hinter all diesen Morden steckt.«

Weihnachten, abends

Drei Stunden später, um acht Uhr am Weihnachtsabend, traf ich mich mit Ann in ihrem Büro, und ich ließ sie das Ergebnis von Moms Schlußfolgerungen wissen.

Ich sagte ihr nicht ausdrücklich, von wem diese Schlußfolgerungen stammten. Ich muß Mom immer versprechen, das nicht zu tun; sie sagt, daß die Leute die Dinge nicht glauben, wenn sie von alten Damen kommen, und ich fürchte, sie hat damit recht. Auf der anderen Seite hielt ich mir nichts zugute, das ich nicht verdient hatte. An keiner Stelle beanspruchte ich diese Schlußfolgerungen für mich, weder direkt noch durch die Blume. Sollte Ann dennoch angenommen haben, sie kämen von mir, dann war das sicherlich nicht mein Fehler.

Ich erzählte ihr auch von Moms Vorschlag, wie wir die Angelegenheit mit Francesca Fleming heute abend regeln sollten. Der Vorschlag erschien Ann sinnvoll, und wir beschlossen, in diesem Sinn zu verfahren.

Ann rief Francesca im *Flemings's Flake* an und sagte ihr, wir wollten sie sprechen. Francesca entgegnete, sie habe viel zu viel zu tun, es gäbe nichts, das nicht bis nach den Feiertagen warten könne, sie lehne diese bürokratische Überstürzung entschieden ab. Ann bestand auf ihrer Bitte; sie kommt aus dieser Gegend, und sie hat etwas von einem Zureiter an sich. Am Ende sagte Francesca, wir könnten vorbeikommen.

In *Fleming's Flake* war es rappelvoll. Alle, die es sich leisten können, auswärts zu essen, ziehen es vor, Weihnachten nicht zu

Hause zu bleiben, wo sie selber kochen müssen. Wir manövrierten uns zwischen den Tischen hindurch, winkten hier und dort den Leuten zu, duckten uns vor den Obern und bekamen Sägespäne in die Schuhe. Am Ende gingen wir hinten durch die Schwingtüren und klopften an der Tür von Francescas Büro. Sie rief uns zu, wir sollten hereinkommen.

Sie saß hinter ihrem Schreibtisch, und das erste, was mir auffiel, war ihre Kleidung. Keine Indianerstirnbänder oder Flatterschals, überhaupt nichts Exotisches. Jeans und ein schlichter gelber Pullover und eine Brille mit blassem Gestell, die vorne auf ihrer Nase saß. Während der Geschäftszeiten, so schien es, kleidete sie sich geschäftsmäßig.

Sie bot uns keinen Platz an, aber Ann ließ sich schon auf einen Stuhl fallen. Dann, so sachlich, als mache sie eine Bemerkung übers Wetter, sagte sie: »Wir wissen, wer Chuck Candy umgebracht hat.«

»Wer weiß das nicht?« sagte Francesca. »Ihr Klient hat ihn umgebracht.«

»Unserem Klienten hat man den Mord angehängt. Das ist jetzt alles aufgeflogen. Es hat wirklich keinen Zweck mehr, damit fortzufahren.«

»Ich bin sicher«, sagte Francesca und blickte Ann dabei fest in die Augen, »daß ich nicht die geringste Ahnung habe, wovon Sie sprechen.«

»Dave wird es Ihnen erzählen. Er hat schließlich alles herausgefunden.«

Also berichtete ich. Ich ging alles der Reihe nach durch, Schritt für Schritt, genauso, wie Mom wenige Stunden zuvor alles mit mir durchgegangen war …

* * *

… Es war kurz nach fünf, als Mom und ich uns in ihrem Wohnzimmer niederließen und jeder es sich in einem ihrer alten Sessel bequem machte.

Diese Sessel waren aus Moms New Yorker Wohnung in die Rocky Mountains gekommen. Die meisten ihrer Möbel hatte sie vor ihrem Umzug verkauft – »Ich hab mir das alte Gerümpel vierzig Jahre lang angesehen, meine Augen haben jetzt Erholung verdient! Ich fange mein Leben neu an, in einer neuen Stadt, habe ich nicht das Recht, auf ein paar neuen Möbeln zu sitzen?« Aber diese beiden Sessel kannte ich seit meiner Kindheit, als kleiner Junge hatte ich meinen Vater jeden Abend darin sitzen und seine *New York Daily News* lesen gesehen. Deshalb bat und bettelte ich, und schließlich gab Mom nach und brachte die Sessel mit nach Mesa Grande.

Jetzt saßen wir in ihnen und tranken Kaffee und aßen Moms Schnecken, diese köstliche Mischung aus Zimt, Nüssen, Rosinen und Kalorien, während ich darauf wartete, daß Mom ein Beispiel ihrer unnachahmlichen Entwirrungskunst zum besten gab. Andere Frauen stricken; Moms Spezialität ist es, das Gestrickte anderer Leute aufzutrennen.

»Also, vielleicht interessiert es dich ja, wer diesen Candy umgebracht hat«, sagte sie. »Ich könnte es dir geradewegs sagen, aber du wirst mir eher glauben und zustimmen, wenn ich mit dir alle Schritte so durchgehe, wie ich sie in Gedanken selber durchgegangen bin.

Das erste, was mir in den Kopf kam, war ein Zufall. Zufälle passieren, selbstverständlich. Wie deiner Tante Selma, vor langer Zeit, als sie ihre Schwester in St. Louis, Missouri, besuchte, hatte sie plötzlich die Vision, daß dein Onkel Max, mein Bruder, der reich geworden ist, möge er in Frieden ruhen, im Stork Club an einem Tisch saß und einer Blondine ein Essen spendierte. Und siehe da, als Selma im Stork Club anrief und nach Max fragte, holte ihn der Ober ans Telefon. Und Max guckte nicht schlecht!

Aber wenn man sich diesen Zufall genauer ansieht, ist er nicht mehr so eigenartig. Denn Jahre vor ihrem Besuch in St. Louis hatte Selma zu Max gesagt: ›Warum gehst du nicht mal mit mir in den Stork Club, zum Essen und Tanzen? Oder gehst du da mit deiner blonden Sekretärin hin, wenn du mir sagst, du hast spät abends noch zu arbeiten, und willst du deshalb nicht mit mir dahin, weil du Angst hast, die Ober könnten etwas sagen und dein Geheimnis verraten?‹ Und dann lachte sie, haha!, um zu zeigen, daß sie nur einen Witz machte. Einen Witz! So witzig fand sie das eigentlich gar nicht, und wer kann wissen, ob sie Max damit nicht auf die Idee gebracht hat?«

»Mom, hat das irgend etwas mit dem Mord zu tun?«

»Es hat folgendes damit zu tun, ich sehe mir Zufälle immer genauer an. Diese Frau, die Candys Sekretärin war, diese Mrs. Connelly, sie hatte eine Affäre mit ihm, er holte sie zum Diktat in sein Büro, er schloß die Tür ab, und was er ihr diktierte, waren keine Briefe. Warum mußte er es auf diese Weise machen? Liebe auf einem Bürosofa, entspricht das deiner Vorstellung von Bequemlichkeit? Oder gar der eines Mannes im fortgeschrittenen Alter, wenn der Körper nicht mehr so gelenkig ist wie früher?

Tatsache ist, er hatte keine andere Wahl. Er war Pfarrer, er predigte darüber, daß man rein und aufrichtig zu sein hat und sich nicht mit anderen Frauen herumtreibt, wenn man verheiratet ist und auch dann nicht, wenn man's nicht ist. Abends mußte er also zu Hause bei seiner Frau bleiben, er machte keine Ausflüge oder spielte mit den Jungs in einem Club Karten. Und er konnte nicht sagen, er hätte bis spät abends im Büro zu arbeiten, wie mein armer Bruder Max, weil das Büro die Kirche war, und die blieb bis spät abends offen, weil die Leute zum Beten ein und ausgingen. Und tagsüber mußte Candy auch in der Kirche sein, wann also konnten er und seine Sekretärin ihre Diktate erledigen, außer zu Bürozeiten hinter verschlossenen Türen?

Was mich zu folgender Frage bringt – nachdem er seine Affäre mit der Sekretärin beendet und sich mit einer neuen Frau eingelassen hatte, mußte er ja immer noch jeden Abend zu Hause sein, nicht wahr? Und jeden Tag in der Kirche, Sonntag mit eingeschlossen. Und was noch schlimmer für ihn war, er konnte sein Büro nicht mehr benutzen. Von da an mußte er dort wirklich Briefe diktieren. Wenn sich also diese neue Affäre nicht nur in seinem Kopf abspielen sollte, wann hatte er dafür Zeit?«

»Vielleicht traf er sich mit dieser neuen Frau zum Mittagessen?«

»Die Sekretärin, Connelly, hat dir gesagt, er habe jeden Tag in dem italienischen Restaurant zu Mittag gegessen, in dem Einkaufszentrum in der Nähe der Kirche. Und jeden Tag, wenn er vom Mittagessen zurückkam, roch er stark nach Knoblauch. Also glaube mir, verbrachte er seine Mittagspause nicht mit einer Frau im

Bett. Es sei denn, sie hätten zusammen im Bett Knoblauch gegessen, was mir eine sehr merkwürdige Idee zu sein scheint. Selbst heutzutage, wo die Leute so viele merkwürdige Dinge im Bett tun.

Also – es kommt nur ein Zeitpunkt in Frage, zu dem Candy diese neue Frau überhaupt treffen konnte für sein Techtelmechtel. Donnerstag nachmittag. Wenn er nach Hause ging, um seine Sonntagspredigt zu schreiben, und anordnete, er wolle bis zum Abend nicht gestört werden; niemand durfte zu ihm kommen, er ging noch nicht einmal ans Telefon. Seine Predigten hielt er ausschließlich nach Stichpunkten, er schrieb sie nicht Wort für Wort auf, warum also brauchte er einen ganzen Nachmittag ohne Unterbrechung dafür? Donnerstag nachmittag – das ist der einzige Zeitpunkt, an dem er seine neue Frau treffen konnte.

Donnerstag nachmittag, Donnerstag nachmittag – meine Gedanken kreisten immer wieder darum –, was war denn mit Donnerstag? Und schließlich kam mir die Erleuchtung. Donnerstag war der Tag, der einzige Tag in der Woche, an dem diese Francesca Fleming, der das Restaurant gehört und die Mitglied der Vereinigung *Civil Liberties* ist, nicht in ihrem Restaurant arbeitete, wo eine Menge Leute sie den ganzen Tag über sahen. Donnerstag war der Tag, an dem sie aufs Land fuhr und die Höfe und Märkte der Kleinstädte besuchte und frisches Gemüse bestellte. Sie hat dir davon erzählt, als du dich mit ihr am Abend vor dem Mord unterhalten hast – du erinnerst dich natürlich?«

Ich erinnerte mich nicht, bis Mom es mir wieder in Erinnerung rief. Mom erinnert sich natürlich an alles. Keine Einzelheit, wie unbedeutend auch immer, nichts entgeht ihrem Gedächtnis, das wie eine Mausefalle zuschnappt; das war einer der Hauptgründe, warum sie bei den Klatschbasen in ihrer alten Nachbarschaft in der Bronx so beliebt gewesen war.

»Und ich frage mich also«, fuhr Mom fort, »war das eine Aufgabe, die ihren ganzen Tag beanspruchen mußte? Man kann seinen Gemüseeinkauf an einem Morgen erledigen, nicht wahr? Wie lange braucht man, um einen Blumenkohl zu begutachten und zu entscheiden, ob er was taugt? Ich brauche eine halbe Stunde, um in einem Supermarkt all mein Gemüse für eine ganze Woche auszusuchen. Also, das macht man vor dem Mittagessen, und danach fährt man zurück in die Stadt und parkt sein Auto um die Ecke von Candys Haus – «

»Du willst also sagen, Francesca Fleming war Candys letzte Freundin? Tut mir leid, du wirst mehr Beweise bringen müssen, bis ich davon überzeugt bin! Es muß in dieser Stadt tausend Frauen geben, die Donnerstag nachmittags frei sind?«

»Habe ich gesagt, das sei ein Beweis? Ich habe nur gesagt, das sei ein Zufall, und ich sehe mir Zufälle gerne genauer an. Genau das habe ich getan, und ziemlich bald fielen mir andere Eigentümlichkeiten auf. Zum Beispiel, du liest mir Candys letzte Predigt vor, die, die er Donnerstag schnell aufs Papier geworfen hat, kurz bevor er umgebracht wurde. Über den verlorenen Sohn, der mit der scharlachroten Frau ein Verhältnis hatte. Sie spielte ihre Spielchen mit ihm und verführte ihn und lockte ihn in ihr Bett, und sie zerrte ihn in den Schlamm, aber am Ende riß er sich von ihr los und kam zu seinem Vater zurückgekrochen, in Lumpen, und bat um Vergebung.

Also sage ich mir, hat er diese Predigt offensichtlich geschrieben, weil ihn sein eigenes persönliches Problem beschäftigte, und es erfüllte ihn mit Schuld, und in seiner Predigt konnte er sich alles von der Seele reden. Er war der verlorene Sohn, und seine neue Freundin war – «

»Augenblick mal, Mom. Es gibt keinen Grund zu der Annahme, er habe über sich selber gesprochen. Wenn jeder Pfarrer, der von der Kanzel eine Geschichte aus der Bibel verkündet, von sich selber sprechen würde – «

»Es gibt zwei Gründe, das in Candys Fall anzunehmen. Erstens, diese Predigt war anders als seine üblichen. Dir selber ist das aufgefallen, und sein Sohn hat es ebenfalls zugegeben. Normalerweise strahlten seine Predigten Optimismus aus, und sie versprechen den Leuten, daß all ihre Sorgen vorüber seien, wenn sie nur an Gott glaubten. Aber seine letzte Predigt war düster und bitter und voller Elend. Warum ein solcher Stilbruch? Kannst du dir einen anderen Grund denken als den, daß diese Predigt ihm mehr bedeutete als all die anderen, daß sie aus tiefstem Herzen kam und etwas aus seinem persönlichen Leben ausdrückte?

Und es gibt einen zweiten Grund. Die Geschichte, die er in

seiner Predigt erzählte, ist aus der Bibel. Es ist eine Geschichte, die Jesus im Neuen Testament erzählt. Bloß daß Candy sie nicht so erzählt hat, wie sie in der Bibel steht. In der Bibel verläßt der verlorene Sohn sein Elternhaus und verliert all sein Geld, und er hat nichts zu essen, also kehrt er zu seinem Vater zurück. In der Bibel gibt es keine scharlachrote Frau. Candy hat sie für seine Predigt hinzuerfunden. Warum? Weil es sie wirklich gab, sie war jemand, mit dem er wirklich ein Verhältnis hatte, und er fühlte sich deswegen schuldig, und er gab ihr den Laufpaß und kehrte zu *seinem* Vater zurück – damit meinte er vielleicht Gott, oder seine Kirche oder sein Eheleben.«

»In Ordnung, hört sich plausibel an, Mom. Ich wußte gar nicht, daß du dich im Neuen Testament so gut auskennst.«

»Warum sollte ich nicht? Ich habe jede Menge Gojim als Freunde, ist es da nicht natürlich, daß ich mal einen Blick auf das werfe, was sie lesen? Außerdem, wenn einem das Original gefallen hat, möchte man dann nicht auch die Fortsetzung lesen?« Sie zuckte leicht die Achseln. »Ist nicht schlecht, nebenbei bemerkt. Nicht so gut wie der erste Teil, aber welche Fortsetzung ist das schon? Das Einzige, was mir nicht so richtig klar geworden ist, warum müssen sie viermal dieselbe Geschichte erzählen? Haben sie sie aufgebauscht, damit die Leute denken sollten, sie würden auch was kriegen für ihr Geld?«

Mom als Bibellehrer hatte tatsächlich eine gewisse Faszination für mich, aber der Mord interessierte mich im Augenblick mehr. »In Ordnung, Candy sprach also in der Predigt von sich selber und seiner neuen Freundin. Aber inwiefern beweist das, daß es Francesca Fleming war?

»Das ist leicht. Achte nur auf die Worte, die er benutzte. ›Die scharlachrote Frau‹ nannte er sie. Und meinte was?«

»Das sagt man so. Man meint damit jede Frau, die ungewöhnlich sündig ist.«

»Natürlich. Aber für solche Frauen gibt es viele verschiedene Ausdrücke. In seiner Predigt hat Candy nicht einen davon benutzt. Er nannte sie immer nur ›die scharlachrote Frau‹. Was meinst du, warum? Vielleicht hat er sie genauso gesehen. Es ist eine Beschreibung ihres Äußeren. Sie hat rote Haare.«

Ich dachte einige Sekunden schweigend darüber nach. Dann sagte ich: »In Ordnung, ich verstehe, was du meinst. Aber es fällt mir trotzdem schwer zu glauben, daß Francesca ihn getötet haben soll. Ich könnte schwören, daß das nicht in ihrem Charakter liegt.«

»Es liegt in jedermanns Charakter, einen Mord zu begehen«, sagte Mom. Wie oft habe ich mich nicht selbst so gefühlt? Der Unterschied zwischen den meisten von uns und offiziellen Mördern ist der, daß letztere die besseren Gelegenheiten hatten.«

»Mag sein, aber ich kann einfach nicht glauben, daß Francesca einen Mann, irgendeinen Mann, so leidenschaftlich liebt, daß sie ihn tötet, weil er sie sitzengelassen hat. Und ein Mann wie Chuck Candy, um Himmels willen! Physisch war er nicht besonders attraktiv, und intellektuell, emotional, politisch stand er auf der gegnerischen Seite.«

»Was das betrifft«, sagte Mom, »so kommen in dieser Welt immer die Leute zusammen, die auf der gegnerischen Seite stehen. Kleine heiraten Große, Schöne heiraten Häßliche, Demokraten heiraten Republikaner, überzeugte Katholiken heiraten überzeugte Atheisten.«

»Willst du wirklich sagen, Mom, daß Francesca dieser Fanatiker ist, dem du die ganze Zeit nachgejagt bist? Der fanatische Atheist als Gegenspieler zu dem fanatischen Fundamentalisten?«

»Ich habe daran gedacht«, sagte Mom. »In meinem Kopf habe ich mit diesem Gedanken gespielt. Aber ich habe ziemlich schnell erkannt, daß es so nicht war. Der Grund, warum Francesca Candy tötete, hatte nicht viel mit Atheistsein oder verschmähter Liebe zu tun, oder mit irgend etwas, was mit Leidenschaft zu tun hat. Erinnerst du dich an etwas anderes, das sie an dem Abend vor dem Mord zu dir gesagt hat? Sie sagte, Candy habe den Ruf, grundehrlich zu sein, es existierten noch nicht einmal Gerüchte, er würde Geld stehlen.«

»Was beweist das?«

»Gestern, als ihr euer Treffen in der Unitarierkirche hattet, sagte sie, Candy sei ein Betrüger und Schwindler. Wie kommt es, daß sie dem widersprach, was sie dir zwei Tage vorher gesagt hatte? Weil sie dir zwei Tage vorher die Wahrheit gesagt hatte, Candy hatte tatsächlich nicht den Ruf eines Schwindlers. Aber zwei Tage später ist es ihr rausgerutscht, sie verriet, daß er ein Schwindler war. Wie konnte sie das wissen? Nur wenn sie mit ihm unter einer Decke steckte und sein betrügerisches Treiben mitmachte.

Begreifst du die Antwort? Sie ist diejenige, die davon wußte, daß diese Firma aus dem Osten ein Einkaufszentrum in Fairhaven bauen will. Sie ist diejenige, die Candy dazu angestiftet hat, ein Angebot zu machen, um das Meyer-Haus zu kaufen. Und sie ist diejenige, die sich, als das Angebot abgelehnt wurde, hinter Candys schmutzigem Trick verbarg, die Meyers zum Verkauf zu zwingen.«

»Ich bin verwirrt«, sagte ich. »Heißt das jetzt, daß Francesca doch kein Verhältnis mit Candy hatte?«

»Das heißt beides. Als sie zufällig das mit diesem Einkaufszentrum herausfand – meine Theorie ist, sie hat davon über Victor Kincaid gehört, erwähnte er dir gegenüber nicht, daß er eine große Firma aus dem Osten repräsentiere, die im Südwesten investieren wolle? –, entschloß sie sich, ihren Vorteil aus der Information zu ziehen und Besitz in der Gegend aufzukaufen.

Aber sie brauchte jemanden, der – wie heißt das noch mal? – ihr ›Aushängeschild‹ war, und Candy schien ein guter Kandidat dafür zu sein. Er war so anders als sie, daß niemand vermuten konnte, es gäbe zwischen beiden irgendeine Verbindung. Vielleicht hat sie ihn irgendwo getroffen, während sie ihre Untersuchungen über die Kirchen in Mesa Grande für die *Civil Liberties* machte, und sie hat ihn sich genauer angesehen und kam zu dem Schluß, daß er Geld dringend nötig hatte.

Also ließ sie sich ihm vorstellen, und sie hat ihm schöne Augen gemacht und ihm zu verstehen gegeben, wie attraktiv er für sie war, und schon bald fraß er ihr aus der Hand, sie hatte ihn um den kleinen Finger gewickelt. Als sie dann schließlich damit rauskam, was sie von ihm wollte in dieser Immobiliensache, wie konnte er da nein sagen? Konnte er ihrem Körper widerstehen, wenn damit ein netter finanzieller Profit einherging?

Also kaufte er Häuser in der Nachbarschaft, und als die Meyers nicht verkaufen wollten, veranstaltete er seinen Weihnachtsalptraum, um sie zu verjagen, und die ganze Zeit über hatte Francesca Fleming die Fäden in der Hand und sorgte Donnerstag nachmittags im Bett dafür, daß er sich wohl fühlte. Bis sie zu weit gingen, als sie Roger Meyer wegen des tätlichen Angriffs anklagten, und auf einmal waren du und Ann Swenson da mit euren Ermittlungen.

Mit dieser Entwicklung war Candy nicht mehr so glücklich. Ja, er fragte sich jetzt besorgt, wie es wohl wäre, vor Gericht zu stehen und unter Eid auszusagen. Es beunruhigte ihn, was er wohl sagen könnte, wenn Ann Swenson ihm peinliche Fragen im Zusammenhang mit dem sogenannten tätlichen Angriff des Meyer-Jungen stellen würde. Am meisten aber beunruhigte ihn der Gedanke, die Pflichtverteidigung könne hinter seine Absprachen mit dem Immobilienhändler kommen. Und dann, Donnerstag nachmittag, vielleicht während Candy zu Hause auf Francesca Flemings wöchentliche Massage wartete, bekam er einen Anruf von dem Immobilienhändler, mit dem du gesprochen hattest, von Dwayne McKee. McKee unterrichtete ihn davon, daß der Ermittlungsbeamte der Pflichtverteidigung soeben in seinem Büro gewesen sei, nach dem Kaufangebot für das Meyer Haus gefragt und McKee ihm die richtige Antwort gegeben habe.

Für Candy war das mit Sicherheit der letzte Schlag. Die Pflichtverteidigung wußte alles über den zwielichtigen Immobilienhandel, und es konnte kein Zweifel daran bestehen, daß die Sache bei dem Prozeß des Meyer-Jungen an die Öffentlichkeit kam. Er beschloß, die eigene Haut zu retten, selbst wenn das bedeutete, jemand anderen ans Messer zu liefern. Als Francesca Fleming dann zu ihrem gemeinsamen Nachmittag kam, sagte er ihr, das Techtelmechtel müsse ein Ende haben, und mehr noch, er habe vor, zum Bezirksstaatsanwalt zu gehen und die Wahrheit zu sagen, daß die Anklage gegen Roger Meyer ein Schwindel war, die ganze Weihnachtsshow vor seinem Haus ein Komplott war, um die Meyers aus der Gegend zu vertreiben, und daß Francesca Fleming diejenige war, die für allen Verdruß verantwortlich war. Mit seiner Beichte, so sagte er, könne er vielleicht noch einen Teil seines guten Rufs retten – Christen haben ihre Sünden zu beichten, Gott ist ihnen dafür gnädig. Und wenn *sie* ihren Ruf verlöre, und schlimmstenfalls ins Gefängnis käme – er würde für sie beten.

Natürlich war Francesca Fleming nicht sehr erfreut, das zu hören. Ihr war ihr guter Ruf ebenso wichtig wie Candy seiner.

Wenn er in der Öffentlichkeit für Aufruhr sorgte, würde jeder sehen, daß sie, die große Liberale, die große Kämpferin für hehre Zwecke, in Wirklichkeit die Leute betrog und aus ihren Häusern vertrieb, damit eine große Firma ein Einkaufszentrum bauen konnte. Sie würde als große Heuchlerin dastehen! Und was schlimmer war, bei dieser schlechten Publicity könnte sich die Firma aus dem Osten womöglich entscheiden, ihr Einkaufszentrum woanders hinzusetzen, und sie säße dann auf dem ganzen Grundbesitz und den Häusern, die nicht mehr so viel wert waren. Also bestand ihre Antwort darin, seine Pistole aus dem Flurschränkchen zu nehmen und Candy zu erschießen.

Dann entschied sie, möglicherweise davonkommen zu können, wenn sie alle glauben ließ, ein anderer habe ihn getötet. Also rief sie Roger Meyer an – sie wußte, daß er im Haus seiner Eltern war, weil sie sein Auto davor hatte stehen sehen. Sie senkte ihre Stimme, sprach flüsternd, damit er nicht merkt, daß es eine Frau war, und sagte ihm, sie sei Candy und er solle sofort rüberkommen. Sie hatte sich folgendes dabei gedacht: er sollte die Leiche finden, vielleicht würden ein paar Blutspuren an ihm zurückbleiben, und mit etwas Glück würde man ihm den Mord anhängen, hatte er doch schon ein erstklassiges Motiv. Deshalb ließ sie auch die Vordertür offen, als sie aus dem Haus ging. Nur klappte es nicht ganz so, wie sie gehofft hatte. Etwas geschah, mit dem sie niemals gerechnet hatte.«

»Abernathy?«

»Wer sonst? Der verrückte alte Mann stand auf der anderen Straßenseite hinter einem Busch und beobachtete das Haus der Candys. Er sah Francesca Fleming aus dem Haus kommen, vielleicht hatte er sie vorher sogar hineingehen sehen. Er sah, sie herauskommen, *bevor* Roger hineinging. Aber er sagte niemandem, was er gesehen hatte. Statt dessen setzte er sich mit ihr in Verbindung und fing an, Geld von ihr zu fordern. Sie gab ihm ein paar Almosen, aber als er ein Treffen mit ihr am Tag vor Weihnachten vereinbarte und von ihr verlangte, sie solle den noch verbleibenden größeren Teil bringen, da erkannte sie, sie würde ihn nie mehr loswerden, es sei denn, sie tötete ihn.

Also traf sie sich mit ihm am frühen Nachmittag – vielleicht bei sich zu Hause, vielleicht im Park bei seinem Hotel –, aber statt ihm das Geld zu bringen, fand sie irgendwelche Ausreden. Sie sagte, sie habe im Augenblick einfach nicht so viel, aber sie würde es in den nächsten Tagen besorgen. Inzwischen, um ihm zu zeigen, daß ihr Herz auf dem rechten Fleck saß, machte sie ihm ein Weihnachtsgeschenk, diese schöne Flasche Wein – es war leicht für sie, daran zu kommen, denn sie besitzt ein Restaurant und hat im Keller jede Menge Flaschen Wein. Vorher hatte sie schon Cyanid hineingetan, genug, um zwanzig alte religiöse Verrückte umzubringen. Also nimmt er den Wein von ihr, und sie geht zu ihrem Treffen mit dir in die Unitarierkirche, und danach geht sie nach Hause und sieht sich Jimmy Stewart im Fernsehen an.

Und das hätte es dann sein sollen. Aber da geschieht noch etwas Merkwürdiges. Da sie davon ausging, daß der alte Mann in aller Einsamkeit seines Hotelzimmers das Gift trank, würde man da nicht vermuten, sie sitzt an jenem Abend ruhig zu Hause, sieht fern und wartet auf die Nachricht, daß jemand die Leiche gefunden hat? Das wäre vernünftig und sinnvoll gewesen, aber was tut sie statt dessen? Spät am Heiligabend, so gegen halb zwölf, verläßt sie ihr schönes gemütliches Zuhause und geht zum Hotel des alten Mannes, klettert die Feuerleiter hoch und schleicht sich in sein Zimmer. Was für ein Risiko sie einging! Jemand konnte sie sehen, sie konnte am Tatort überrascht werden! Tatsächlich wäre es fast soweit gekommen. Du kamst ins Zimmer, während sie noch da war, deshalb mußte sie dir einen Schlag auf den Kopf geben.

Aber *warum,* frage ich mich, ist sie ein so unnötiges Risiko eingegangen? Nur eine mögliche Erklärung gibt es da für mich. Spät am Abend, während sie vor ihrem Fernseher sitzt und sich Jimmy Stewart ansieht, fällt ihr plötzlich ein, daß etwas im Zimmer des alten Mannes ist, das eventuell beweisen könnte, daß sie der Mörder ist. Etwas, das die Polizei auf keinen Fall finden durfte. Und wenn die Leiche noch nicht entdeckt war, gab es vielleicht noch die Möglichkeit, ins Zimmer des alten Mannes zu gelangen und dieses etwas zu holen, bevor die Polizei kam. Auf jeden Fall, auch wenn es ihr nicht gelingen sollte, war es wichtig genug, um es zu versuchen.

Was ist dieses etwas? Das ist die Frage, die ich mir immer und immer wieder stelle. Und auch, bekam sie, was sie suchte? Scheint so zu sein, denn die Polizei fand nichts in dem Zimmer, keinen Hinweis, der die Spur zu ihr hätte sein können, und du hast auch keinen Hinweis gefunden. Wenn sie es bekam, liegt die nächste Frage auf der Hand. Was fehlt in dem Zimmer?«

»Die kannst du unmöglich beantworten. Wenn es etwas ist, über dessen Existenz niemand etwas weiß – «

»Davie, Davie, in dem Zimmer fehlte etwas, und wir wissen von seiner Existenz. Die Weinflasche, in der das Gift war – wie hat der alte Mann sie durch die Straßen und in sein Zimmer hinauf getragen? Er hat sie in einer weißen Papiertüte getragen. Der Hotelangestellte hat dir gesagt, daß die Flasche darin war, als Abernathy um vier Uhr durch die Lobby ging. Was also ist mit dieser weißen Papiertüte passiert? Du hast den Fußboden Zentimeter für Zentimeter untersucht, du hast unter dem Bett nachgesehen, im Schrank, überall – und stimmt es nicht, daß du auf keine Papiertüte gestoßen bist?«

Ich schluckte ein wenig an dieser Stelle. Es war ganz klar, jetzt, da Mom mich darauf hinwies, aber ehrlich gesagt, war es mir vorher nicht aufgefallen. »In Ordnung, die Tüte fehlte. Aber warum sollte sie ein so großes Risiko für eine Tüte eingehen?«

»Weil sie am Anfang, als sie diese Flasche aus ihrem Restaurant nahm, dachte, es wäre eine todsichere Sache. Die Polizei könnte die nächsten zehn Jahre alle Geschäfte durchkämmen, die Alkohol verkauften, dachte sie, und kein Verkäufer würde sie identifizieren können. Aber spät am Abend fiel ihr plötzlich etwas ein. Wie hatte sie die Flasche aus dem Restaurant zu ihrem Treffpunkt mit dem alten Abernathy getragen? Sie hatte sie in dieser weißen Papiertüte getragen, einer von diesen *doggie bags*, die sie ihm Restaurant hatte. Sie hatte sie in dieser Tüte Abernathy überreicht, und diese Tüte hatte Abernathy mit in sein Hotelzimmer genommen. Und erinnerst du dich nicht, Davie? All diese *doggie bags,* wie auch die Servietten und die Tischdecken und die Fenster und die Türen, alles hatte ein kleines Monogramm, FF, die F ineinander verschlungen, so daß sie aussahen wie ein Liebespaar.

Begreifst du, was das plötzlich für sie bedeutete? Wenn die Polizei die Papiertüte finden würde, in der die Flasche gewesen war, könnte sie an dem FF erkennen, daß sie aus Francesca Flemings Restaurant stammte. Sie würde wissen, daß es zwischen ihr und dem toten Mann eine Verbindung gab, und wie lange würde sie dann noch brauchen, um Genaueres zu erfahren? Also mußte sie einfach zurück in dieses Zimmer und diese Papiertüte sicherstellen.«

Ich hörte jetzt mit großem Interesse zu, das muß ich zugeben. Moms Art, die Details zu einem Fall aufzuhäufen, ist unnachahmlich. Bevor ich allerdings irgend etwas erwidern konnte, sagte sie: »Und jetzt zurück zu dem Candy-Mord, damit wir sehen, an welcher Stelle der Fanatiker kommt.«

»Der Fanatiker?«

»Als Francesca Fleming aus Candys Haus lief, war ihr nicht klar, daß er noch nicht tot war. Er hatte noch genug Leben in sich, um eine Schachtel Kreide aufzureißen, die unter dem Weihnachtsbaum lag, und auf seinen Teppich eine Botschaft zu schreiben. Er schrieb in großen Druckbuchstaben GOLD, FRANKINCENSE, AND MYRRH. Warum sollte er seinen letzten Funken Leben dazu benutzen, um etwas auf den Teppich zu schreiben?

Das mußte sein, weil er der Polizei zu sagen versuchte, wer ihn getötet hatte. Es mußte sein – aber was ich nicht begreifen konnte, war, wie diese Botschaft der Polizei etwas sagen konnte. Welche Verbindung bestand zwischen Francesca Fleming und den Drei Weisen? Ich zerbrach mir den Kopf darüber. Bis mir an dieser Botschaft wieder etwas Merkwürdiges auffiel.

Was mir auffiel war, Candy konnte sie nicht geschrieben haben. Erstens, es wäre für einen Sterbenden zu schwer, so viele Wörter hinzuschreiben, und besonders in so kurzer Zeit. Erinnere dich, er mußte es ja geschrieben haben, *nachdem* Francesca aus dem Haus gelaufen war und *bevor* Roger eintraf und ihn tot vorfand – und das war nur wenige Minuten später.

Und der zweite Grund, warum er diese Botschaft nicht hatte schreiben können – Candy war schrecklich schlecht in Rechtschreibung. Du selber hast es gesehen auf den Plakaten, die er in der Kirche aufgehängt hatte, und in der Predigt, die er geschrieben hatte. Also ergibt es für dich Sinn, daß er ›frankincense‹ und ›myrrh‹ vollkommen fehlerfrei schreiben konnte? Ohne sie im Wörterbuch nachschlagen zu können?«

»Du verwirrst mich schon wieder. Einmal sagst du, er hat die Botschaft geschrieben, um uns seinen Mörder zu nennen. Dann wieder sagst du, er hat die Botschaft *nicht* geschrieben.«

»Einen Teil davon hat er geschrieben, das meiste nicht. Er hat nur vier Buchstaben geschrieben, mehr hat er nicht mehr geschafft. Aber diese vier Buchstaben reichten, damit die Polizei verstand, wer ihn getötet hatte. F-R-A-N. Der Anfang von Francescas Name.«

»Aber was ich auf dem Teppich gesehen habe, war viel länger als –«

»Um halb sechs kam seine Frau von ihren Einkäufen nach Hause. Sie fand die Leiche ihres Mannes, sie benachrichtigte die Polizei, sie kam eine Viertelstunde später an. Sie hat dir gesagt, sie habe diese Viertelstunde lang in dem Zimmer auf der anderen Seite des Flurs gesessen. Aber das Geheimnis dieser Botschaft lüftet sich, sobald man begreift, daß sie diese Zeit auf eine viel kreativere Art und Weise verbrachte.

Sie sah, was Candy auf den Teppich geschrieben hatte, und sie begriff, was diese vier Buchstaben zu bedeuten hatten. Sie wollte sie auslöschen, nur gelang ihr das nicht, weil die Stifte unlöschbar waren, sie würden sich nur mit Terpentin und kaltem Wasser und viel Zeit unsichtbar machen lassen. Das Einzige, was sie tun konnte, war, ihre Bedeutung zu verschleiern, indem sie etwas hinzufügte, indem sie aus der kurzen Botschaft ihres Mannes eine längere machte, indem sie die Druckbuchstaben, die tatsächlich etwas bedeuteten, in einer größeren Ansammlung anderer Druckbuchstaben versteckte, die dem Anschein nach etwas zu bedeuten schienen, in Wirklichkeit jedoch nichts. Also machte sie aus FRAN FRANKINCENSE, und davor schrieb sie GOLD und MYRRH ans Ende. So daß wir jetzt die Drei Weisen da haben, bloß daß ihr Hauptzweck der ist, uns alle zum Narren zu halten.«

»Aber warum hat Mrs. Candy das getan? Man würde doch annehmen, daß ihr daran liegt, daß der Mörder ihres Mannes geschnappt wird.«

»Etwas anderes lag ihr viel mehr am Herzen. Sie wußte, daß ihr Mann ein Verhältnis hatte, vielleicht wußte sie sogar, daß es Francesca Fleming war. Wie auch immer, als sie diese Buchstaben auf dem Teppich sah, wurde ihr klar, was geschah, wenn Francesca des Mordes an ihrem Mann angeklagt würde. All die schmutzigen Einzelheiten der Affäre würden an die Öffentlichkeit gelangen. Die ganze Welt würde erkennen, daß ihr Mann ein Lüstling war, ein Ehebrecher, jemand, der zwei oder drei Gebote übertreten hat, und ein schmutziger alter Mann. Und für Mrs. Candy, wie du selbst bemerkt hast, als du mit ihr geredet hast, ist das Wichtigste in ihrem Leben, den Schein zu wahren, daß ihr Mann ein heiliger tugendhafter Mensch war. Er war ein Heiliger, und die Welt sollte ihn so in Erinnerung behalten. Vielleicht denkt *sie* noch immer so von ihm, vielleicht hat sie das Kunststück geschafft, sich selbst davon zu überzeugen, daß das, was sie mit eigenen Augen gesehen hat, falsch war. Darin besteht religiöser Glaube, nicht wahr? Das, was man mit eigenen Augen sieht, zu ignorieren.«

»Dann ist Mrs. Candy der religiöse Fanatiker, nach dem du die ganze Zeit gesucht hast?«

»Gibt es daran noch einen Zweifel? Allerdings wird sie das selber nie zugeben. Unter Folterqualen könnte man sie, meine ich, nicht dazu bewegen, zuzugeben, daß sie die Botschaft auf dem Teppich geändert hat, oder zu sagen, wie die ursprüngliche Botschaft lautete. Zum Glück ist dein Fall gegen Francesca Fleming beweiskräftig genug, so daß du Candys Schuldzuweisung, die er sterbend schrieb, nicht damit reinbringen mußt. Wenn sie erst einmal festgenommen ist, findet ihr vielleicht Pulverrückstände an ihren Fingern – hast du mir nicht mal erzählt, daß sie sich eine Woche oder länger halten, nachdem jemand eine Pistole abgefeuert hat? Und ich gehe jede Wette ein, die Polizei findet Francescas Fingerabdrücke, wenn sie Candys Wohnzimmer sorgfältig untersuchen. Und irgendwo müssen unterzeichnete Übereinkommen zwischen ihr und Candy sein, aus denen hervorgeht, daß die Häuser, die er kaufte, in ihren Besitz übergingen. Das alles sind routinemäßige Kleinigkeiten, die interessieren mich nicht.«

Und Mom goß sich noch eine Tasse Kaffee ein und verbarg ihre Selbstzufriedenheit für die nächsten Sekunden, indem sie ihn geräuschvoll hinunterschluckte …

* * *

Obwohl Francesca keine Kaffeetasse hatte, die sie als Halt benutzen konnte, blieb sie so kühl und gelassen, wie sie es von Anfang an gewesen war. Da gibt es nichts, ich bewunderte sie dafür.

Sie sagte eine Weile nichts, und dann: »Es würde nichts nützen, vermute ich, wenn ich alles leugnen würde?«

»*Wollen* Sie das?« fragte Ann.

Francesca lachte. »Eigentlich nicht. Sie haben eine Menge Nägel auf den Kopf getroffen. Ich muß zugeben, mir wäre nie in den Sinn gekommen, daß einer von euch zu solch geistigen Glanzleistungen in der Lage ist. Ja, ich hatte einen kleinen Immobilienhandel mit Chuck Candy. Und die Idee, die Meyers aus ihrem Haus zu vertreiben und in diesem Sinne Chucks Haus ein bißchen weihnachtlich zu dekorieren, kam von mir allein. Ganz schön erfinderisch, was? Und außerdem sehr passend zur Weihnachtszeit.

Eine kleine Sache aber sehen Sie völlig falsch. Ich bin kein Mörder. Zufällig habe ich weder Chuck Candy noch sonst jemanden umgebracht.«

Darauf hatte ich nur gewartet. Nette Arbeit, Mom, sagte ich insgeheim.

Laut sagte ich zu Francesca: »Aber du weißt, wer es war, nicht wahr?«

Nur für eine Sekunde schweifte ihr Blick ab. Das reichte, um mir verstehen zu geben, daß Mom recht hatte.

»Ich habe keinen blassen Schimmer«, sagte sie, und ihr Blick war jetzt wieder fest auf mich gerichtet. »Soweit ich weiß, ist keiner meiner Freunde ein Mörder. Manche, das kann ich dir garantieren, schreien danach, ermordet zu werden – «

»Na gut«, sagte ich, »du mußt mir nicht sagen, wer es war. Ich werde es *dir* sagen, okay? Und danach kannst du sagen, ob ich recht habe – «

* * *

Mom nahm noch ein paar Schluck Kaffee, und ich stand auf und gab ihr einen Kuß. Auf meinem Gesicht lag dieser ehrfurchtsvolle Blick, der unzählige Male seit meiner frühesten Jugend dort gelegen hat. »Ich glaube, du hast es wieder einmal geschafft, Mom.«

»Freut mich, daß du's glaubst. Weil du nämlich nicht eine Minute länger auf deinem Hintern sitzen solltest. Du solltest Ann Swenson anrufen und ihr alles berichten, und heute abend solltet ihr beiden zu Francesca Fleming gehen und ihr alles berichten – und es ist ganz wichtig, daß sie glaubt, daß ihr es glaubt.«

»Warum *sollte* sie nicht glauben, daß wir es glauben? Sie weiß besser als jeder andere, daß es stimmt.«

»Entschuldigung«, sagte Mom, »aber was sie besser als jeder andere weiß, ist, daß es nicht stimmt.«

Ich starrte sie an.

Sie lachte und sagte: »Mach den Mund zu, und ich werde dir erzählen, was ich in der ersten Runde ausgelassen habe.

»Wie ich dir bereits sagte, hat Francesca durch Victor Kincaid von dieser Firma aus dem Osten, die das Einkaufszentrum bauen will, erfahren. Ist selbstverständlich, daß er davon wußte, weil er der Anwalt dieser Firma ist. Aber es gibt da noch etwas anderes, das Kincaid wußte und das gar nicht so selbstverständlich ist.

Bei dem Treffen, das du gestern mit ihm hattest, machte er eine Bemerkung über die Art Predigten, die Pfarrer wie Candy lieben. Er sagte, solche Predigten handeln alle von ›Menschen, die Kälber töten und die tot sind und wieder zum Leben erweckt werden und sich schuldig fühlen, weil sie mit Dirnen geschlafen haben‹. Weißt du, wo alle diese Einzelheiten vorkommen? Sie werden alle in der Geschichte vom verlorenen Sohn erwähnt, aus der Candy in seiner Predigt zitierte.«

»Er hat aber doch all diese Dinge zitiert«, sagte ich. »Inwiefern also hatte Kincaid unrecht?«

»Hatte er nicht. Er hatte recht. Genau das ist der Punkt. Wie konnte Kincaid, wenn er ein Beispiel für die Lächerlichkeit von Predigten geben wollte, mit genau der Predigt ankommen, die Candy soeben fertig geschrieben hatte? Ein weiterer Zufall, und dieser ist so erstaunlich, daß selbst Jonas und der Wal daran ersticken würden.

Jetzt begreifst du, was nicht so selbstverständlich ist, nicht, Davie? Candy hat diese Predigt Donnerstag nachmittag geschrieben, kurz bevor er umgebracht wurde. Niemand hat sie danach zu sehen bekommen, außer seinem Sohn und dir. Sein Sohn hat sie erst heute morgen gehalten. Also woher wußte Kincaid, was drinstehen würde? Er konnte das nur unter einer Bedingung wissen – daß er Donnerstag nachmittag in Candys Haus war.

Und da ist noch etwas anderes, das dir auffallen sollte. Luke Abernathy, der alte Prophet, hat den Mörder aus Candys Haus kommen sehen, ihn erkannt und ist schließlich umgebracht worden, weil er ihn erpreßte. Aber *wie* konnte Abernathy den Mörder wiedererkennen? Abernathy war nicht gerade das, was man einen Hans Dampf in allen Gassen nennt. Er war in keinem gesellschaftlichen Zirkel von Mesa Grande willkommen. Wenn Francesca der Mörder war, und Abernathy sie aus Candys Haus hat kommen gesehen, konnte er nicht wissen, wer sie war und danach auch nicht mit ihr Kontakt aufnehmen und sie erpressen. Unwahrscheinlich, daß Abernathy sie jemals gesehen hatte oder sie vom Namen her kannte.

Aber bei Kincaid sieht das anders aus. Kincaid ist eine bekannte Persönlichkeit, ein bekanntes Gesicht. Mittwoch morgen war ein großes Photo von ihm in der Zeitung, weil er aus Geschäftsgründen in die Stadt gekommen war. Und in der Zeitung war nicht nur sein Name und sein Gesicht, es stand auch darin, daß er im Richelieu wohnt. Abernathy las die Zeitung regelmäßig – er holte sie sich aus den Mülltonnen –, also hat er mit Sicherheit Mittwoch morgen Kincaids Photo gesehen. Und sein Gesicht wiedererkannt, als er ihn Donnerstag nachmittag aus Candys Haus kommen sah.

Und schließlich und endlich ist da noch die Weinflasche mit dem Gift. Diese Flasche kam aus Francesca Flemings Restaurant, davon können wir ganz sicher ausgehen. Und Kincaid hat in diesem Restaurant mit ihr am Samstag zu Mittag gegessen, sie selber hat es dir gegenüber erwähnt. Hat sie ihm eine Flasche Wein zu Weihnachten geschenkt? Das ist meine Vermutung. Und hat sie die Flasche in eine weiße Papiertüte aus ihrem Restaurant getan, damit er sie so mitnehmen konnte? Also, er nahm sie, tat das Gift hinein, und gab sie ein wenig später am Nachmittag Abernathy, als der alte Mann sich mit ihm traf, um sich sein Geld abzuholen. Und natürlich war sie noch immer in derselben weißen Papiertüte – warum sollte Kincaid sich die Mühe machen, sie gegen eine andere auszutauschen?

Aber ungefähr eine Stunde danach, als er mit dir in der Unitarierkirche sprach, sagte Francesca Fleming etwas, das ihm einen Schlag in die Magengrube versetzte. Sie hielt ihren kleinen Vortrag über die Menschen aus dem Osten, die die aus dem Westen immer unterschätzen. Sie glauben, die aus dem Westen ziehen eine Coca-Cola ausgesuchten Weinen mit französischen Namen vor und schmutzige Bilder Gemälden französischer Maler. Es war die Kombination dieser beiden Einzelteile, die Kincaid mit einem Schlag bewußt machte, was er getan hatte. Er gab Abernathy eine Flasche französichen Weins aus Francesca Flemings Restaurant, und er steckte diese Flasche in eine Papiertüte, die ihr Monogramm trug – dieses FF-Monogramm, das, seien wir ehrlich, praktisch ein schmutziges Bild ist. Dir selber ist aufgefallen, nicht wahr, wie elend Kincaid aussah, nachdem Francesa Fleming diese Bemerkung gemacht hatte?

Und das Schlimmste an allem war, er konnte im Augenblick nichts unternehmen. Er hatte ein Geschäftsessen, das er nicht absagen konnte. Meiner Meinung nach hat er dieses Essen nicht besonders genossen. Aber sobald er sich freimachen konnte, so gegen halb zwölf, ging er zu Abernathys Hotel, um sich diese Papiertüte zu holen.

Francesca Fleming hätte niemals einen derartigen Fehler begangen. Sie hätte niemals die Mordwaffe in ihre eigene Papiertüte gelegt und sie am Tatort liegengelassen. Sie hätte sofort gewußt, vielleicht sogar, ohne darüber nachzudenken, daß die Papiertüte wegen des Monogramms bis zu ihr zurückverfolgt werden könnte. Kincaid aber konnte leicht einen derartigen Fehler begehen. Er kannte ihr Monogramm, weil sie jedem davon erzählt, aber es war ihm nicht gegenwärtig.«

»Aber welches Motiv hatte er, Candy umzubringen?« fragte ich.

»Das gleiche Motiv, das ich Francesca zugeschrieben habe, bloß auf Kincaid trifft es doppelt zu. Er bekam Wind von den Plänen für ein Einkaufszentrum dieser Firma aus dem Osten, er setzte sich mit Francesca in Verbindung, weil sie am Ort lebt, und sie willigte ein, für alle Vorkehrungen sorgen zu wollen. Sie erstattete ihm regelmäßig Bericht. Donnerstag, als sie zu ihrem wöchentlichen Rendezvous kam, gab Candy ihr den Laufpaß. Er sagte, es sei aus, und er werde die Immobiliengeschichte ausposaunen.

Nachdem sie sein Haus verlassen hatte, rief sie als erstes ihren Partner im Richelieu an. Kincaid war über diese Entwicklung noch erboster als sie. Für ihn stand eine Menge Geld auf dem Spiel, er ist im ganzen Land berühmt, seine Karriere ist darauf gegründet, daß er der selbstlose Kämpfer für die Menschenrechte ist. Wenn jemals herauskommt, daß er in ein fadenscheiniges Immobiliengeschäft verwickelt ist, geht seine ganze Karriere den Bach runter. Also sagte er Francesca, sie solle sich nicht rühren und den Mund halten, er würde sich um alles kümmern.«

»Was ist mit Candys Todesnachricht? Er schrieb die Buchstaben FRAN auf den Teppich, und seine Frau machte daraus – «

»Er schrieb nicht FRAN auf den Teppich. Er schrieb KINC. Er beschuldigte Kincaid, nur starb er, bevor er seinen Namen zu Ende schreiben konnte. Dieses KINC hat Mrs. Candy in FRANKINCENSE umgewandelt. Sie wußte um diesen zwielichtigen Handel mit Kincaid, in dem ihr Mann steckte. Sie tat es, um den Ruf ihres Mannes zu schützen, wie ich gesagt habe – bloß nicht vor einem Sexskandal, sondern vor einem Geldskandal.«

Mom trank ihren Kaffee mit einem lauten zufriedenen Schlürfen aus …

* * *

… Ich kam mit meiner Beweiskette zu Ende und wartete auf einen Kommentar von Francesca.

Nach einer Weile zuckte sie die Achseln. »Du glaubst doch wohl nicht, daß dieser Fall beweiskräftig genug ist, um einen Schuldspruch zu erreichen? Victor ist ein wahnsinnig guter Anwalt, weißt du.«

»Sie haben recht«, sagte Ann. »Wahrscheinlich wird es uns nicht gelingen, vor Gericht damit durchzukommen. Es sei denn, wir könnten einen Zeugen zur Bekräftigung finden. Jemanden, der über Kincaids Rolle in dem Immobiliengeschäft aussagen könnte. Und jemanden, der weiß, daß er vorhatte, an jenem Nachmittag Candy zu besuchen.«

Francescas Augenbraue hob sich leicht. »Sie meinen damit doch gewiß nicht mich. Was um Himmels willen läßt Sie glauben, ich würde gegen meinen guten alten Freund aussagen?«

»Das habe ich eigentlich auch nicht geglaubt. Ich hoffte es nur. Ich finde es immer besser, wenn die schuldige Seite bestraft wird und nicht eine unschuldige.«

»Ihr Klient?« Francesca zuckte auf hervorragend verächtliche Weise die Achseln. »Ich begreife nicht, was das mit *mir* zu tun hat.«

»Ich meinte nicht unseren Klienten. Er ist aus der Sache raus. Die Beweise sprechen für ihn, der Staatsanwalt wird ihn freilassen müssen. Nein, ich meinte Sie, Francesca. Unsere Beweise gegen Sie sind mehr als stichhaltig.«

Francesca gab ihr lautes Lachen zum Besten. »Aber Sie wissen doch, daß ich es nicht war! Sie würden mich wegen Mord verklagen, obwohl Sie wissen, daß ich unschuldig bin?«

Ann brachte eine wunderbare Imitation von Francescas verächtlichem Achselzucken zustande. »Was bliebe mir anderes übrig? Meine Pflicht ist es, meinen Klienten frei zu bekommen. Ich würde meine Pflicht verletzen, wenn ich nicht alles täte, das in meiner Macht steht, um dieses Ziel zu erreichen. Selbst wenn ich dafür einen anderen in die Gaskammer schicken müßte.«

»Aber ich war es nicht?«

Ann lächelte milde. »Ich begreife nicht, was das mit *mir* zu tun hat.«

Ein langes Schweigen entstand. An der Art, wie Francesca die Augen zusammenkniff, erkannte ich, daß sie scharf nachdachte. Der Trick bestand darin, ruhig zu bleiben und ihren Gedanken eine Chance zu geben, durchzusickern und zum Kochen zu kommen.

Schließlich kochten sie. »Ich hatte mit den Morden nichts zu tun«, sagte sie. »Und ich wußte nicht, daß Victor jemanden umgebracht hatte. Ich hatte vielleicht so meinen Verdacht, aber ich hatte nichts in der Hand, mit dem ich hätte zur Polizei gehen können. Ich möchte, daß das klar ist.«

»In Ordnung, das ist klar«, sagte Ann.

»Ich kann Ihnen also nicht helfen, indem ich der Polizei sage, ich hätte gesehen, wie jemand ermordet wurde oder etwas ähnliches. Ich kann lediglich bezeugen, daß ich Victor Donnerstag angerufen habe, um ihm zu sagen, daß Chuck sich jetzt gegen uns stellte, und Victor sagte, er würde sich um ihn kümmern. Ich kann bezeugen, daß ich Victor am Tag vor Weihnachten beim Mittagessen eine Flasche Weißwein gegeben habe, und vielleicht kann ich die Flasche auch identifizieren. Und ich kann über diesen Immobilienhandel aussagen, und daß Victor derjenige ist, der dahinter steckt – er hätte den Löwenanteil für sich gehabt, das werde ich nur zu gerne bezeugen.«

»Sie wollen all das unter Eid aussagen?«

»Oh, das fällt mir nicht schwer. Ich werde so viele Eide leisten, wie Sie wollen, ich bin darin sehr gut.«

Ann sah sie einen Augenblick an und sagte: »Das macht Ihnen überhaupt nichts aus, nicht?«

»Was macht mir nichts aus, meine Liebe?«

»Na ja, erst einmal, was Sie den alten Meyers angetan haben?«

»Was hab ich denen denn angetan, um Himmels willen? Es war nichts weiter als ein simpler Immobilienhandel. Sie hatten etwas, das wir wollten, wir haben versucht, so billig wie möglich daran zu kommen. Deswegen ist unser Land so stark und frei.«

Francesca lachte. »Chuck war über diesen Aspekt an der Sache besorgt, das muß ich zugeben. Ihn beunruhigte der Gedanke, was dieses Geschäft für seine Beziehung zu Gott bedeuten würde. Schließlich mußte er sein Gewissen damit beruhigen, daß er sich einredete, das Geld sei für seine Kirche, nicht für ihn persönlich.

Und Victor auch. Das ist eigentlich ziemlich komisch, wenn man's recht bedenkt. Victor mußte auch sein Gewissen beruhigen. Er redete sich ein, er dürfe nicht ins Zwielicht geraten, er dürfe seine Karriere nicht gefährden, er habe ein Recht, mit einem Mord davonzukommen, denn wenn ihm irgend etwas passieren sollte, würden die Kräfte des Unrechts triumphieren. Sie sind sich eigentlich ziemlich ähnlich, Chuck und Victor.

Ich habe mehr Glück als die beiden. Ich glaube nicht an Gott, und ich weiß, daß es so etwas wie Gerechtigkeit nicht gibt. Ich kann nachts ruhig schlafen, ohne daß mich mein Gewissen quält.« Sie schüttelte leicht den Kopf. »Wenn ich das also alles vor Gericht so aussage, glauben Sie, ich bin dann aus der ganzen Mordgeschichte raus?«

»Ich bin nicht der Staatsanwalt«, sagte Ann. »Aber es würde mich nicht weiter wundern. Wie wäre es, wenn wir sofort rüber zu George Wolkowicz fahren und die ganze Sache durchziehen.«

Francesca sah sie eine Weile an, und dann brach ihre Selbstbeherrschung mit einem Mal zusammen. Sie gab einen langen Seufzer von sich, der wie ein Todesröcheln klang. »So eine verdammte Ironie! Wissen Sie, warum ich mich überhaupt in dieses Geschäft eingelassen habe? Weil ich Idealist bin. Bin es immer gewesen. Ich hab immer darauf geachtet, daß meine Freunde auch Idealisten sind. Und da hab ich dann alles über Gier und Materialismus kennengelernt. Als ich mit angesehen habe, wie meine lieben hochgesinnten liberalen Freunde gegen den Vietnamkrieg demonstriert und für die Rettung der Wale gekämpft haben, wie sie Petitionen unterzeichnet haben, damit die Leute ihre Investitionen aus Südafrika zurückziehen – und zwischendurch machen sie ihre langen Reisen nach Europa und tauschen ihren alten Maserati gegen einen neuen Porsche und sacken die Zinsen ihrer Investitionen ein. Das hat mich krank gemacht, können Sie das verstehen? Ich wollte etwas von dem Kuchen für mich.«

Sie brach ab, holte ein paarmal tief Luft, und sah uns dann mit ihrem alten sarkastischen Grinsen an. »Die kleine Francesca sitzt wieder einmal in der Klemme, nicht? Ich hätte wissen müssen, daß es so kommt. Immer, wenn ich versuche, aus diesem dreckigen Loch zu –«

Sie brach ab und bellte ein schnelles Lachen. Dann holte sie ihre Wimperntusche hervor und brachte ihr Gesicht wieder in Ordnung.

* * *

Ich rief George Wolkowicz von dem Telefon auf Francescas Schreibtisch aus an. Er war schon nicht erfreut, meine Stimme zu hören, und freute sich noch weniger, als ich ihm sagte, Ann und ich wollten jetzt sofort rüberkommen und ihm über einige neue Wendungen in dem Fall berichten.

Er konnte aber nicht direkt ablehnen, also ließ er sein unangenehmes Lachen hören und sagte: »Ich habe auch einige neue Entwicklungen für Sie, Herr Inspektor. Zum Beispiel sind die Berichte über die Fingerabdrücke an der Mordwaffe zurück. Und im Labor haben sie die Schuhe des Jungen mit den Schuhabdrücken in Candys Flur verglichen. Beides sieht für Ihren Klienten nicht allzu gut aus, muß ich leider sagen.«

»Ja, wir werden eine herrlichen Abend miteinander verbringen«, sagte ich, »und einander frohe Botschaften übermitteln.«

Ann und Francesca fuhren wenige Minuten später mit Anns Auto los, und ich folgte in meinem. Während der Fahrt begann sich in mir etwas Eigenartiges zu regen. Zuerst ganz tief unten wie ein unbestimmtes Kitzeln. Es vergingen einige Minuten, bis mir klar wurde, was es war.

Ich war glücklich. Glücklich wurde meinem Gefühl nicht gerecht. Vielleicht selig, ekstatisch, jubelnd. Ich wollte den Kopf aus dem Wagenfenster strecken und laut in die Welt hinausschreien. Es war Weihnachten. Nur noch wenige Stunden, aber zweifellos Weihnachten. Und auf einmal stand ich der ganzen Sache positiv gegenüber.

Allerdings stieß ich keine Freudenschreie aus. Statt dessen stellte ich mein Autoradio an, und als wäre dies ein Film mit genau der richtigen Musik in genau dem richtigen Augenblick, posaunten mir eine Million Stimmen im Hallelujah-Chor in die Ohren. Wunderbar! Lieber Gott, wie wunderbar! Wenn du so etwas erschaffen konntest – oder um genauer zu sein, wenn du den Geist erschaffen konntest, der so etwas erschaffen konnte –, kannst du so schlecht nicht sein.

Und Er antwortete mir. Er würdigte mein Kompliment. Denn in diesem Augenblick landete etwas auf der Windschutzscheibe meines Autos. Eine Schneeflocke! Und die nächste folgte und noch eine. Und als ich zum Seitenfenster hinausblickte, sah ich es schneien. Langsam, nicht so dick, aber es war eindeutig Schnee. Zu guter Letzt bekamen wir doch noch weiße Weihnachten! Na schön, halbweiße. Und das ist besser als nichts, oder?

Darin liegt das Geheimnis, wenn man mit Gott zu tun hat, entschied ich. Sehr selten gibt er einem, was man möchte. Aber sehr häufig ist das, was er einem gibt, besser als nichts. Begnüge dich mit einem »besser als nichts«, und das Leben kann eine ziemlich erfreuliche Angelegenheit sein.

Vor mir sah ich ein Auto mit diesem Aufkleber auf der Stoßstange: »*Honk If You Hate People Who Honk If They Love Jesus.*«

Ich hupte voller Freude und fühlte mich wie Ebenezer Scrooge im letzten Kapitel. Mit den Worten unseres hochgeschätzten Herrn Bürgermeisters Willard A. Butterfield, Gott segne uns, jeden einzelnen von uns.

Nach Weihnachten

Am Ende einer Geschichte lese ich immer gerne ein richtiges Schlußkapitel. Man erfährt, was mit all den Personen geschieht, man erhält die Antworten auf alle unbeantworteten Fragen. Das also will ich nun liefern und es so kurz wie möglich machen.

Zuerst einmal Weihnachten. Wie immer der Leser darüber denken mag, jedes Jahr ist es dann endlich vorbei. Es erreicht seinen Höhepunkt mit einem großen Silverster-Remmidemmi, und vom ersten Januar an heißt es dann nur noch Erholung vom Kater.

Hier in Mesa Grande – in den meisten Städten wie der unsrigen, nehme ich an – nahm der Kater die Form von Abfall und Dreck an. Der riesige Weihnachtsbaum wurde ziemlich schnell abtransportiert, aber die Nadeln brauchten viel länger, bis sie verschwunden waren. Bis gut Ende Januar hatte man sie unter den Schuhen kleben, sah man sie zwischen den Abfällen, die die Gullies am Straßenrand verstopften. Übriggebliebene Fetzen von Weihnachtspostern, Papiereisblumen, Glasglocken und ähnliches lagen in den Schaufenstern oder schlugen gegen Häusermauern; Weihnachtsmänner mit halb weggerissenen Gesichtern brauchten am allerlängsten, um zu verschwinden.

Die Kirchen begannen mit den ersten Januartagen eine völlig neue Art von Predigten anzukündigen; der »Geist des Neuen Jahres« ersetzte als heißes Thema des örtlichen Klerus den »weihnachtlichen Geist«. Die Restaurants legten ihre mit Schlittenglocken an den Rändern verzierten Speisekarten beiseite und begannen mit *Presidential Birthday Dinners.*

Und der Januar brachte uns viel Schnee – er fiel in schweren

Flocken, aber mit Unterbrechungen –, bitterkalte Tage und dazwischen Tage, die so mild waren, daß man mit leichtem Mantel ins Freie gehen konnte. Das ist hier ganz normal. Man sagt: »Wenn dir das Wetter nicht gefällt, dann gedulde dich ein oder zwei Stunden; es ändert sich bestimmt.«

Victor Kincaid war am Tag nach Weihnachten in Kalifornien, als die Bezirksstaatsanwaltschaft Mesa Grande die Bezirksstaatsanwaltschaft Los Angeles aufforderte, ihn festzunehmen und bis zur Auslieferung dort zu behalten. Sofort setzte er eine Serie legaler Taktiken in Gang, die das verhindern sollten, die die Gesetzmäßigkeit des Geschworenengerichts in Frage stellten, die um eine Verlegung des Verhandlungsortes ersuchten, die die Integrität und Unparteilichkeit der Richters anfochten, und er antwortete denen, die ihn interviewten, mit feurigen Reden, daß man ihn wegen seiner politischen Meinung verleumde. Es nützte alles nichts, man hielt ihn in unserem Gefängnis, er kam nicht auf Kaution frei, der Prozeß wurde für den frühen Februar anberaumt und Francesca Fleming als Kronzeugin gegen ihn bestellt.

Dann, sozusagen am Vorabend des Prozesses, überraschte er alle. Er ging zum Bezirksstaatsanwalt und handelte mit ihm ein Schuldgeständnis aus. Das Ergebnis war, daß er sich des Totschlags an Reverend Chuck Candy schuldig bekannte und dafür fünfzehn Jahre bekam, mit Aussicht auf Bewährung nach fünf. Der Tod von Luke Abernathy, verstorbener Prophet des Eierkultes, wurde weder vor Gericht noch in den Medien erwähnt.

Weil es keinen Prozeß gab, mußte Francesca auf ihren großen Auftritt im Zeugenstand verzichten. Aber sie hatte bereits ihre Absprachen mit dem Staatsanwalt getroffen, und diesem blieb nichts anderes übrig, als sich daran zu halten. Sie bekannte sich zu dem Vorwurf der Nötigung und arglistigen Täuschung in Verbindung mit ihrem Versuch, sich den Besitz der Meyers anzueignen, sie wurde zu eineinhalb Jahren Gefängnis verurteilt, und das Urteil wurde aufgehoben unter der Bedingung, daß sie sich in psychiatrische Behandlung begab.

Am Tag der Urteilsverkündung lud Francesca all ihre Freunde und Bekannte zu einem großen Essen in ihr Restaurant ein. Hundert Leute kamen, darunter fast alle Stars von Mesa Grande aus

Kunst, Musik, Theater und linker Politik. Reverend Eugene Grant Morgan war dabei, stellvertretend für die ACLU, die sich darauf eingestellt hatte, für Francescas Bürgerrechte einzutreten, für den Fall, daß der Richter sich für eine Gefängnisstrafe entschieden hätte. Er verließ die Versammlung allerdings früh, bevor einer von Francescas Freunden eine kleine Rede hielt und sie als Heldin pries, die glücklicherweise dem Märtyrertum in den Händen der repressiven Kräfte entkommen war, die diese faschistoide Stadt beherrschten.

Der *Republican-American* beschrieb am nächsten Morgen diese Versammlung in einem vernichtenden Leitartikel: ohne Namensangabe, aber jeder erkannte darin Arthur T. Hatfields Stil. Um eine Probe zu geben, die die Atmosphäre des Ganzen vermittelt: »Seit den degenerierten und verderbten Orgien des römischen Reiches ist nicht – «

Die Kirche der »Strahlenden Apostel Christi« verkündete Ende März, daß sie ihre Pforten schließe und Bankrott anmelde. Die Besucherzahlen waren direkt nach Weihnachten rasant gefallen, aber der endgültige Todesstoß war die Entdeckung, daß der Kapitalüberschuß der Kirche, den man auf der Bank vermutete, nicht existierte und in Wirklichkeit fünfzigtausend Dollar Schulden zu verzeichnen waren. Mrs. Candy erlitt einen Zusammenbruch und gab zu, daß ihr verstorbener Ehemann den Überschuß seit Jahren unterschlagen hatte, nicht zu seinem persönlichen Gewinn – das ging offensichtlich aus seiner bescheidenen Lebensführung hervor: keine ausländischen Limousinen mit goldenen Nummernschildern und keine Shangri-la Paläste, wie bei gewissen anderen weitbekannten Evangelisten –, sondern um die Hypothek auf das Gebäude zahlen zu können und die monatlichen Löhne, die Heizkosten, Telefonkosten und die Videokosten im Empfangsraum.

Kurz nach der Schließung der Kirche bekam Reverend Gabriel Candy einen Job in Dwayne McKees Immobiliengeschäft. Wenn er es wie die meisten Immobilienhändler der Stadt machte, arbeitete er ausschließlich auf Kommissionsbasis.

Im April ging Chuck Candys Witwe zurück nach Neu Mexiko. Es hieß, sie habe sich bei ihrer unverheirateten Schwester auf der Ranch niedergelassen, auf der sie geboren war.

Um auf den Dezember zurückzukommen – an dem Tag, als die Anklage gegen Roger Meyer offiziell fallengelassen wurde, gaben seine Eltern ein bescheidenes Essen. Ann und ich waren eingeladen, der Rabbi, ein älteres Paar aus der Synagoge und zwei oder drei junge Leute, die Rogers Freunde waren. Nach dem Essen nahm Roger mich beiseite und fragte, ob ich mir schon überlegt habe, was er mit mir vor einigen Tagen besprochen hatte, ob er mein Lehrling oder Assistent oder Laufbursche oder was auch immer werden könne, wenn er im Juni in Yale seinen Abschluß habe.

»Ich denke, ich kann Ihnen sogar noch besser helfen«, sagte er, »jetzt, wo ich die andere Seite gesehen habe. Ich meine, ich bin tatsächlich im Gefängnis gewesen, ich weiß, wie das ist, ich kenne die Lebensbedingungen dort, und meinen Sie nicht auch, daß es wichtig ist, wenn mir wissen, wie es den Leuten geht, denen wir helfen wollen? Das ist wie Joel McCrea in *Sullivan's Travels*, wo er diesen Filmregisseur spielt, der einen Film über die Armen und die Penner und das alles drehen will, aber er weiß eigentlich nicht richtig, wie deren Leben aussieht, bis er einer dieser aneinandergeketteten Sträflinge wird – «

Ich antwortete ihm noch einmal, daß ich ganz sicher sein Angebot überdenken würde, aber nicht glaubte, daß die Aussichten groß wären, daß die Stadt das Geld dafür geben würde. Für mich dachte ich, es wäre vielleicht keine schlechte Idee, jemanden zu haben, der mir etwas von der Plackerei abnehmen könnte, der routinemäßigen Herumfahrerei, der lästigen Schreibarbeit, den Formularen. Der Junge war aufgeweckt, und er war auf jeden Fall motiviert.

Wenn ich je einen Sohn gehabt hätte, dachte ich, könnte er jetzt gut in Rogers Alter sein.

Ich sprach darüber mit Ann, als wir aus dem Haus der Meyers gingen, und sie reagierte genauso, wie ich es erwartet hatte. »Wenn du jemanden brauchst, Dave, dann solltest du jemanden bekommen. Das Problem ist nur, wie sollen wir den verantwortlichen Stellen ein Extragehalt abknöpfen? Und du weißt, daß McBride uns auf ganzer Linie bekämpfen wird.«

Aber die Lösung dieses Problems fiel uns in den Schoß – so wie gelegentlich die reifen Pflaumen im Leben –, ohne daß wir von uns aus besondere Anstrengungen unternehmen mußten. Wenige Tage später brachte der *Republican-American* einen Artikel – kaum zu glauben –, in dem die Pflichtverteidigung für ihre gute Arbeit gepriesen wurde, Reverend Chuck Candys Mörder vor Gericht gebracht zu haben. Wir konnten gar nicht genug gelobt werden für den Dienst, den wir der Allgemeinheit damit erwiesen hatten, daß wir die wahre Natur der radikalen Linken enthüllt hatten, ihre nie endende Verschwörung mit dem Ziel, Amerikas geheiligte religiösen Traditionen umzustürzen –

Anns erste Reaktion auf diesen Artikel war, sich die Haare zu raufen und wie ein alttestamentarischer Prophet die Sünden des eigenen Volkes zu beklagen. Der nächste Schritt würden Asche und Sackleinen sein. Es war einfach zu viel für sie, der Gedanke, daß diese Verrückten sich die harte Arbeit ihres Büros für ihre blöden politischen Zwecke zunutze machten. Aber nach einer Weile beruhigte sie sich und entschied, wir könnten es diesen Verrückten genausogut mit gleicher Münze heimzahlen. Wenn sie uns für ihre Zwecke einspannten, warum sollten wir sie nicht für unsere benutzen? Auf diese Weise könnte aus dem Schlechten etwas Gutes herauskommen.

Also bat sie um ein Treffen mit Arthur T. Hatfield und machte dem alten Gauner klar, daß die Pflichtverteidigung, die er freundlicherweise in seinem letzten Artikel so sehr gepriesen hatte, ein höheres Budget benötigte, wenn sie weiterhin so effektiv arbeiten sollte. Insbesondere brauchten wir Geld für einen Assistenten der Ermittlung, der unseren überarbeiteten und unterbesetzten Ermittlungsstab (mich) ein wenig entlaste. Würde sich die Zeitung bereit erklären, Gewicht und Einfluß geltend zu machen und in den Dienst unserer Bemühung zu stellen, den Stadtrat zu einer Erhöhung unseres Budgets zu bewegen, damit wir diese zusätzliche Kraft einstellen könnten?

Hatfield ließ durchblicken, daß er guten Willens sei. Nach Anns Meinung, die sie mir nach ihrer Rückkehr von diesem Treffen mitteilte, hatte Hatfield Schuldgefühle wegen seines Versuchs, einen unschuldigen Menschen in die Gaskammer zu schicken. Er wollte etwas tun, das sein Gewissen beruhigte und diesen Fehler wiedergutmachte. »Er hat tatsächlich ein Gewissen«, sagte Ann.

»Würde man nicht meinen, wenn man ihn so sieht oder seine Zeitung liest. Aber irgendwo tief in seinem Innern, unter Schichten von Stahl, ist es lebendig und regt sich gelegentlich.«

Am Tag darauf kam der Leitartikel des *Republican-American* mit dem Vorschlag, es würde für die Kräfte der Stadt, die an der Verbrechensbekämpfung arbeiteten, von unschätzbarem Gewinn sein, wenn der Ermittlungsstab der Pflichtverteidigung vergrößert würde. Und am nächsten Tag reichte Ann bei der Haushaltsplanung des Stadtrats einen Antrag ein. Es dauerte ungefähr einen weiteren Monat, bis die Bewilligung der Gelder durchkam, aber während dieser Zeit ließ Staatsanwalt Marvin McBride nicht ein Wort des Protestes verlauten. Gewählte Beamte – selbst solche wie McBride, die die meiste Zeit in einem angenehmen Alkoholnebel verbringen – scheren nur selten aus, um sich mit der einzigen Zeitung der Stadt anzulegen.

An dem Abend, als man sich im Stadtrat beraten hatte, traf ich mich mit Mom zum Essen. Sie freute sich sehr über meine Nachrichten. »Wie schön für seine Mutter und seinen Vater!« sagte sie. »Die beiden haben schon genug gelitten, es ist an der Zeit, daß das Leben sie ein wenig verwöhnt.«

Ich versuchte ihr klarzumachen, daß Rogers Vater und Mutter verwöhnen zu wollen, absolut nichts mit meiner Entscheidung zu tun gehabt hatte, aber sie schien nicht zu hören, was ich sagte.

Und in diesem Augenblick, aus irgendeinem Grund, schob sich eine Frage, die sich seit Weihnachten weit hinten in meinen Gedanken hielt, in den Vordergrund. Was war in dem Nußknacker-Ballett passiert, das Mom den Hinweis auf die Lösung des Mordfalles gegeben hatte?

Ich fragte sie jetzt danach.

Sie runzelte die Brauen und schüttelte den Kopf. »Was war es nur, was war es nur?« sagte sie. »Es muß etwas gewesen sein, aber ehrlich gesagt, es ist mir vollkommen entfallen.«

Ich schöpfte leisen Verdacht. Mom entfällt niemals etwas. Und wenn sie einen Satz mit »Ehrlich gesagt« beginnt, hat das für gewöhnlich zu bedeuten, daß ich mich auf eine Lüge vorbereiten muß. Aber ich sah nicht ein, wieso das jetzt wichtig sein sollte, deshalb verspürte ich nicht das Bedürfnis, weiter in sie zu dringen.

Und in genau dem Moment klingelte mein Telefon, und ich vergaß das Nußknacker-Ballett und den Candy-Mord, denn ich vernahm die Stimme der Frau, die ich damals bei dem Handelskammeressen kennengelernt hatte. Sie machte die Frauenseite im *Republican-American,* aber aus einigen wenigen indirekten Bemerkungen war mir deutlich geworden, daß sie meine Meinung über die Zeitung und deren Politik teilte. Also hatte ich sie für kommenden Samstag zum Essen eingeladen, und jetzt rief sie mich zurück, um mir zu sagen, sie habe ihren Terminkalender durchgesehen und sei frei.

Ich sprach nicht lange mit ihr – Mom war im Zimmer und saß in meiner Nähe. Aber natürlich fragte Mom, nachdem ich aufgelegt hatte, so ganz nebenbei: »Also, wer war das? Eine Freundin? Die Stimme klang nett und kultiviert. Eine Frauenstimme, oder gehe ich fehl in der Annahme?«

Tatsächlich wurde der Samstag zu einem wunderbaren Abend. Während wir Spaghetti aßen, stellte sich heraus, daß wir in bezug auf Filme genau denselben Geschmack hatten. Nach dem Essen gingen wir zu ihr und sahen uns einen Video an, *His Girl Friday.* Cary Grant und Rosalind Russell tauschten witzige Bemerkungen aus, und meine Gastgeberin und ich lachten uns kaputt, und eine oder zwei Stunden später fragte ich mich, ob ich letztendlich nicht doch an Gott glaubte.

EPILOG

Moms Gebet

Lieber Gott,

wahrscheinlich bist Du überrascht, mich hier zu sehen. Ich weiß, ich bin nicht gerade der Typ, der viel Zeit an diesem Ort zubringt. Ich wäre auch nicht hier, mitten an einem Arbeitstag, an dem sonst niemand kommt, wenn es sich nicht um etwas Wichtiges handeln würde.

Es handelt sich natürlich um diesen Mord. Zugegeben, der Mord ist Schnee von gestern, vor Monaten, am Weihnachtstag, aufgeklärt und weggepackt und zu den Akten gelegt, und seitdem sagt jeder meinem Sohn Davie, wie gute Arbeit er geleistet hat und wie klug er ist, was ich natürlich nicht ungern höre. Aber Du weißt, daß die Wahrheit und nichts als die Wahrheit noch nicht ans Licht gekommen ist. Und Du weißt, daß ich es auch weiß.

Deshalb bin ich hier und spreche jetzt zu Dir. Lieber Gott, ist es falsch von mir, daß ich den Mund in dieser Sache halte? Begehe ich damit eine schreckliche Sünde, die Du mir bis in alle Ewigkeit nicht vergeben wirst? Ich habe es nur getan, weil ich dachte, es sei so am besten, ich wollte nichts Falsches tun. Wie könnte ich Dich belügen? Die ganzen Jahre über kennst Du mich jetzt schon, wie könnte ich da annehmen, Dir über meine Gefühle und meine Motive etwas vormachen zu können? Aber trotzdem, vielleicht war es falsch von mir, und ich sollte jetzt den Mund aufmachen und mit der Wahrheit herausrücken.

Mit anderen Worten, lieber Gott, ich stecke voller Zweifel. Ich will Dir die ganze Geschichte erzählen – die Du natürlich bereits kennst, aber ich muß sie einfach erzählen –, und dann, hoffe ich, werde ich Deine ehrliche Meinung hören ...

Nebenbei, es ist nicht so, als ließe ich einen Mörder davonkommen. Dieser Victor Kincaid, ich habe bewiesen, daß er schuldig war, und er war auch schuldig. Das weißt Du, und ich bin sicher, Du wirst es berücksichtigen. Wenn ich nun eine kleine Täuschung begangen habe, eine kleine Vertuschung, und, ja, das muß man sagen, eine kleine Lüge, dann nicht deshalb, weil ich den Mörder mit seinem Verbrechen davonkommen lassen wollte, sondern ausschließlich deshalb, weil ich verhindern wollte, daß andere Dinge, wichtige Dinge, ans Licht kommen.

Zum Beispiel diese ganze Geschichte mit der Botschaft, die der Ermordete mit Kreide auf seinen Teppich geschrieben hatte. GOLD, FRANKINCENSE, AND MYRRH – wir wissen beide, daß dies nichts mit Victor Kincaid oder Francesca Fleming zu tun hatte. Wir wissen beide, daß er nicht FRAN auf den Teppich schrieb, und er hat auch nicht KINC geschrieben. Ich hab mir das ausgedacht, um Davie und Ann Swenson und alle anderen von der richtigen Spur abzulenken.

Und wir wissen beide, daß es nicht Mrs. Candy war, die diese Buchstaben auf dem Teppich entdeckt und zu GOLD usw. verlängert hat. Wer glaubt denn, daß sie besser als ihr Ehemann in der Lage war, diese langen seltsamen Wörter richtig zu buchstabieren? Zugegeben, sie besaß eine bessere Schulbildung als er, aber mir ist gleich aufgefallen, daß sie niemals die Rechtschreibfehler ihres Mannes korrigierte, wenn sie die Plakate für die Kirche abschrieb.

Also ist Mrs. Candy nicht der Fanatiker, den ich von Anfang an gerochen habe. Ich habe ihr etwas angehängt, und dafür entschuldige ich mich, auch wenn sie nichts davon weiß, es ist nie an die Öffentlichkeit gedrungen, also hat es ihr auch nicht wehgetan, nicht wahr? Das mußt Du zugeben.

Was ich natürlich vor den Augen der Welt verborgen halten mußte, war die Tatsache, daß die Buchstaben, die Candy vor seinem Tod auf den Teppich schrieb, nicht FRANC oder KINC, sondern MYR ergaben. Und das war bei seiner fürchterlichen Orthographie das beste, was er schaffte, um MEYER zu schreiben.

Mit anderen Worten, er wollte Roger Meyer mit der letzten Kraft, die noch in ihm steckte, für seinen Tod die Schuld geben.

Und woher weiß ich das? Die Art und Weise, wie die Buchstaben auf dem Teppich angeordnet waren, hat mich darauf gebracht. An die linke Kante war GOLD, FRANKINCENSE, AND hingeklatscht, und direkt darunter, ebenfalls an die linke Kante hingeklatscht, stand MYRRH. Welch seltsames Arrangement, wenn die Person, die Candys Botschaft etwas hinzufügte, mit FRANC oder KINC angefangen hat. Warum hat sie nicht MYRRH in eine Zeile mit GOLD, FRANKINCENSE, AND geschrieben? Warum hat sie es ganz allein für sich in eine neue Zeile geschrieben? Es ist klar, warum. Das M in MYRRH stand schon an der linken Kante, da, wo Candy es hingeschrieben hatte. Es war kein Platz, um links davon GOLD, FRANKINCENSE, AND zu schreiben, deshalb mußten die Wörter darüber.

Also, von wem stammen diese Hinzufügungen? Die erste Antwort, die mir auf diese Frage einfiel, war, daß sie von Roger Meyer stammten. Er war derjenige, der Candy getötet hat, und er wollte gerade aus dem Haus laufen, als er vielleicht Candys Stöhnen aus dem Wohnzimmer hörte und zurücklief, und da sah er, daß Candy, der jetzt tot war, MYR auf den Teppich geschrieben hatte. Da erkannte Roger, daß er die anderen Buchstaben hinzufügen mußte, wenn er nicht für den Mord verhaftet werden wollte.

Aber schon bald wurde mir klar, daß dies nicht die Erklärung sein konnte. Erstens, ich habe bereits bewiesen, ganz folgerichtig, daß Victor Kincaid der Mörder war. (Und später hat er dann, wie Du weißt, den Mord gestanden, und im Augenblick befindet er sich im Gefängnis, wo er Protestaktionen gegen das lausige Essen organisiert.)

Zweitens, wenn Roger der Schuldige war, laß uns all die Dinge betrachten, die geschehen sein müssen, während er in Candys Haus war – Candy läßt ihn ins Haus, es gibt Streit, er tötet Candy, er will gehen, Candy reißt die Kreideschachtel auf, er schreibt eine kurze Botschaft auf den Teppich, Roger kommt wieder zurück, er macht aus Candys kurzer Botschaft eine lange, er geht wieder hinaus. Aber er war nicht länger als fünf Minuten in dem Haus, wie Luke Abernathy gesagt hat, der Zeuge, der auf der anderen

Straßenseite stand. Es ist unmöglich, daß sich all diese Dinge in nur fünf Minuten abspielen können.

Drittens, als Roger festgenommen wurde und gestand, er habe Candys Leiche im Wohnzimmer gesehen, hat er ausgesagt, er habe auf dem Teppich keine mit roter Kreide geschriebene Botschaft gesehen. Wenn Roger sie geschrieben haben sollte, mit dem Hintergedanken, Candys Buchstaben unkenntlich zu machen, hätte er dann nicht gesagt, er habe sie gesehen, als er über Candys Leiche stand? Würde er das nicht sogar sagen müssen, damit wir glauben, jemand anderes habe es geschrieben, bevor er den Tatort überhaupt erst betrat?

Der Grund, warum Roger sagte, er habe die lange Botschaft nicht gesehen, war der, daß sie noch nicht da stand, als er die Leiche fand. Hätte sie schon dort gestanden, hätte er sie bemerkt. Aber für einen verängstigten verwirrten Jungen war es leicht, zu übersehen, was tatsächlich da stand, nämlich nur die drei Buchstaben MYR.

Außerdem beschäftigte mich neben der Frage, wer die lange Botschaft schrieb, eine zweite: Warum hat Candy die kurze Botschaft geschrieben? Warum hat er versucht, Roger Meyer die Schuld an seinem Tod zu geben, wo er doch wissen mußte, daß Roger unschuldig war, daß Victor Kincaid ihn getötet hatte? Die Antwort auf diese Frage hat mir überhaupt nicht gefallen, aber es führte kein Weg an ihr vorbei. Candy hatte kein Interesse daran, seinen wahren Mörder zu enthüllen. Er wollte nicht, daß Victor Kincaid für seinen Mord ins Gefängnis kam. Candy wollte, daß die Polizei, die ganze Welt, annahm, er sei von Roger Meyer getötet worden.

Der Grund dafür war folgender: Wenn der wahre Mörder gefaßt würde, dann würde damit auch die Wahrheit über Candys Immobilienhandel herauskommen. Und das wäre das Ende seines guten Rufs. Der Heilige würde wie ein Sünder dastehen, und für Candy war das das Schlimmste, was geschehen konnte. Seiner Meinung nach war es notwendig, daß ihn alle als Heiligen in Erinnerung behielten. Er war Gottes Statthalter auf Erden – Immobilienschwindel hin oder her –, und wenn die Menschen den Glauben an ihn verlören, verlören sie den Glauben an Gott.

Du bemerkst, daß ich, wenn ich in Verbindung mit diesem Candy über Gott spreche, nicht das Wort »Du« gebrauche.

Und was wäre schon Schlimmes daran, fragte er sich, wenn sie Roger Meyer für den Mord bestraften? Meyer, den Juden. Wäre es nicht eine gute Sache, wenn alle glaubten, die Juden hätten diesen heiligen christlichen Pfarrer getötet, genauso wie sie Jesus Christus getötet haben? Also schrieb er MYR auf den Teppich, und danach, mit dem kleinen bißchen Leben, das noch in ihm steckte, zog er das Telefon zu sich runter auf den Boden, rief die Meyers an und sagte, er wolle Roger sprechen. Seine Stimme war schwach, praktisch ein Flüstern – wie Roger und sein Vater beide gesagt haben –, aber das kam nicht daher, weil jemand versuchte, seine Stimme zu verstellen, sondern weil Candy im Sterben lag.

Als also Roger an den Apparat kam, sagte Candy ihm, er solle sofort rüberkommen. Vielleicht wußte er, daß die Vordertür offen war, denn er hatte sie nicht zuschlagen hören, als Kincaid aus dem Haus gelaufen war.

Hier haben wir den verborgenen Fanatiker, lieber Gott. Der Tote selber. Niemand nahm ihn ernst, denn er hörte sich an wie ein Gebrauchtwagenverkäufer und nicht wie ein Nazi aus dem Film. Jeder sagte automatisch: »Er ist ein Scheinheiliger, er glaubt im Grunde nicht an das, was er predigt.« Bloß, daß er es glaubte. Er war ein so echter Gläubiger, daß er sterbend eine Lüge im Namen Gottes hinterließ. Ein Fanatiker, was sonst?

Trotzdem, das alles erklärt noch immer nicht, wie die Buchstaben MYR, die er schrieb, zu GOLD, FRANKINCENSE, AND MYRRH wurden. In der Zeit, als Roger weglief, also gegen halb fünf, und der Zeit, als Mrs. Candy von ihren Einkäufen nach Hause kam, also gegen halb sechs, ist jemand in dem Haus der Candys gewesen. Dieser jemand fand die Vordertür offen – Roger vergaß beim Hinauslaufen, sie hinter sich zuzuknallen, ebenso wie Kincaid es zuvor vergessen hatte. Dieser Jemand ging also ins Wohnzimmer und sah die Buchstaben MYR auf dem Teppich. Da er auf der Stelle erkannte, daß Candy damit Roger die Schuld zuwies, und da er diese Schuldzuweisung unkenntlich machen wollte, machte dieser Jemand aus der kurzen Botschaft eine lange. Und dieser Jemand knallte beim Verlassen des Hauses die Tür hinter sich zu, und deshalb fand Mrs. Meyer sie auch verschlossen vor, als sie nach Hause kam.

Wer also konnte dieser Jemand gewesen sein? Rogers Eltern nicht, denn um die Zeit des Mordes führten sie ein Ferngespräch mit ihrer Tochter in Los Angeles. Außerdem hätte Abernathy den einen oder den anderen oder beide beim Betreten und Verlassen des Hauses gesehen, aber er hat nichts von ihnen erwähnt.

Noch etwas zu diesem Jemand. Ist es nicht sonderbar, daß er oder vielleicht sie gerade zu dieser Zeit in dem Haus war? Wer könnte es sein, der die Vordertür unverschlossen findet, der geradewegs hineingeht und ins Wohnzimmer spaziert, und der, nachdem er dort eine Leiche sieht, wieder hinausgeht, ohne die Polizei zu verständigen? Für mich stand fest, es konnte nur jemand sein, der schon vorher wußte, daß er die Leiche vorfinden würde. Vielleicht sogar jemand, der in das Haus kam, weil die Leiche dort war.

Wer also konnte diesen Jemand benachrichtigt haben? Nicht der Mörder, Kincaid, der mit Sicherheit nicht wollte, daß irgend jemand erführe, daß er von der Leiche wußte. Also wer sonst wußte von der Leiche? Niemand außer Roger Meyer – und die Person, der er zehn oder fünfzehn Minuten später alles erzählte. Die Person, zu der er sich flüchtete, bei der er sich versteckte.

Nicht so schnell, sagte ich mir selber. Du vergißt Abernathy. Er stand vor Candys Haus, bis die Polizei kam. Hat er diesen Jemand denn nicht hinein und hinausgehen gesehen? Finde also eine Erklärung dafür, warum er nicht davon sprach.

Blitzschnell antwortete ich mir: Abernathy sprach davon. Nur auf seine verrückte Art, mit vielleicht ein wenig zuviel Alkohol im Kopf. Er sagte zu Davie, er habe »den dunklen Betrüger« in Candys Haus gehen gesehen. Er sagte auch, er habe »den Satan mit dem flachen Kopf« und »das dreieckige Ei« gesehen. Wer war »der dunkle Betrüger«? Für Abernathy, diesen religiösen Irren, war das, was er sah, der Repräsentant, das Symbol der größten Betrüger überhaupt, der Betrüger, die Jesus getötet haben. Und warum sah dieser Satan für ihn so aus, als habe er einen »flachen Kopf«? Weil gegen fünf Uhr das Licht nicht so gut war, und für Abernathy sah es so aus, als sei der obere Teil des Kopfes dieses Besuchers abgeschnitten. Statt wie ein Ei geformt zu sein – wie die meisten Köpfe, mehr oder weniger –, war dieser Kopf oben flach und machte ihn so zu einem Dreieck. Einem dreieckigen Ei.

Wie konnte dieser Effekt entstehen?

Hatte ich ihn nicht selber entstehen gesehen, Weihnachten, als Davie und ich im Nußknacker-Ballett waren? Hatte die schlechte Beleuchtung nicht den Kopf des alten Spielzeugmachers aussehen lassen, als sei der obere Teil abgeschnitten? Warum? Weil er eine schwarze Kappe trug. Eine Jarmulke.

Und schließlich ist da noch ein Hinweis, an den sich außer mir niemand erinnert. Und Du selbstverständlich.

Als Davie und Mrs. Swenson den Tatort untersuchten, fiel ihnen auf, daß über dem Kamin ein Bild von Jesus Christus hing, nur hing es mit der Vorderseite zur Wand. Warum? Offensichtlich, weil die Person, die es umgedreht hatte, sich für irgend etwas schuldig fühlte, das er oder sie in dem Zimmer tat, und er oder sie wollte nicht, daß Jesus sein oder ihr Zeuge wurde. Aber was für ein Mensch konnte das sein?

Es konnte niemand von den Menschen sein, von denen wir wissen, daß sie an jenem Nachmittag in dem Haus waren. Mrs. Candy, wenn sie diejenige gewesen wäre, die aus FRAN oder KINC FRANKINCENSE gemacht hatte, sie hätte sich deswegen nicht schuldig gefühlt. Sie hätte es als ihre religiöse Pflicht empfunden, sie wäre stolz gewesen, daß Jesus ihr dabei zusah. Dasselbe gilt für Candy, als er MYR auf den Teppich schrieb, um gegen Roger Meyer falsches Zeugnis abzulegen. Candys Meinung nach war das eine Tat, die Jesus nur gutheißen konnte.

Andererseits konnte es nicht Victor Kincaid sein, der sich schuldig fühlte, weil er einen Mord beging. Kincaid ist ein großer Atheist, er verkündet das öffentlich, es ist Teil seines Rufes, daß er weder an Dich noch an Jesus glaubt. Es würde ihm überhaupt nichts ausmachen, jemanden unter den Blicken Jesu zu töten.

Außerdem, wer immer es war, es war jemand, der in das Haus kam, nachdem der Mord passiert war und nachdem Roger Meyer weggelaufen war. Woher ich das weiß? Weil Roger, als er seine Geschichte erzählte, wie er die Leiche fand, sagte, er habe das Bild von Jesus Christus an der Wand gesehen und es habe ihn nervös gemacht, weil es ihn daran erinnerte, daß er Jude ist. Also war das Bild zu der Zeit noch nicht umgedreht.

Wer also bleibt noch? Die Person, die ins Haus kam und aus MYR MYRRH und so weiter machte.

An dieser Stelle fiel mir etwas ein, das meiner verstorbenen Cousine Sadie widerfuhr, als sie ein junges Mädchen war. Sie sagte ihren Eltern, sie würde das Wochenende mit Freunden auf dem Land verbringen, in Wirklichkeit jedoch verbrachte sie es mit ihrem Freund Irving in einem Landgasthaus. Sie nahmen sich ein Zimmer, und sie waren gerade soweit, sich ein wenig Spaß im Bett zu gönnen – Du wirst entschuldigen, daß ich diese Dinge so offen erwähne, aber schließlich, wenn Du nicht alles über sie weißt, wer dann? –, als Sadie plötzlich entdeckte, daß an einem Nagel in der Wand ein Kreuz hing. Und an dem Kreuz hing Jesus Christus, in Holz geschnitzt. Die Leute, denen das Gasthaus gehörte, waren Katholiken, und in jedem ihrer Zimmer hing ein solches Kreuz. Jedenfalls, Sadie konnte nicht weitermachen, bevor Irving nicht aufstand, sich auf einen Stuhl stellte, das Kreuz von der Wand nahm und es in die untere Kommodenschublade legte. Es war nicht logisch, es machte keinen Sinn, und schlimmer noch, Sadie wußte das. Aber sie mußte es einfach tun.

Übrigens, Sadie und Sally heirateten wenige Monate später und lebten zweiundfünfzig Jahre zusammen und hatten drei Kinder, also hat die Geschichte ein Happy-End.

Worauf es dabei aber ankommt, es war dasselbe wie mit dieser Person, die Candys Jesusbild mit der Vorderseite zur Wand drehte. Diese Person wußte, sie tat in diesem Zimmer etwas, das nicht ganz in Ordnung war. Trotzdem hielt dieses Wissen ihn oder sie nicht davon ab, es zu tun – ja, die Person kam ausdrücklich mit der Absicht in das Haus, um zu verhindern, daß Roger Meyer mit dem Mord in Verbindung gebracht würde –, obwohl die Person in ihrem tiefsten Inneren wußte, daß sie das Gesetz übertrat. Und wer, wenn er etwas tut, das mit Sicherheit nicht koscher ist – und auch, wenn nicht –, wird nervös, wenn Jesus Christus ihm dabei zusieht? Kein Christ, ein Jude.

Nicht nur ein Jude, ein religiöser Jude. Je religiöser er ist, umso unbehaglicher fühlt er sich unter den Blicken von Jesus, umso mehr hat er Angst, etwas zu tun, das nicht in Ordnung ist, während Jesus, der größte Christ von allen, sein Zeuge ist. Und ganz besonders ist das zu dieser Jahreszeit so, zur Weihnachtszeit, wenn Juden das Gefühl haben, den Blicken Jesu nicht entrinnen zu können, wo immer sie auch hingehen.

Also, lieber Gott, jetzt also war mir ziemlich klar, wer dieser Jemand war – aber vielleicht möchtest Du lieber wissen, warum ich all diese Schlußfolgerungen für mich behalten habe, warum ich sie noch nicht einmal meinem eigenen Sohn anvertraut habe. Tja, genau das beunruhigt mich zur Zeit, und deshalb bin ich hier in der Synagoge und bitte Dich um Deinen Rat. Ich habe das alles für mich behalten, und ich behalte es noch immer für mich, obwohl Roger Meyer frei ist und man den wirklichen Mörder bereits für schuldig erklärt und ins Gefängnis gesteckt hat, denn, wie würde es aussehen, in dieser Stadt, die voller Christen ist, die die Juden nicht besonders leiden mögen, wenn der prominenteste Jude der Stadt, der Mann, der in aller Augen sein Volk repräsentiert, beschuldigt wird, er habe Beweismaterial in einem Mordfall gefälscht? Das wäre bestimmt für die Juden nicht gut.

Und nebenbei bemerkt, ich habe schwer den Verdacht, daß sich der Rabbi – was soll's, daß ich immer »jemand« sage, wo wir doch beide wissen, von wem ich spreche – genau deswegen überhaupt nur eingemischt hat. Zum Teil wohl, weil er von Roger Meyers Unschuld überzeugt war und nicht wollte, daß man ihn fälschlich des Mordes anklagte, aber hauptsächlich wohl, so denke ich, weil es für die Juden nicht gut wäre.

Trotzdem, lieber Gott, ich bin mir nicht sicher, ob es richtig ist, wenn ich weiterhin meinen Mund halte. Was wird geschehen, wenn ich Dich schließlich im ewigen Leben treffe, wenn der Messias gekommen ist. Wirst Du mir diese Lüge zum Vorwurf machen, auch wenn ihr nur die allerbesten Absichten zugrunde liegen – und das weißt Du, da bin ich mir sicher, weil Du mir ins Herz gesehen hast. Weil ich versucht habe, mein Volk, das auch Dein Volk ist, zu schützen, macht mich das auf meine Art auch zu einem Fanatiker? Bitte, Gott, tu mir einen großen Gefallen, weise mir in dieser Frage den Weg …

… Ach ja?

Ja, ich glaube, ich verstehe, was Du meinst. Man ist selber kein Fanatiker, wenn man versucht, andere vor Fanatikern zu schützen.

Steht nicht sogar im Talmud, daß es erlaubt ist, Feuer mit Feuer zu bekämpfen? Ich bin mir sicher, daß das irgendwo im Talmud steht.

Außerdem, Gott, Du liebst ja Deine Geschöpfe, Du siehst ihnen ja nicht zu, um ihnen dann wegen dieser oder jener Kleinigkeit böse zu sein, es sei denn, sie haben eins Deiner Gebote verletzt. Und ganz im Ernst, wer könnte das von mir behaupten? Zeig mir das Gebot. Du sollst nicht falsches Zeugnis ablegen. Das ja. Das stimmt, der Mensch soll nicht falsches Zeugnis ablegen gegen seinen Nachbarn oder sonst jemanden. Aber sage mir bitte, welchem Nachbar oder welchem Unschuldigen ist durch meine Lüge geschadet worden? Was also hindert Dich daran, mir zu vergeben? Nichts.

Noch eine letzte Frage habe ich an Dich. Wenn ich die Wahrheit nicht öffentlich bekannt mache, sollte ich dann nicht wenigstens privat zum Rabbi gehen und ihm sagen, was ich über ihn herausbekommen habe? Ist das Gerechtigkeit, wenn er denkt, er könne so davonkommen? …

… So lautet Deine Antwort, Gott?

Schon gut, schon gut, ehrlich gesagt, ich wußte die Antwort bereits, bevor ich die Frage gestellt hatte. Wenn ich zum Rabbi ginge und ihm von meinen Schlußfolgerungen berichtete, dann hätte das nichts mit Gerechtigkeit zu tun. Der wirklich Grund wäre – und ich weiß, daß Du es weißt, und Du weißt, daß ich es weiß –, daß ich der Versuchung nicht widerstehen könnte, dem Rabbi zu zeigen, daß ich schlauer bin als er. Also entschuldige bitte, lieber Gott. Ich ziehe meinen Vorschlag zurück, und ich hoffe, Du verzeihst, daß ich damit überhaupt angefangen habe.

Jetzt wird es Zeit für mich, nach Hause zu gehen. Davie kommt zum Abendessen, und ich habe auch den netten Meyer-Jungen eingeladen und seine Freundin, ich muß also den Braten in die Röhre schieben.

Für heute, auf Wiedersehen, lieber Gott.

Und beinahe hätte ich's vergessen. Amen

James Yaffe
EIN SCHÖNER MORD FÜR MOM
Kriminalroman

Aus dem Amerikanischen
von Hannah Harders
ISBN 3-8015-0261-9

Wenn gar nichts mehr lief im New Yorker City Polizei Department, dann ging Dave erst einmal zu »Mom« zum Abendessen. Sie ist nicht nur die beste Köchin in der ganzen Stadt, sie hat zudem auch ein ungeheures Gespür, die Mordfälle zu lösen, die Dave und der Rest seiner Mannschaft schon aufgegeben haben. Doch nach dem Tod seiner Frau verläßt Dave New York, um ein neues Leben zu beginnen. Er landet in Mesa Grande, Colorado, wo er einen Job als Ermittler im Pflichtverteidigungsbüro annimmt.

Als Mom zu Besuch kommt, merkt sie bald, daß die Ganoven in der Provinz einiges mit denen in New York gemein haben, denn die menschliche Natur ist immer die gleiche, und Mord ist am Fuße der Rocky Mountains genauso populär wie im Schatten des Empire State Building. Bei den Rivalitäten zweier Collegeprofessoren bleibt einer tot auf der Strecke. Alles beginnt mit einem Mord am Telefon und endet mit einer überraschenden Wendung, die alle im Ungewissen läßt, außer Mom.

Mit seiner »Jewish Mom« hat der amerikanische Schriftsteller James Yaffe eine originelle Heldin kreiert, die den Leser schnell in ihren Bann zieht. »Ein schöner Mord für Mom« ist ein spannungsreicher Roman, der durch Logik, geradlinige Dialoge und seinen eigentümlichen Charme hervorsticht.

Verlag Neue Kritik · Kettenhofweg 53 · 60325 Frankfurt